ULTRAMAN DYNA

「ウルトラマンダイナ」
未来《あす》へのゼロドライブ

長谷川圭一
谷崎あきら

早川書房

ウルトラマンダイナ
未来《あす》へのゼロドライブ

装幀　仲童舎
装画　丸山浩

目次

プロローグ

❖2020年　×月×日

その日——グランスフィアから太陽系と人類消滅の危機を救い、ウルトラマンダイナはワームホールの中へと消えた。

作戦を終えたクラーコフNF3000のブリッジ。グランスフィアに飲み込まれ消失したすべての惑星が戻ってきたというフカミ総監からの報告を聞き終えるスーパーGUTSの隊員たち。

でも——アスカだけは戻ってこない。

もしかしたら俺たちがアスカを見殺しにしたのではないか。この太陽系にすむ人々の命を守るために。その引き換えに。

アスカの死を感じ、仲間たちにあまりに重くつらい贖罪の気持ちが広がった時——、涙で充血した瞳を目の前の闇から背けず、リョウが言った。

「アスカは帰ってくる。いつか必ず」

ヒビキが、皆が、一斉にリョウを見つめる。

「アスカがそう約束したから」

そしてアスカが消えた無限の宇宙を見つめ、涙は拭かず、笑顔を浮かべた。

「アスカは……今も飛んでるわ。前に向かって」

そうなのだ。アスカとはそういう男だ。リョウの言葉に皆が思い出す。どんなピンチの中でも決して諦めず、本当の戦いはここからだと叫び、がむしゃらに前に向かって走っていた、その姿を。

「俺たちも行こうじゃねーか。アスカに追いつけるようにな」

ヒビキの言葉に皆が頷き、前を向く。そして――

コウダが、マイが、カリヤが、ナカジマが、リョウが、それぞれの思いを胸に、力一杯に右の手を前に伸ばし、叫ぶ。

「ラジャ――ッ！」

その声がアスカに届けとばかりに。

人類が今、未知なる宇宙に進出するネオフロンティア・スピリッツには、荒くれた海に漕ぎ出す海賊のようなパワーが必要だ。

それを身をもって示したのがアスカ・シン――ウルトラマンダイナだ。

人間は、その最初の祖先がアフリカの深い谷に生まれた時から知っていた。どんなに困難であろうと、目の前にそびえる山を越えていかねばならないということを。それが人間という種の宿命であることを。

そびえたつ山の向こうに何があるのか、それを知るために、知りたいという心を満たすため、険しい山を登り続けることが、人間という種の存在理由であるということを。

行く手に立ちはだかるいかなる脅威にも立ち止まってはいけない。まだまだ夢を諦めちゃいけない。どんな未知の世界にも、胸を張って挑戦する権利は誰にもある。

それは、20万年の時を隔てた今でも何も変わっていない。

俺たちは信じる。いつかまた、人類の夢の果てでアスカに追いつける、その日を。

人間がウルトラマンという存在と、対等に肩を並べられる進化のその日を。

大いなる目標の実現に向け、一歩も下がらないと誓ったネオフロンティア第二ステージ（のちにアスカ記念日も制定される）が始まったその日から、13年の月日が流れ――。

❖2033年　×月×日

「ようやく……ここまで来た」

目の前に広がる深淵の闇を見つめ、リョウが心の中で静かに呟く。

「でも……ここからが本当の始まり。ここから進み始めるんだ」

そこは失われた火星第二衛星・ダイモスの軌道上。ネオゼロドライブ計画4回目の飛行実験が今まさに行われようとしていた。使用されるのは最新型実験機プラズマ百式マークV《ファイブ》。

パイロットはスーパーGUTSマーズ副隊長、ユミムラ・リョウ。

アスカが時空のかなたに消えたその翌年、TPC内で大きな組織改編が行われた。

今まで地球の守備を一身に担ってきたスーパーGUTSは、さらなる宇宙時代、ネオフロンティア・スピリッツに相応しい防衛チームとして新生されることとなった。

つまりは地球だけに留まらず、今日に至るまで人類が多大な犠牲を払いながらも推し進めてきた宇宙開発の最先端——火星、木星、土星にそれぞれスーパーＧＵＴＳの新たなチームが配備されることになった。

　この十数年で、月面のガロワ基地は航宙基地機能を大幅に強化。地表には広大な宇宙機発着場と資材ローンチ用大型マスドライバー、そして地下には大規模な開発工廠が設けられ、惑星間宇宙へのポータルとしての性格を強めた。

　ここを拠点に、各惑星・準惑星に配置された宇宙ステーションや衛星基地群の建設・拡張も加速し、それに伴うリスクマネジメントの必要性も増大。これに対応すべく、木星第三衛星ガニメデのバーナード基地にはスーパーＧＵＴＳジュピター、土星第六衛星タイタンのシャングリラ基地にはスーパーＧＵＴＳサターンが新設され、太陽系内の小惑星帯以遠における安全保障に尽力している。

　そして地球の防衛チームはネオ・スーパーＧＵＴＳと改名され、スーパーＧＵＴＳの隊員たちは、ＴＰＣの総監に就任したヒビキと、ＺＥＲＯ教官となったマイ以外は全員、火星に赴任。スーパーＧＵＴＳマーズの初期メンバーとしてその責任を担うこととなった。

　スーパーＧＵＴＳマーズの初代隊長にはコウダが選ばれ、リョウは副隊長となった。

　カリヤ、ナカジマも、重責を担ったコウダとリョウを今まで以上に力強くサポートした。最強のチーム、火星に健在だ。

　それから十年余りの月日は目まぐるしく過ぎ去った。地球にはウルトラマンダイナがいなくなった後も、以前同様、様々な怪獣が出現した。だがＴＰＣの今まで培ってきた経験と科学力、そして何よりネオ・スーパーＧＵＴＳの的確な対処により怪獣災害は最小限度の被害で抑えられた。

　そして宇宙においても、スフィア壊滅後、侵略者の数は激減したものの、脅威は幾度となく訪れた。だがそれぞれの惑星やその衛星に配備された新生スーパーＧＵＴＳの各チームは、ネオマキシマエネルギーを基本とする強力な戦力によって、侵略者と宇宙怪獣を殲滅。宇宙開発の防人としての役割を十二分に果たしてきた。

それが可能となったのは優れた戦力だけの結果ではないことをリョウは知っていた。

任務に携わった隊員たち、すべての胸には、この世界を守りぬいた男——アスカ・シンの魂が宿っている。未知なる脅威を前にしても決して諦めず、前に進もうという強い意志が、今はこの太陽系すべてに広がっているのを、リョウはしっかり感じていた。

だからこそ、この実験は必ず成功させなければならない。

ネオドライブ飛行による時空突破。

秒速30万キロ、すなわち光の速度を超える壁。音速の壁とはわけが違う。ただ加速を続ければ達成できるという類のものではない。

物体は光速に近づくほど質量が無限に増大し、無限大の質量を加速するには無限大のエネルギーが必要となる。だから絶対に超えることはできないと、物理と数学によって厳密に規定された壁。

だがこれまでに人類が遭遇した地球外生命体の多くは、易々とその壁を超えて地球にやって来た。

方法はあるのだ。物理を欺き、数学を出し抜く方法が。それも無数に。

その解の一つが、ここにある。ゼロドライブとネオシステムを利用したネオゼロドライブ航法。理論上は、不可能ではないことが示されている。だが実験には予測不能の危険が伴う。それでもリョウは志願した。

アスカが消えたあの日からずっと、スーパーGUTSマーズの副隊長という重職に就いた今もなお、リョウはこの実験のテストパイロットとして挑戦し続けてきた。

アスカとの最後の約束を守るために。

だが今まで3回のテストはいずれも失敗に終わった。

一度目は、加速中にパワープラントコアが爆縮。全長18メートルの機体が運動エネルギーを保ったままベアリングサイズの金属塊に圧縮され、回収不能となった。冥王星ステーションあたりに風穴を開けてくれることのないよう祈るばかりだ。

二度目は、機体が一瞬にして進行方向に140万キロほど引き延ばされ、希薄なプラズマ雲と化して宇宙に飛散した。雲の先端は期待通り光速を超えていたというが、喜ばしい結果と言えるかどうか。

三度目は、機体を包む放射フィールドだけが光速を超え、機体はその場に置き去りにされた。回収時、機体からはすべての電位が消失していたという。あらゆる電装系、入出力機材、記録装置から動力系統まで含め、すべて。もし搭乗者が機内に残っていれば、その神経電位にも同じことが起こっていたに違いない。

彼女が自身の直感に従い咄嗟にベイルアウトしていなければ、いずれも命は無かった。

だがリョウは諦めない。

無論、リョウだけではなく、この実験にかかわるすべての人間たちが、未来を信じ、全力を尽くしている。

その未来とは——絶滅の危機を救われた人類がたどり着くべき目標であり、使命。

アフリカの谷に生まれた最初の人類と同じ位置に——かつてアスカの父や、アスカがいた場所に今、リョウはいる。

「アスカ……私を導いて」

今度は声に出し、呟くリョウの脳裏に、初めてアスカと出会った時の記憶がよみがえる。

第一章　光との出会い

❖２０１７年　×月×日

その日、リョウはコウダ隊員と共にZEROを訪れていた。

ZEROとは、スーパーGUTSおよびTPCの主だった戦闘セクションへの入隊を志願する若者たちが集う養成機関であり、無論、リョウもここの出身であった。

今日は新たに一人、スーパーGUTSの新入隊員を決めるための最終戦闘試験が行われる。リョウとコウダはその特別教官として招かれた。

格納庫の中、目の前に並ぶ十数人の訓練生たちを眺め、リョウは彼らの強いまなざしにふと懐かしさを覚える。

今から3年前のあの最終試験の日、確か自分も同じ目をしていたはずだ。ここに集められたメンバーは全員、1年にわたる厳しい訓練を潜り抜け、残った者たちだ。互いにライバルであり、教官は自分が乗り越えるべき目標だ。

抑えきれない闘争心。彼らの目にはそれがありありと浮かんでいた。

ただ一人を除いて。

――これが、例の問題児か……。

リョウは最前列でニヤニヤ自分を見つめる若者を見て、心の中で呟く。

このブリーフィングに来る前、リョウとコウダはミシナ主任教官から、今回の最終試験で二人の若者が78ポイントという高得点で並んでいることを知らされた。

「今年のルーキーはかなり期待できるな」

思わずコウダが興味深そうに身を乗り出し、微笑む。

何故ならZEROからスーパーGUTSへの新入隊員はリョウのあと、3年連続不採用となっており、文字通りゼロという状況だったからだ。

リョウもコウダと同じく、いや、それ以上の期待を込めてPCモニターに映る二人の若者の顔写真を見つめる。

リョウの後輩としてミドリカワ・マイがいたが、彼女はナカジマと同じ科学開発セクションからの入隊であり、データ分析と通信が任務の非戦闘員だ。カリヤにしても射撃の腕はオリンピック並みの達人であるが、宇宙考古学の博士号を持ち、ZEROからの入隊ではない。

もし今年、合格者が出れば戦闘パイロットとして初の後輩が誕生することになる。

だがそんなリョウの期待を感じてか、ミシナが渋い表情で呟いた。

「まあ……技術的には何ら問題はないんですがね～」

つまりそれは別の部分に何らかの問題があるという意味に他ならない。

一気に不安になるリョウにミシナが続ける。

「このアスカですが……型破りというか、無鉄砲というか……」

その奥歯にものが挟まったような物言いは、実はミシナの秘かなる挑発と後にわかるのだが、その時リョウは素直にこう返した。

「要するに……問題児ですか？」

なるほど。確かにミシナが言う通り、他の訓練生とは明らかに違う雰囲気をその若者は醸し出していた。リョウにとっては極めて不快な雰囲気を。

「私、漫才をしてるつもりはないんだけど」

大気圏外の訓練の危険性について説明するリョウに対し、まったく緊張感なく、むしろ馬鹿にした笑みを浮かべ続けるアスカという訓練生を、リョウは皮肉まじりの忠告と共に強く睨みつける。だがアスカはまるで気にする様子もなく、

「いや〜、こんな綺麗な先輩と戦えると思うと、つい嬉しくて」

ぷちっ。リョウの耳に自分が完全にキレた音が聞こえた。そして今にも手にした差し棒をポキリと折りたくなる衝動を抑え、とびきりの笑顔を浮かべ、言った。

「ありがとう。お礼にアナタから撃墜してあげるわ」

これがユミムラ・リョウとアスカ・シンの初めての出会いであった。

まさしく絵に描いたような最悪の出会い。だが——この時、リョウはひどく苛立ちながらも、アスカという生意気な若者に何かとても不思議な可能性のようなものを直観的に感じ取っていた。

大気圏外。ZERO飛行戦闘訓練空域。

リョウはコウダと二人、シルバーカラーの教官用ガッツウィングに乗り、訓練生たちが乗る7

機のガッツウィングを見つめた。

今回のターンに、高得点で並ぶ訓練生二人がともに参加している。最終試験に残るのはそのどちらか一人。フドウ・タケルか、あのアスカ・シンだ。

訓練スタートの合図と同時、リョウはいきなり1機の訓練機を撃墜。

「くそ！　不意打ちじゃねーか！」

悔しさをにじませる無線からの訓練生の声に、

「実戦に泣き言なんてない。すぐ帰りなさい」と冷たく突き放す。

さらに1機も続けざまに落とした。その間、わずか15秒。

ここまで血のにじむような努力をして勝ち上がってきた訓練生が二人、あっけなく脱落した。だがこれが最終試験なのだ。

仮に宇宙空間での実戦で敵に撃墜された場合、生還できる可能性はほぼゼロだ。すなわち〝死〟と直面したこの訓練での結果こそがスーパーGUTSに入隊する絶対的条件なのだ。リョウはその試練を乗り越え、今この場所にいる。

だがアスカという若者は他の訓練生のような必死さは微塵も感じさせず、人を食った余裕すら見せていた。この最終試験でもそれは同じだった。

2機連続で撃墜したリョウを恐れるどころか真正面から挑んできた。

いきなりリョウの背後を取るとロックオンしようと猛然と追尾してくる。あたかも絶対に落とされないという自信に満ちたその舐めた態度を、リョウは絶対許す気にはなれなかった。

アスカ機の背後からの攻撃を間一髪急旋回でかわすと、リョウは逆に背後を取り、アスカ機をロックオンした。

「約束通り落ちてもらう」

だがリョウが発射スイッチを押そうとした瞬間、アスカは予測もしない戦法に出た。アフターバーナーから大量の煙幕を吹き出し、リョウの視界を遮ると、その煙幕の中に潜み、真下からリョウの機体を撃墜したのだ。

「この私が……ヒットされた……」

あまりの屈辱にリョウは茫然と呟くしかなかった。

すでにコウダ機もフドウという訓練生に撃墜されていた。これが今年の目玉ルーキーの実力ということか。

この試験結果を踏まえれば、アスカとフドウのいずれかが、いや、二人同時のスーパーGUTS入隊もありえる。

特別教官としてのプライドを思えばこれほど屈辱的なことはないが、スーパーGUTSの戦力アップという観点では期待以上の成果を得られたことは間違いない。むしろ喜ぶべき結果に他ならない。

おそらく今頃ミシナ主任教官も監視センターで、してやったりとほくそ笑んでいることだろう。

さっきまでの怒りや苛立ちが嘘のように消えていくのをリョウが感じた時だった。

突如、激しい爆発が訓練空域に巻き起こった。

空域中心に浮いていた地上施設との中継用衛星が謎の飛行球体に破壊されたのだ。

「あれは……何……？」

リョウは初めて遭遇する飛行球体を凝視する。すると球体はまるでアメーバ細胞のように二つ、四つ、八つと瞬時に分裂し、それぞれが空域に残った訓練機に襲い掛かった。

直後、リョウの機体後部が光弾に被弾。もはや疑う余地もない。謎の球体は明らかに悪意を持った敵だ。

　このままでは全機、やられる。戦うしかない。

「全機、実戦モードに切り替えろ！」

　無線からのコウダの指令に訓練機はすべてバトルモードに移行した。

　だが訓練との精神的な違いは歴然だった。コウダをヒットしたフドウの機体がいとも簡単に被弾。空域から離脱した。

　さらにリョウの機体にトラブルが発生。迫りくる敵を前にレーザービームが発射不能となり、3機の球体に完全に包囲された。

「最悪の日ね……」

　操縦も不能。絶望的な思いで呟いた時、正確なビーム攻撃がリョウを囲む球体1機を破壊。残る2機を自らの機体に引き付け、飛び去る。――アスカだ。

「本当の戦いはここからだぜ！」

　無線から自信に満ちたアスカの声が聞こえた直後、追尾する2機の球体をアクロバティックな飛行テクニックでかわすと前方から迫る2機と衝突させ、撃破した。

「見たか！　俺の超ファインプレイ！」

　確かに見事だ。天才的な操縦技術。野性的ともいえる反射神経。やはり――血は争えないということか。

　ふとリョウの頭にそんな言葉がよぎった時、完全に死角からの敵の攻撃にアスカ機が被弾。大爆発を起こした。

——アスカは……?!

爆発の寸前、イジェクトしたようにも見えたが、爆煙に隠れ、その姿を確認することができない。すぐ救出しなければ。

だがリョウの機体はエンジントラブルに見舞われ、コウダ機も残る球体との戦闘の最中であった。

宇宙空間の実戦で撃墜された場合、生還できる可能性はほぼゼロ。再びその言葉がリョウの頭をよぎっていた。


謎の球体を撃退し、TPCの救助隊が戦闘訓練空域に到着。

唯一の行方不明者となったアスカ・シンの捜索が行われた。だが状況はあまりに厳しく、生存は絶望的と思われた。

リョウも捜索に加わろうと志願したが、警務局による状況の聴取のため本部へと呼び戻され、その願いは叶わなかった。

本部に向かうTPC専用車がZEROの施設を去る時、つい数時間前にブリーフィングを行った格納庫の前を通過した。

リョウは初めてアスカと出会った時の記憶を呼び起こし、胸が潰れるような感覚を感じた。おそらく、いや、もう間違いなく会うことはない。

これは哀しみか？　怒りなのか？　言葉をほんの少し交わしただけなのに、しかも最悪の印象しか持たなかったあのアスカという若者の不在に、ここまで動揺する自分にリョウは少なからず戸惑った。

命を救われたからだろうか……。そうだ、アスカは自分を救うため無茶な行動をし、そして撃墜されたのだ。きっと彼の死は、これから先もずっと胸の中に黒いシミのように残り続けるだろうとリョウは思った。


警務局の聴取が終わり、作戦指令室に戻ったリョウは、コウダから驚くべきことを告げられる。アスカが無事に生還した、と。

調査隊が捜索を打ち切ろうとした時、アスカの識別ビーコンを感知し、宇宙空間を漂うアスカを発見したという。撃墜から2時間後のことだった。

今はメディカルセンターに収容され、ぐっすり眠っているらしい。

「まさに奇跡の生還だ」

満面の笑顔のコウダに、

「そうですか……」

そう言葉にした瞬間、言い知れぬ安堵が胸の奥に広がり、危うく涙がこぼれそうになる。

いつも冷静沈着な自分には似つかわしくない感情を、コウダや、さっきから横目でチラチラ見ているカリヤやナカジマ、特にミーハー気質のマイには気取られぬよう、

「本当によかったです」

今度はリョウも満面の笑顔でそう答えていた。

そして数分後、指令室に戻ったヒビキ隊長から、さらに驚くべきことがリョウたちに告げられた。

「上層部との協議の結果、ＺＥＲＯ訓練生アスカ・シンを、スーパーＧＵＴＳの隊員として採用することが決まった」

またしても奇跡が起きたのか？　心の中で思わずリョウは、そう呟いた。


「ちょっと、アスカ……隊員のお見舞いというか、様子、見てきますね」

マイが早速どこで調達したのか、花瓶と花を手にウキウキと指令室を出て行こうとし、「あ、そうだ」立ち止まり、リョウに聞いた。

「アスカ隊員って……どんな感じです？」

「……どんなって？」

リョウがオウム返しに応えると、

「えっと、だからあ、どういうタイプなのかなあ、って？」

この女子高生のような好奇心に満ちた笑顔。だからマイには気をつけなければならない。さっきも柄にもなく涙など見せた日には、「リョウ先輩。意外と乙女なんですね！」と真顔で感動されかねない。

でもリョウはそんなマイが嫌いではない。むしろ好きだった。おそらく自分とは正反対なその性格が、どこか羨ましくもあり、愛おしい。

「大した男でもないのに、自信過剰」

「うわ〜最低の評価ですね」

それでも甘めの評価のつもりだ。怒りや悲しみ。これだけ人の心を色々と混乱させて、奇跡という曖昧な形で生還したアスカという男に今は正直、再び腹が立っていた。

「じゃあ、自分の目で確かめてきます」

屈託ない笑顔で出ていくマイを見送るリョウの脳裏に、ふとZEROでミシナ教官から聞いた言葉がよみがえる。アスカという男が無鉄砲で型破りなのは、多分に父親の影響が強いからだ、と。

——アスカ・カズマ。

リョウもZEROで訓練生だった頃、その名は何度となく聞いたことがあった。伝説の名パイロットとして。

それがアスカの父親だと知り、だから最終試験で卓越したその才能を見た時、思わず、血は争えないということか、という言葉が頭をよぎったのだ。

だがリョウはアスカ・カズマという男について詳しくは知らなかった。

ZEROで交わされたコウダとミシナとの会話からわかったのは、アスカ・カズマは——光に消えた伝説の名パイロットとして語り継がれているということ。

「……光……か」

今回のアスカの生還と、アスカ・カズマの伝説に何か関連性があるのではないか。リョウは何故かそんな気がして、アーカイブを検索し、当時の詳しい情報を調べた。


今から12年前——2005年×月×日。

月面ガロワ基地をベースにゼロドライブ航法のテスト飛行が行われた。

パイロットはアスカ・カズマ。搭乗機プラズマ百式。

実験機のサポートとしてミシナ・マサミが参加。

プラズマ百式が搭載するゼロドライブは、当時競合していたマキシマドライブとは別のアプローチによって光速度達成を目指す新型エンジンだった。

水上船舶が地上を走れないように、装輪車両が空を飛べないように、空力飛翔体が宇宙に出られないように、反動推進では光速に届かない。

質量がある限り、加速には無限大のエネルギーが必要となるからだ。

ゼロドライブは、この質量をゼロにする。見かけの質量を虚数空間に沈めることでこの制限を破り、いわば光そのものとなって秒速30万キロの達成を目指す。

ＴＰＣが管理する、地球に飛来したエイリアンクラフトの残骸から得られた研究成果の一つである。

ただしゼロドライブを臨界稼働させるには条件があった。

光速の２％までは、ゼロドライブ以外の手段で加速しなければならないのだ。それには、競合相手であるマキシマドライブの力に頼らざるを得なかった。

ＴＰＣの所属機は、その全長や速力など、諸元の一部を一般に公表している。

当時公開されて間もなかった新鋭機ガッツウィング１号の宇宙空間速力はマッハ49。マッハ数とは流体中において音速の何倍に当たるかを表す数値であるため、真空の宇宙では無論意味をなさないが、これは音速を時速１２２４キロとして換算した、わかりやすさ優先の広報資料に過ぎない。

マッハ49。途方もない速度に思えるかもしれないが、これに倣うならば光速の２％とはマッハ１万７６４７。ゼロドライブに火をつけるには、３６０倍以上の速度が必要なのだ。最終目標である光速は、さらにその50倍。この挑戦がいかに無謀な試みだったか、少しは理解できるだろう。

もっとも、公称値は公称値でしかない。リョウもそれを知っている。

ガッツウィング1号を原型とするスノーホワイト改は、改良型のマキシマオーバードライブによって光速の0・4%をマーク。

その日も、ガロワ基地を発進して冥王星方向へ向かうプラズマ百式にサポート機として追従し、ゼロドライブ実験の観測に当たっていた。

実験中、テストパイロットのアスカ・カズマは未知の光と遭遇。実験機と共に光の中に消え、以来伝説の名パイロットとして語り継がれる。

公聴会においてミシナは、アスカ・カズマは今もどこかで生存しているのではと主張。だが生存は絶望的と結論付けられ、実験機を失ったゼロドライブ計画は凍結された。

資料を読み終えたリョウの脳裏に、最終試験前、ZEROでのミシナ主任教官とのやり取りが思い返される。

光に消えた伝説の名パイロット。アスカ・カズマのことを語るミシナから二人の絆の強さをリョウは感じた。同時に何か強い思いがその口調には混じっていた。

あの時はわからなかったが、今はその答えがわかった。

実験を主導した上層部が何と言おうが、ミシナはアスカ・カズマの生存を今でも信じている。

——彼は……どう思ってるんだろう？

リョウは、今もメディカルセンターで眠っているであろうアスカ・シンの顔を思い浮かべる。生意気でどこかシニカルなあの態度は、幼い時に行方不明となり、伝説となった父親と関係があるに違いない。

もっとアスカという男について知りたい。いや、知らなければならない。

これから共に命を懸けた任務にあたる仲間として。

リョウはゼロドライブ実験のデータ画面を消し、レファレンスルームをあとにした。


それから2日後。スーパーGUTS作戦指令室。

アスカが正式に隊員として入隊する時が来た。

「アスカ・シンです！　よろしくお願いします！」

コウダに促され、ぎこちなく敬礼するアスカを見つめ、柄にもなく緊張してる、とリョウが思った時、

「よっしゃ！　よっしゃ！」

いきなりヒビキが両肩をガシッと摑み嬉しそうにアスカの体を揺さぶった。

「俺が隊長のヒビキだ。よし若造。まずは抱負を述べてみろ」

手荒い歓迎にすっかり緊張がほぐれたのか、アスカは、

「俺は自信過剰なわりに大したことない男です。でも俺は前だけを見ている。どんな時も諦めないし、絶対に逃げもしない。以上！」

ここぞとばかり、リョウが下した自分への悪評に対し逆襲を試みる。

——そうでなくちゃ。借りてきたネコみたいにかしこまられたら拍子抜けだ。

指令室は再び最終試験場と化したかの如く、リョウもすかさず反撃に出る。

「そのためには手段は選ばずってわけ？」

「ま、選んでる暇がない時は」

悪びれず、また人を食った笑顔でアスカが言い返し、一同に微妙な沈黙が流れた。


「とんでもない奴が入ってきたな。きっと問題を起こすぞ」

コーヒーを片手にカリヤが言うと、

「ああ、間違いない。あの自信は危ない。こりゃ教育が大変だな」

とナカジマが同意する、が、

「でも、なんか可愛いじゃないですか。私は嫌いじゃないけどなー、あーゆータイプ」

すかさずマイがミーハーな反論をし、さらにナカジマが、

「いや、かわいきゃいいってもんじゃないし」

「ナカジマ隊員だってかわいいですよ。……見方によっては」

「あ、そう？　そうかな？　でも見方によってはってどういう意味なのかな？」

休憩室。いつものようにどこか噛み合わない会話をする三人を眺め、リョウは思う。

確かにアスカの教育はこれからだ。今はまだスーパーGUTS隊員としての自覚をどこまでもっているか怪しい。

「いいか、俺は関係ないからな。奴のおもりは、奴を新入隊員として推薦した人間が責任もつのが、筋だからな」

カリヤはリョウに本気か冗談かわからない言葉をかけ、部屋を出ていく。

「え？　アスカ隊員て、リョウ先輩が推薦したんですか？」

「……そうよ」

「そうなの？　あんなのっけから仲悪そうだったのに？　いや～理解不能だわ」

目を丸くし、呆れたとばかりにナカジマも部屋を出ていく。

「新人教育かあ。リョウ先輩。私にできることあったら遠慮せず、言ってくださいね」

とても楽しげな笑顔を浮かべ、マイも部屋を出ていく。

「……ありがと……でも私も、おもりをするつもりはないけど」

無人の室内。誰に言うともなく、リョウは呟く。

これからアスカが一人前の隊員としてどう成長するかは、実戦の中で本人が学んでいくしかない。リョウや他の隊員たちもそうであったように。

もしリョウが何かを教えるとしたら、それはアスカがあの自信をすっかり失い、助けを求めてきた時だ。

「そんな時が……来るかしら」

またも独り言を呟き、リョウも休憩室を出て行った。

だが――リョウが想像したその場面は、数日後、あまりにも早く訪れることになる。


アスカがスーパーGUTSに入隊した翌日。

指令室にフカミ総監から直接、出動要請が入った。

その日、フカミ総監は火星マリネリス基地の大気改造システムの視察に訪れていた。そこに未知の怪獣が現れ、基地を襲撃して――。通信はそこで途絶えた。

「怪獣!?　ホントですか？　入隊そうそう何てこった！」

浮かれるアスカをヒビキが「バカモン！」と一喝。そして、

「スーパーGUTS、出動！　総監には指一本触れさせせんじゃねーぞ！」

「ラジャー！」

力強くヒビキの檄に応え、隊員たちはガッツイーグルに搭乗。火星へと向かう。


「ネオマキシマ、始動。火星まで一気にぶっ飛ばせ」

グランドームから離陸直後、ヒビキが指示を出す。

「ラジャー。ネオマキシマ、始動」

コウダが始動エンジンへのレバーを倒す。

直後、スーパーGUTSの主力戦闘機は淡い光を放射するフィールドに包まれるや、亜光速で宇宙の闇を突き進んだ。

ネオマキシマ。ゼロドライブ航法がマキシマドライブを必要としたように、マキシマドライブにもゼロドライブとの技術交流によって恩恵がもたらされた。

マキシマの要諦は、陽子と反陽子の対消滅によって発生した光のエネルギーを推進力に用いる点にあったが、仮にそのすべてが推進力に転換され、また機体質量を無視できたとしても、その速度の上限が光速を超えることはない。

光を推進力とする以上、光速以上の速度は得られないからだ。

一方ゼロドライブ航法は、質量を虚数空間に沈めることによって光速度を達成するが、その虚数空間自体は我々の宇宙とは別の独立した座標系を持つ固有の宇宙である。

それを任意に発生させることができれば、固有空間の中では速力を維持したまま、我々の宇宙の座標系での見かけは大きく光速に近づくことができる。

ＴＰＣが管理するエイリアンクラフトの中にも、同種の原理に基づいたフィールド推進機の一種と推測される装置が存在した。

キサラギ・ルイ博士の研究チームはこれを徹底的に解析し理論化に成功。その成果を応用したＮＥＯシステム（Null-space Emission Optimize System）を完成させ、同システムを搭載した新型マキシマエンジンはネオマキシマ・オーバードライブと名付けられた。

ガッツイーグルに搭載されるネオマキシマは、制式モデルとして初めて亜光速＝光速の10％を突破。最高速力12・５％光速は、宇宙空間での公称値マッハ50の実に２２００倍に相当する。放射フィールドに包まれネオマキシマ航法に遷移する瞬間を外部から観測すれば、あたかもゴムのごとく一瞬にして前方へ伸展するガッツイーグルの姿を見ることができるだろう。

２０１７年、その時火星は、太陽を挟んでほぼ地球と正対する位置関係にあった。

相対距離は約２・２天文単位。

単純計算では2時間半足らずで到達できる計算だが、太陽の重力と水星および金星の存在が、ガッツイーグルに最短経路を許さない。

スクランブルから2時間56分後、火星基地上空に到着したスーパーＧＵＴＳ。

リョウが目にしたのは大気改造システムを破棄する巨大な蜘蛛のような怪獣だった。

その破壊行動を見た瞬間、リョウは強い悪意のようなものを感じる。

――もしかして……。

この怪獣はＺＥＲＯ最終試験を急襲した、あの謎の球体群と関係が――

「各機、分離形態で攻撃開始！」

ヒビキの無線からの命令がリョウの思考を遮る。

「ラジャー」各隊員が応え、ガッツイーグルは、コウダ、アスカが乗るアルファ号、リョウが乗るベータ号、ヒビキ、ナカジマ、カリヤが乗るガンマ号の3機に分離。巨大宇宙怪獣に一斉攻撃を開始した。

だが宇宙怪獣にはまったくダメージを与えられない。ビームがすべて跳ね返されたのだ。

「どういうこと……?」

思わずリョウが呟くと、無線からナカジマの声が響く。

「怪獣は周囲に亜空間バリアを展開！　無闇に撃っても無駄です！」

つまり怪獣は全身に防御バリアを張っているということだ。

確かにそれでは攻撃を続けたところで意味はない。何か有効な対策が必要だ。そうリョウが思った、その時——、

「おい、まだ隊長からの指示が出てねーだろ」

無線から戸惑うコウダの声。それにかぶせるように、

「いいから俺に任せてください」

アスカの声が響くと同時に、アルファ号が猛然と蜘蛛怪獣に突っ込んでいく。

——あのバカ。

リョウは心の中で毒づく。最終試験での無鉄砲な行動とまったく同じだ。

アルファ号は火星の赤い地面すれすれの低空を高速で突き進み、巨大怪獣の前脚を至近距離からビーム攻撃。思わずその脚を上げた瞬間、怪獣の真下に潜り込み、腹にビームを叩き込んだ。

これはさすがに効果があったのか怪獣は苦悶の叫びをあげる。

「見たかあ。俺の超ファインプレイ！」

得意げなアスカの声が聞こえた次の瞬間だった。

蜘蛛怪獣の吐く光線がアルファ号を直撃した。

「コウダ！　アスカ！」

ヒビキの叫びがリョウの耳に響く。

「脱出しろ！」

だがアルファ号からコウダとアスカがイジェクトする様子はなく、――おそらく脱出システムが故障したのだ――黒煙をあげながら機体はマリネリス渓谷の岩山の向こうへと墜落した。

リョウの恐れていた事態が早速起きてしまった。

やはり入隊直後の実戦は無茶だったのかもしれない。もう少し隊員としての基礎を……いや、今さらそんなことを考えたところで意味はない。今は二人の無事を確認し、救出するのが先決だ。

蜘蛛怪獣は墜落した機体の方向へとゆっくり前進していた。

「何とか怪獣の注意をこっちに逸らすぞ」

ヒビキの指令が届いた直後だった。ナカジマの緊迫した声が無線に響く。

「隊長！　複数の飛行物体が接近します！」

怪獣の後方より何かが急速に接近していた。

「あれは……！」

思わずリョウの口から驚きの声が漏れる。

間違いなかった。火星の赤い空を接近してくるのは最終試験空域を襲撃した謎の球体群だ。しかもその数は前回を上回っている。

やっぱり――。

リョウは最初に蜘蛛怪獣を見た時の直観が正しかったことを知る。怪獣はあの球体によってTPCの火星基地を破壊する目的で送り込まれたのだ。

ならばあの怪獣は今、明確な敵意を持って、墜落したアルファ号を完全に破壊しようとしているのだ。

「応答して！　コウダ隊員！　アスカ隊員！」

必死にリョウが呼びかけるが無線からの応答はない。これも故障か、それとも……。

いずれにせよ現在の位置からでは二人の状況は確認できない。

リョウはガンマ号を蜘蛛怪獣が向かう岩山に向け飛ばした。その直後だった。怪獣に地上から光弾が放たれた。

「……アスカ……隊員！」

リョウの眼下、不時着したアルファ号の前の小高い岩の上に立つアスカが、ギャラクシースナイパーで迫りくる怪獣を攻撃していた。だが明らかに怪獣を止める威力はない。

また無鉄砲な……。

リョウはガンマ号のビームで怪獣を攻撃し、無線でアスカに叫ぶ。

「逃げなさい！　その武器じゃ無理よ！」

だがアスカは逃げず攻撃を続ける。リョウの声が届いていないのか？

いや、違う。近くにコウダの姿がない。まだ機体の中に？　だとしたらアスカは動けぬコウダを庇うため、あんな無茶を。

ふと脳裏に入隊の時、抱負を語れとヒビキに言われ、答えたアスカの声がよみがえる。

――俺は前だけを見ている。どんな時も諦めないし、絶対に逃げもしない。

「いくら諦めないからって……このままじゃ――」

再びリョウがアスカを援護しようとした時、無線からヒビキの声が。

「リョウ。旋回して火星基地の守備に回るぞ」

見ると、謎の球体群が火星基地を激しく攻撃していた。

「でも……アスカ隊員が……」

怪獣と空しい応戦をするアスカとの距離はすでに100メートルもない。見捨てるわけにはい――

「俺たちが行かないで一体誰が基地を守るんだ！　急げ！」

リョウの迷いをヒビキが一喝する。

「……ラジャー」

そうだ、自分たちの任務はフカミ総監と基地にいるすべての人々を守ることだ。ガンマ号を火星基地に向け旋回させるリョウは、今も必死の応戦を続けるアスカを見つめ、

――もう一度奇跡を起こして。死んだら許さないわよ。

心の中で呟き、その場から飛び去った。そしてその数分後――リョウはまったく予想もしなかった光景を目撃することになる。

火星基地上空。リョウたちは球体群と決死の攻防を繰り広げていた。

だが球体は次第にリョウたちの攻撃パターンを学んだかのように動きを変化させ、初めこそ優勢だった戦闘は今や互角、いや、もはや球体群の波状攻撃に圧されつつある。

このままではいつ撃墜されてもおかしくない。そうなれば火星基地は壊滅してしまう。まさしく万事休すの状況となった、その時だった。

突如、前方に眩い光の柱が立ち上がったのだ。

「あれは……！」

隊員たちが一斉にその光の柱を見つめ、茫然と呟く。

次の瞬間、立ち上る光はさらに周囲に大きく広がり、アルファ号を狙って前進していた蜘蛛怪獣をも飲み込んだ。

——と次の瞬間、リョウは信じがたい光景を目にする。

光のシャワーを浴びた形になった蜘蛛怪獣が粉砕されたのだ。文字通り、三本の足、胴体、すべてが一瞬にしてバラバラに引きちぎられ、四散したのだ。

「一体……何が起きてる……!?」

無線から珍しく動揺するヒビキの声が聞こえる。だがリョウの視線は、怪獣を一瞬で屠った、光の中に現れたその巨大な影を凝視していた。そして——、

「……光の……巨人……!?」

目の前に現れた——新たなウルトラマンを見つめ、そう呟いていた。


「その巨人を見た時な、頭ん中で、ちゃんちゃかちゃ～ん！　てファンファーレが響き渡ったんだよ、いやマジで……。あの感動は、あの場にいなければわからないだろ～な～」

火星基地での攻防の翌日、休憩室。唯一、火星でのミッションに参加しなかったマイにその時

の状況をナカジマが熱っぽく語る。

「ずるい～。あ～私も見たかったな～」

本気で悔しがるマイを見て、ご満悦な笑顔でナカジマが頷き、なおもその時の状況を大袈裟に延々と自慢するのを、リョウは少し離れたテーブルで聞いていた。

「で、強かったんですか？　そのウルトラマンは？」

「そりゃもー、強いなんてもんじゃないよ！　なあカリヤ」

それまで黙っていたカリヤも、コーヒーを一口うまそうに飲むと、その時の記憶を手繰るように、「ああ。確かに強かった。いや、そういう言葉で表せるレベルじゃない。あれだけ強力な未知の敵に対して、まさしく一瞬で殲滅してしまったんだからな」

「そう。あれはたとえるなら、居合の達人の一撃だよ」

リョウはその時の状況を思い起こし、ナカジマのたとえは的を射ていると思った。

眩い光の中から現れた巨人は、怪獣を倒され怒り狂ったかのように襲い来る謎の球体群を、光の刃で次々に薙ぎ払い、全滅させてしまったのだ。わずか1分で。

「でもでも、それだけでは終わらなかったんですよね？」

マイが好奇心一杯の目でカリヤとナカジマを見つめる。

通信担当としては指令室で待機していたとはいえ、当然その後の情報はすべて知っているに違いない。でもあえてその現場にいた二人から直接、目撃した状況を聞き出したくて仕方がないのだ。

「ああ。そこからが本当に凄かったんだよ」

カリヤが真顔でマイに語り出す。その言葉を聞きながら、リョウも自分が目撃したあの衝撃的な場面を思い起こした。

光のシャワーを浴びてバラバラに切断され、火星の砂に沁み込んだ蜘蛛怪獣の骸《むくろ》が、復活した。まるで微速度撮影した鉱物結晶の成長過程を見るかのように、砂地からとがった岩の尖塔が無数に生え、形を成してゆく。

背後の異変に気づいたか、振り返り身構える巨人。その眼前で、尖塔の塊が目を見開き、立ち上がった。周囲の岩石や開発プラントの残骸を取り込んだのだろう、明らかに体積が増し、それぞれ一対の腕と足、そして幾本もの尻尾を具えている。これが先刻の蜘蛛怪獣と同一の個体なのか。巨人の姿を目撃して学習し、対応できる身体を再設計し構築し直したとでもいうのか。

大気改造が進行しつつある火星の赤い空に、怪獣の咆哮が轟く。

巨人は先手必勝とばかりに正面から蹴りを、手刀を見舞い、さらに首を抱え込んで振り回す。いかに火星の表面重力が地球のそれの40％程度とはいえ、6万トンは下るまいと思われるその巨体を軽々と放り投げ、地面に叩きつけた。

確かめるように歩を進める巨人に、怪獣の反撃。その鼻先の突起から、破壊光線としか呼びようのない力線を、巨人の足元めがけて発射する。

爆ぜる地面よりも一瞬早く宙に跳んだ巨人は、そのまま眼下の怪獣へドロップキックの体勢。だがこれは、背を向けた怪獣に命中する直前、見えない障壁に阻まれ不発となった。何らかの防御フィールドを展開できるということか。

立ち上がろうとする巨人に、鎖鎌のごとく延伸した怪獣の前肢が絡み付き、放電する。

苦悶する巨人へ、破壊光線の追い討ち。大きなダメージを受け、倒れた巨人の息の根を止めんと覆いかぶさる怪獣。

しかし巨人は体を翻し、逆に怪獣を蹴り返した。

無様に転倒する怪獣。形勢逆転。

巨人は腕を水平に広げ、大きく回して右手に光を集めると、裂帛の気合と共に撃ち出した。だが光弾は怪獣の持つ防御フィールドに弾かれる。

同様のモーションから、今度は両腕で光刃を発射。

怪獣の防御フィールドが砕け散った。

なんとも強引、いやダイナミックな戦術。満を持して十字を組んだ巨人の手から、眩い光芒が放たれる。

命中したその光が、怪獣の体内にどんな作用を引き起こしたのか、怪獣は内側から大爆発を起こして四散。周囲12キロにわたって岩石の欠片を撒き散らした。こうなっては二度と復活することもないだろう。

岩石怪獣を殲滅したあと、巨人は再び光の粒子に包まれ、消えた。

「あの未知の球体と宇宙怪獣は、正直、俺たちの力だけでは倒せなかった。もし光の巨人が現れなかったらと思うと、ぞっとするよ」

しみじみ呟くナカジマに、カリヤも頷き、

「そうだな。フカミ総監や火星基地の人々。それに、コウダ隊員とあの新米隊員が無事でいられたのも、光の巨人のお陰だ」

確かにそうかもしれない。リョウも心の中で同意し、巨人が消えた直後、無線でヒビキとアスカが交わした会話を思い起こす。

――おい、新米！　もしも生きていたらすぐ返事しろ！

――なぜか、生きてます。

――よし、地球に戻ったら俺がお前の甘い考え方を徹底的に鍛えなおしてやる！

再び奇跡の生還を果たしたアスカ。光の巨人。……光。リョウの脳裏で漠然と何かが引っ掛かった時、万能デバイスW・I・Tに着信。指令室へ集合せよとの通信が入った。

自動扉が静かに開く。

そこから現れた男の靴音は大きく響き、明らかに苛立っていることが待機していた隊員たちに瞬時に伝わる。

――やはり、対策会議の結果が思わしくなかったんだ。

彼女は目の前を通過する大柄な男を見つめ、心の中で呟いた。

「まったく、どういうつもりなのか！」

誰に言うともなく、ゴンドウ警務局参謀長は怨嗟の言葉を吐き、自分を見つめる20名の直属の配下たちを見回す。

彼女――サエキ・レイカもその中の一人だ。

「スフィアと名付けられたあの球体は明らかにネオフロンティア計画に悪意を持って、わがTPCの宇宙開発を阻止しようとしている。故に火星基地を襲撃し、すでに月面基地にまで襲来していることが判明した。そう遠くない未来、奴らはこの地球にも現れ、攻撃を仕掛けてくるだろう」

もうそこまで新たな侵略者の魔の手は伸びているのか。ゴンドウの言葉にレイカは強い危機感を覚え、背筋に冷たいものを感じる。

「なのに、総監も、ミヤタやシイナも何もわかっちゃいない。その時、この地球を守るのが誰であるのか、誰が守るべきであるのか！」

高ぶる感情を抑えきれず、バン！　ゴンドウはテーブルに拳を振り下ろした。

「我ら警務局は前身の防衛軍時代より、この地球の平和を守るために戦ってきた。命と誇りを賭けて！　だが今はその戦力を大幅に縮小され、地球防衛の最前線はスーパーＧＵＴＳが担っている！　もとは学者畑の女隊長が率いたＧＵＴＳの後継チームが！」

ＧＵＴＳ。イルマ・メグミ。その名前を頭の中で反芻した時、レイカは体中の血管に流れる血が逆流するような感覚を覚え、胸が苦しくなる。

そうだ。私はあの事件を決して忘れないため、今ここにいるのだ。

「百歩譲ってそれが仕方ないとして、私が今日、どうにも許せないと思ったのは、火星に出現した新たなウルトラマンに対し上層部が、何の疑問も危機感も持っていないということだ！　またその力に依存しようとしていることだ！」

新たなウルトラマン。レイカもそのことはすでに聞き、知っていた。

人類を滅亡の闇から救った光の巨人、ウルトラマンティガ。人々はその巨人を礼讃し、今なお地球の守護神として語り継いでいる。このＴＰＣにおいてもそれは変わらない。

だがレイカはゴンドウ同様、それが許せなかった。

「残念ながら、ナグモ副長官の失脚により『F計画』は凍結され、我らが悲願は一度はついえた。だが――すべては政治だ。まだ逆転の機会は失われたわけではない。来るべき脅威にそなえ、我々は、我々がすべきことを信じ、行動するのだ！」

「了解！」

警務局直属の戦闘部隊、パッションレッド隊長、アガタが力強く答える。

そして――、「了解！」レイカも他の警務局員たちと声をそろえ、ゴンドウの檄に応えた。

第二章　スフィア

❖2017年　×月×日

「おい、新米。ちょっとこっちへ来い」

上層部の対策会議から戻るなり、指令室でヒビキがアスカを呼びつける。

「え？　俺のことですか？」ややとぼけた口調で聞き返すアスカに、

「お前以外に誰がいるというんだ」

その声にはいつになく怒気が混じり、静かな迫力を醸し出していた。

集合したリョウたちは固唾をのんでその状況を見守る。そこには頭に包帯を巻いた姿が痛々しいコウダの姿もある。

「なぜ俺の命令を聞く前に、勝手な攻撃をした？」

じっと睨みつけ問いただすヒビキに、アスカが返した答えはリョウの予想をはるかに超えて、最悪だった。

「俺の判断じゃ、絶対に怪獣を倒せると」

「判断だと？　お前はもう少しでコウダを殺すとこだったんだ！」

ついにヒビキの雷が落ちる。

「隊長。でもあの場合は――」助け舟を出そうとするコウダを制し、ヒビキが続ける。

「アスカ。お前は何のために戦ってるんだ？」

「……何のためって――」

「何を守るために戦ってる？　誰のために?!」

矢継ぎ早に問いただされ、

「いや、それは……」

「そんなことも答えられないのか？　いいか、アスカ。ここいる奴はみんな、その答えをもって戦ってる。胸の中にしっかり刻んでな。だから勝手な判断はしない。それがチームというものだ」

「……チーム」

アスカが呻くように小さく呟く。

「そうだ。そしてそれをまとめるのが俺の仕事だ。戦いの場で、目の前の状況をどう判断し、どういう命令を下すか。それがこのスーパーＧＵＴＳというチームを、お前たちの命を預かってる、俺の責任だ」

「……」

「お前が無茶して死ぬのは勝手だ。だが迷惑だけはかけるな。それが、このチームにいる人間の最低限のルールだ」

もうアスカは何も答えない。ただヒビキの言葉を噛みしめるように、じっと立ち尽くしていた。

「おい、ナカジマ。例の巨人について何かわかったか？」

ヒビキはそんなアスカに背を向けると、すでに自分のやるべき仕事を始めた。

「はい。過去のGUTSの資料によると、ウルトラマンは人間を導く最も純粋で崇高な光と記録されています」

「人間を導く……光か」

「なんだか抽象的すぎて、よくわかりませんね」

思わず呟くコウダに、その場の誰もが頷く。リョウがアスカを見やると、何か呟いたように見えたが、その言葉は聞こえなかった。

「あの！」

突然、マイがぴんと腕を伸ばし、挙手した。

「よくわからないなら、とりあえずこのウルトラマンに名前をつけませんか？」

「名前？」皆が同時に聞き返すと、

「実はもう私、いい名前、考えちゃったんです」

「よし。言ってみろ」

ヒビキに促され、マイは笑顔で、

「ダイナミックのダイナで──ウルトラマンダイナってどうですか？」

直後、隊員たちの間で賛否両論入り交じり、さっきまでの重苦しい空気は消え、笑顔で喧々諤々の議論となる。

だがマイは頑として譲らず、ウルトラマンダイナを推し続け、

「ウルトラマン、ダイナ……。わるくねーな」

最後はヒビキの鶴の一声で、新たな光の巨人の名前が決まった。

アスカも一瞬、「……ウルトラマン、ダイナ」と、今度はリョウにも聞こえる声で呟いたが、

またすぐに俯き、グッと唇を噛みしめる。初めて何かを自分自身に問いただすように。

リョウにはアスカの表情が、そう思えた。


その夜、アスカが私室からいなくなったとマイがリョウだけに報告した。

「もしかして、怒られたのがショックで、逃げ出しちゃったんですかね？」

心配するマイの言葉を聞きながら、そんなはずはない、とリョウは確信していた。

アスカは言っていたのだ。どんな時でも決して逃げはしないと。

「マイ。このことは誰かに報告した？」

「いえ。リョウ先輩だけです。大事になったらアスカ隊員が困ると思って」

リョウはW・I・Tのサーチ機能でアスカの認証データを確認し、

「いい判断よ。まだ近くにいる」


リョウはW・I・Tの画面に表示された位置に来ると、基地から約５００メートル離れた小高い丘、ポプラの木の下に寝転がるアスカを見つける。

アスカはリョウが近づく足音に気づき、慌てて何かを懐にしまうと身を起こし、

「何か用かよ？」とぶっきらぼうに言う。

だがその顔は、以前にZEROで初めて出会った時の生意気で相手を舐めたような態度とは違い、リョウが探しに来たことにどこか安心しているように見えた。だからあえて、

「叱られて、てっきり逃げ出したのかと思った」と、いじわるに言う。

するとアスカはややリラックスしたのか、夜空を見上げるように座り直し、

「俺な、学生の時、ピッチャーやってたんだ。勿論エース。俺より速いヤツは誰もいなかった」

あまりに唐突なことを言い出すアスカに、「だから、なに？」と思わずリョウが聞き返すと、

「敬遠だけは一度もしたことがなかったんだ」

どこか懐かし気に語る横顔を見て、リョウはやっとアスカが何故そんなことを言い出したか、わかった気がした。だから、冷たく言う。「でも……試合には勝てなかった」

「どうして、そんなこと！」

ムキになりアスカが唇を子供のようにとがらす。そう、今アスカの思い出語りはまさしく子供の言いわけなのだ。火星での自分の失敗を何とか〝自分の信念〟という前向きな理由に置き換えようと必死にリョウに訴えかけている。だがそれに甘い言葉で答え、慰めようとは思わない。

「図星みたいね」と冷たく突き放す。

「だったら……どうだっていうんだよ」

傷口に塩を塗られて不貞腐れるアスカに、リョウはヒビキが言っていたことをもう一度、自分なりの言葉で伝える。

「野球は一人だけの力じゃ絶対に勝てない。それは私たちスーパーGUTSも同じよ」

「……わかってるよ」

今度はやや神妙な口調でアスカが呟く。「そんなの……わかってる」

「わかってるなら、次は同じ失敗はしないで。それから、先輩の言葉にはちゃんと返事を返すこと」

「わかったよ」

「そうじゃない。ラジャー、でしょ」

「……ラジャー」

「声が小さい。腹の底から」

うるせーなという顔で振り向くアスカが、「ラジャー――ッ!」と叫んだ。

「うん。それでよし」リョウは今日、初めてアスカに笑顔を見せた。


翌日。スーパーGUTS指令室に緊張が走る。

再び火星第二衛星ダイモス軌道付近に謎の球体群が出現したのだ。そこには火星開発用の輸送船が航行中で、複数の球体を捕捉したという連絡を最後に通信が途絶えていた。

「スーパーGUTS、出動!」

「ラジャ――!」

ヒビキの号令に応える隊員の中にアスカの姿もあった。


ネオマキシマ航法で目的地点に到着するガッツイーグル。

「遅かったか……」

ヒビキたちが目撃したのは、すでに破壊され宇宙空間を漂う輸送船の残骸だった。

リョウの胸に言い知れぬ怒りが湧き上がる。

大きな夢を追い、それを実現しようとこの宇宙で働く者たちの命を、あの球体はなぜこんな形で奪い去るのか? 人類への警告?

「……冗談じゃない」

思わずリョウが呟いた時――、指令室のマイから緊急通信が入る。

「グランドームに怪獣接近！　コードネーム、スフィア合成獣です！」

無線を受け、リョウは慄然とすると同時に、混乱した。

――なぜ、グランドームが襲撃されるのか？

火星でウルトラマンダイナと戦った岩石怪獣――のちのコードネーム、ネオダランビア――は、残骸からの分析の結果、火星の砂や岩石、さらには破壊されたTPC火星基地の残骸金属を、スフィアがコアとして取り込み、怪獣化したと推察された。

その段階ですでに人類の叡智、常識を遙かに超えた存在だとリョウは認識した。

だがそれはあくまで地球を離れたネオフロンティアの最前線での出来事、すなわちスフィアはまだ未知なる宇宙空間で敵対し、戦うべき相手だと認識していた。

それが今、すでに地球に襲来し、しかも地球防衛の砦であるTPC本部に襲い掛かろうとしていると聞き、リョウは茫然となる。

知る限り、超古代文明の闇――ガタノゾーアとその眷属ゾイガーが旧TPC本部ダイブハンガーを直接襲ったのは、人類と破滅の闇との最終決戦という場面だった。

だがスフィアはまだその存在を示して数日しか経っていないにもかかわらず、TPCの心臓部を直接狙ってきた。しかも、今こうしてスーパーGUTSの主力が地球を離れたタイミングでのこの状況は……おそらく……

「はめられたか……」

無線からのヒビキの声は、リョウの推測とまったく同じだった。

これは陽動作戦だ。

前回の火星での戦闘で、スフィアはスーパーGUTSが地球防衛の要だと学習したのだ。さらに襲撃した火星基地の通信記録から、地球のどの位置にTPCの本部基地があるかまで知ったに違いない。

リョウはスフィアという敵の底知れぬ不気味さ、恐ろしさを実感した。これから先、この悪意と恐怖に満ちた敵と戦い続けなければならないのだ。

その思考を遮るように、無線から本部で待機中のコウダの声が響く。

「現在、無人防衛システムで応戦中。ですがスフィア合成獣にダメージは確認できず、どこまで持ちこたえられるか……」

「すぐに援軍を送る！　それまでなんとしても持ちこたえろ！」

ヒビキの声がそう答える。でも、今ここで全員が離れれば、近くに潜んでいるであろうスフィアがさらなる破壊活動を行うのは間違いない。

「私がガンマ号で地球に戻ります」リョウがそうヒビキに伝えるのとほぼ同時に、

「あの、俺も行かせてください」アスカが言った。その声には前回の失敗を取り戻したいという切実な響きを感じる。

「……わかった。二人とも、地球を頼むぞ」

「ラジャー！」

リョウとアスカが同時に叫び、ガッツイーグルが3機に分離。ヒビキたちが乗るベータ号をその場に残し、アルファ号とガンマ号が猛然と地球に向かい飛び去る。

だがこのまま行かせてもらえるとは思えない。きっとスフィアが――。

リョウがそう思った時、背後で続けざまに爆炎があがる。

「やっぱり……」

予感は的中した。おそらく衛星の陰に潜んでいたスフィアがアルファ号、ガンマ号を追尾し、ヒビキたちがそれを撃墜したのだ。だが――、
ディスプレイのレーダーに複数の影が映る。ベータ号の攻撃をすり抜けたスフィア群が急速に背後から接近していた。このままでは確実に追いつかれる。

――どうするべきか。ここでスフィアと戦えば、それだけ地球への到着が遅れる。

逡巡するリョウに、無線からアスカの声が、

「俺が奴らと戦う。リョウは先に行ってくれ」

反射的にリョウは思う。アスカはまったく懲りてない。

自分の力を過信し、自分だけで戦おうとしている。まるで自分ひとりで野球の試合に勝とうとするピッチャーのように。

だが、そんなリョウの心を見透かしたように、「……違う」とアスカの声が届く。

「俺は……アンタを信じて戦うんだ。だから……」

強い意志がその声にはこもっていた。アスカの言葉に嘘はないと感じる。

「わかった。……私もあなたの言葉、信じるからね」

リョウのその言葉にアスカは無言だった。だが二人は初めて仲間としての絆を確かに感じていた。

背後にスフィア群が迫っていた。もはや目視できる距離に。

「いくぜ」

小さくアスカの声が聞こえ、アルファ号が急旋回し、スフィア群を真正面から迎え撃つ。

——頼むから、今度も生きて戻って。

リョウは心の中で呟き、背後をアスカに任せると、一気に地球へと向かった。


それから約3時間後、リョウは大気圏に突入し、ようやくTPC本部グランドーム上空に到着した。

眼下の基地に向かい進撃する新たなスフィア合成獣が見える。だが一番心配していたエネルギータンクは未だ破壊されず、無事だった。

「間に合ったよ……アスカ」

アルファ号との無線は通じなくなっていた。

おそらく戦闘中に何かのトラブルが起きたに違いない。だが今のリョウにできるのはアスカの無事を信じること。そしてすべきことは目の前の怪獣を止めることだ。

リョウは怪獣の頭上からミサイルを撃ち込む。

だが全身にマグマがたぎるような岩石怪獣は、その高熱によってミサイルが着弾する前に爆破させた。

そして口から高熱の炎を火炎放射器のようにガンマ号めがけ吐いた。

ギリギリにリョウは攻撃を回避。だがコクピット内に高熱を感じる。この怪獣に対する有効な攻撃は——。

「これで頭を冷やせ！」

リョウは冷凍弾を怪獣の頭上に見舞った。マイナス270度の液化ヘリウムガスが怪獣の頭部に炸裂する。直後、その巨体が瞬時に凍り付き、完全に動きを止めた。

——成功だ。

リョウはガンマ号を氷漬けとなった怪獣に接近させ、レーザー光線を発射。粉砕を試みるが——

——

「……嘘でしょ」

怪獣の体を覆う氷がみるみる溶け出し、再び進撃を開始したのだ。

想像以上の高温だ。このままエネルギータンクに接近されたら、その熱で大爆発を起こすに違いない。

そうなればグランドームも無事では済まない。壊滅的被害を受けるだろう。

何とかしなければ。だが冷却弾はすべて撃ち尽くした。

「ガンマ号だけじゃ……無理だ」

焦燥感にリョウが呟いた時、レーダーに反応。ディスプレイを見ると、そこに接近する複数の機影があった。識別信号を確認すると、

「……これは……テスト機……!?」

夕日の染まる空を、V字編隊を組み、複数のガッツウィングが飛来する。

「こちらスーパーGUTS、ユミムラ。テスト機、応答せよ」

——と、無線から聞こえたのは、

「こちら訓練生のフドウ。ユミムラ教官。攻撃指示をお願いします」

フドウ。すぐにリョウはその名を思い出す。最終試験、アスカと同じ高得点で並んでいた訓練

生だ。宇宙空間での模擬戦闘試験でコウダの機体をヒットした。

その実力を評価し、コウダがスーパーGUTSへの入隊を推薦したと聞いていた。でも最終的に選ばれたのはアスカ一人。そのフドウが今、こうしてTPC基地の危機に駆けつけた。他の最終試験に参加した訓練生たちも。でもどうして——

「出過ぎた真似を許してください」

それはミシナ主任教官の声だった。

「規則違反です。だが、みんなどうしても一緒に戦いたいと言ってきかない。スーパーGUTSに入れんでも、こいつらもパイロットの端くれです。使ってやってください」

リョウは驚く。厳罰覚悟でミシナは訓練生たちを戦場に連れてきた。死傷者が出れば長年携わってきた教官の職を解かれるというのに。

ならばリョウも覚悟を決める。今は何より彼らの力が必要なのだから。

「……感謝します」

そうリョウは応えると、ガンマ号を旋回させテスト機の先頭へとつき、

「各機に指令。フォーメーション、ツーワンゼロ。ただしこれは実戦。忘れないで」

「ラジャー！」

無線から同時に何人もの訓練生の声が届く。自分たちが目指してきた場所に立つ、責任感と誇りに満ちた声が。

ガンマ号を先頭に急降下し、一糸乱れぬフォーメーションで攻撃を開始するテスト機編隊。燃えたぎる岩石怪獣——グラレーンに一斉攻撃を敢行。

冷凍弾とビーム光線が次々に撃ち込まれ、その侵攻を必死に食い止める。

だがグラレーンはその怒濤の攻撃にも倒れることはなく、火炎放射でテスト機を蹴散らし、エネルギータンクへと近づいていく。

――やはり無理なのか。これだけの力と思いを合わせても。

悔しさにリョウが唇を噛みしめる。その時だった。眩い閃光がコクピットのリョウを照らす。

「……あれは……！」

頭上を見上げるリョウ、ミシナ、フドウたち。その目に映ったのは、彼方の空より猛スピードで近づく光だった。その中に見える、その銀色の姿は――

「……ウルトラマン……ダイナ」

リョウが笑顔で呟く。その眼前、光の巨人――ダイナが大地に降臨。

進撃する岩石怪獣グラレーンの前に颯爽と立ちはだかった。


身構えたダイナは、岩石怪獣を押し返し、グランドームから遠ざけようと試みる。

しかし相手は体内に抱えたマグマによる数千度の高熱を帯びており、触れればこちらがダメージを受ける。ダイナも例外ではなかった。

咆哮を上げ熱量を上昇させたグラレーンは、反射的に身を離したダイナに剛腕の一撃を浴びせ、さらに高熱火炎を吐きかける。二発、三発。そのたび横跳びにかわすダイナ。離れればグラレーンは進撃を再開する。

グラレーンに触れることなく、その侵攻を阻止するしかない。

しかしどうやって？

ガンマ号とガッツウィングでは火力不足。冷凍弾では足止めにもならない。ダイナのパワーをもってしても埒が明かないとなれば——。

その時、ダイナの胸のカラータイマーが強い輝きを放った。

その光が、唸りと共に額に移った時、ダイナの姿は一変していた。

銀と赤・青の身体から、銀と青だけの身体に。

ガンマ号のコクピットで、リョウは思わず呟いてしまう。

「色が……」

タイプチェンジ。

かつて地球に降臨した光の巨人・ウルトラマンティガも、体色の変化によってまったく異なる特性を発揮した。ダイナにも同様の能力が具わっているのか。

カラータイマーが青から赤に変わり、点滅を始めている。

タイプチェンジはやはり相応のエネルギーを消耗するものらしい。

赤い明滅が我々の知る通りの意味を持つならば、残された時間はわずかのはず。青い巨人には、この窮地を突破するどんな力が？

ダイナの変化を察知したか、振り向きざまに火炎を吐きかけるグラレーン。

だがダイナはそれを両の掌で受け止めた。いや、火炎は届いていない。掲げた掌の前に光の障壁が発生し、それが熱とプラズマを防いでいる。

刹那、ダイナはグラレーンの背後に回り込んでいた。速い。瞬間移動とでも呼ぶべき圧倒的な素早さ。グラレーンが振り返るよりも早く、ダイナは額に当てた右手を前方へ突き出した。

グラレーンの動きが止まる。まるで見えないワイヤーに縛り上げられたかのように。

そしてダイナの右手が上向くにつれ、グラレーンの巨体が宙に浮きあがった。

やはりそうだ。ダイナが念動力によりグラレーンを持ち上げている。

空中であがくグラレーンが苦し紛れに放射した火炎を、空いた片手で障壁を張り受け止めるダイナ。複数の能力を同時に使い分ける器用さも持っているらしい。

いいや、炎の色が変わっている。オレンジ色から、青い炎に。

これは、敵の攻撃を吸収して自分の力に変えている？

リョウの想像を裏付けるように、ダイナは炎を吸い尽くし、流れるような動作で右手から空中のグラレーンへ向け逆放射した。

爆散し、凶悪な怪獣は粉々に燃える岩の塊となり降り注ぐ。

タイマーを鳴らし、飛翔するウルトラマンダイナ。その驚異的な戦い方をすべて見守ったリョウが、心に浮かんだ言葉を口にする。

「青い巨人は……超能力、戦士」

空中よりダイナは周囲の火災を一瞬で鎮火させ、夕焼けに染まる空へと飛び去った。


スーパーGUTS作戦指令室。

火星でスフィア群との戦闘を終え、ベータ号が帰還。

だがアスカの乗るアルファ号は戻らなかった。


その夜、リョウは一人、小高い丘にやってくる。そこに立つポプラの木にそっと手を添え、数日前、この場所でアスカと交わした会話を思い出す。その小生意気な笑顔を。

「戦いには勝ったけど……」

その代償はあまりに大きい。アスカがスーパーGUTSに入隊してから、わずか1週間しか経っていない。なのに、もうあの笑顔を見ることは二度とないのか。言い知れぬ喪失感が胸を締め付けた時、ヒビキから通信が入る。

「リョウ。大至急、座標エス・ワン・ゼロに向かってくれ」

「まさか、また……怪獣ですか?」

いやな予感がよぎり、リョウは緊張した声で聞き返す。だが——、

「そこで風邪をひく寸前のひよっこが1名、リョウ、お前の救出を待っている」

生きていた。またあいつは奇跡を起こした。

「ラジャー」

リョウは笑顔で応え、W・I・Tを切る。指定ポイントはそう遠くはない。今から行けばおそらく夜明け前には到着できるはずだ。

「まったく……どうしようもないバカね」

思わず笑顔で呟き、リョウはその場を後にした。


再び光の巨人が現れたという報告を、サエキ・レイカはかつてTPC国際会議場があったクリオモス島で聞く。

そこには今、警務局直属の隊員訓練機関シャドーが置かれていた。

スーパーGUTSによりウルトラマンダイナと命名された巨人は、スフィアが送り込んだ岩石怪獣グラレーンを倒し、TPC本部基地を守り抜いた。

「それで、被害状況は？」

　レイカは射撃訓練場で隊長のアガタに尋ねる。

「無人防衛システムはすべて破壊され、エネルギープラントの作業員および出動した警務局地上部隊にも大きな被害が出た」

「具体的な数字を教えてください」

　アガタは無言でレイカを見つめると、「負傷者47名。うち、3名が死亡だ」

「そうですか」

　レイカは淡々としたアガタの言葉を聞き終えると、ブラスター銃を標的に向ける。

　また、ウルトラマンに救われなかった命があった。

　でもそれを世間の人間たちは知ることがない。たとえ知ったとしても、それは仕方のない犠牲と思われ、すぐ忘れられる。彼らが覚えているのは、地球の平和を守る光の巨人とスーパーGUTSの華々しい活躍だけだ。

　バスッ！　レイカの撃つ光弾が正確に標的の中心を撃ち抜く。

　やはり必要なのだ。人間によって制御される強力な力――ウルトラマンをも凌駕する究極の兵器が。

　今この島でゴンドウ参謀が秘密裏に進めているプロメテウス計画こそ、レイカが信じる絶対的な正義であった。

第三章　眠れる森の悪魔

❖２０１７年　×月×日

激しく降り注ぐ雨。雷鳴が轟く。

直後、青白い光が漆黒の森を照らし、一瞬、木々の奥に古びた西洋館を浮かび上がらせた。

耳をふさぎたくなるような雨音に紛れ、微かに何か、声が聞こえる。

単調な、どこの言語か判然としない言葉の繰り返しは、時折、稲光が照らす西洋館の、薄暗いホールから聞こえていた。

時間は深夜。

ホールには一組の男女がいる。

天井から吊り下がるシャンデリアに光はなく、蠟燭の火の灯りに浮かぶ男女の顔は、明らかに西洋人だ。

バズズ　ビザブ　レク　キャリオス　ゼベッド　ナ　チック……

上品な口ひげを蓄えた白人の紳士が、単調な声で呪文を唱え、その差し向かいに膝をつく、やはり上品なブロンドの白人女性も、少し遅れて同じ呪文を繰り返す。

その様子をレンガ造りの暖炉の前で体を丸める黒猫がジッと見つめている。

エホル　エホル　エーテマ　ヤナ　サパリオース……

ビカッ。

稲光が窓から差し込み、白人男女がひざまずく床に描かれた〝それ〟を照らし出す。複雑な文様や文字で埋め尽くされた魔法陣を。

そして蠟燭にぐるりと囲まれたその円の中心には、一人の幼い少女が横たわっていた。

眠っているのか、あるいは、死んでいるのか。

目を瞑ったまま微動だにしない人形のような少女。

呪文を唱える男女はおそらく、その少女の両親だ。

バズズ　ビザブ！　レク　キャリオス　ゼベッド！　ナ　チック！

無心に唱えられる呪文が次第に高まり、さっきまでおとなしかった黒猫が何かを警戒するかのように四肢で立ち上がり、身構える。

ダン！　ダダダン！

突如、窓や扉が一斉に開く。レースのカーテンが激しく揺れ動き、ホールの中を雨水をはらんだ風が渦巻いた。

ニャアアアアアアアア！

狂ったように黒猫が鳴き叫び、直後、またも轟く雷鳴。

青白い閃光の中、閉じられていた少女の眼がカッと見開かれた。

そしていくつもの家族写真が飾られた壁に——何か異形な黒く大きな影が映し出され、妖しく蠢いて——。


「21世紀の幽霊屋敷？　お前さ、本気で信じてるわけ？」

うららかな早春の日差しに照らされる森の中の道を、1台の白いワゴン車が走っていく。

車内には、いかにも大学生といった感じの若い男女が四人。

「どうせいい加減なオカルト雑誌で仕入れたネタだろ」

助手席でスナック菓子をほおばりながら、茶髪サーファー風のクメがシニカルな笑顔で運転手のホサカをからかう。

「クメくん。情報源はマニアの間では知る人ぞ知るオカルト系裏サイトです。マジで確度の高い情報ですよ」

フチなし眼鏡をくいっとあげ、オタク風男子のホサカが反論した。

「そもそもその裏サイトが怪しいっつーの。こないだだって白い女の幽霊が出るって噂の廃病院行った時もさ」

「うん。確かになんも出なかったよね〜」

「出たのは白い野良猫だけにゃ」

後部座席でギャル風女子のミズキと、ゴスロリ系のエリカが二人のやりとりに加わり、楽しげに笑った。

「はいはい。どうぞバカにしちゃってください。笑ってられるのも今のうちだけですからね」

集中攻撃をされたホサカが思わず口をとがらせた時、クメが前を指さす。

「お。もしかして、あれじゃね？」

走る車の前方、木々の奥に一軒の大きな西洋館が見えてきた。

「間違いない。ハモンド屋敷だ」


ワゴン車から降りた四人が、西洋館の門の前に立つ。

「なんか、いかにもって感じ……」

「だから僕の言った通りでしょ。正真正銘の幽霊屋敷ですよ、今回は」

ぶるっと身を震わすエリカに、ビデオカメラを構えるホサカが勝ち誇ったかのように微笑む。

洒落た彫刻が施された門柱にはびっしりとツタが絡み、門扉も錆びついている。かなり長い間、放置されていたことがわかる。

「ほんと、なんか出そう」

さっきまで笑っていたミズキも、その雰囲気に何かを感じたように怯えた声を出す。

「帰らない？　なんか、いやな予感がする」

「おやおやおや、お嬢様がた。さっきまでの余裕はどこいっちゃったんですかね」

ホサカが得意げな笑顔で女子二人にビデオを向ける。

「今から帰るなんてなし。日が暮れるまでは撮影しなきゃ」

「でも──」

「ようこそ、黒い森の館へ。さあ、行きましょう。我々は今、未知への扉を開くのです」

と、横からクメがカメラの前に割り込み、

「無い無い。お前らビビりすぎだって」

尻ごみする女子二人に軽薄な笑顔を向けるクメが、

「どうせ今度も野良猫しか出ねーよ」

ホサカとクメに促され、仕方なく女子二人も門をくぐり、流れ出す霧の中でひっそりとした西洋館に向かい、ゆっくり歩き出す。


「お。開いてる」

「鍵壊す手間が省けたな」

ギギッ。大きな木製の扉を開け、四人は中へと進む。

玄関ホールに光が差し込む。

すると壁の少女の肖像画がそれに照らし出された。

「きゃ」と小さくミズキが悲鳴をあげる。

「だからビビりすぎだっつーの。絵でしょ。ただの女の子の絵」

四人はその肖像画の前に立ち、

「かわいい子だね」

少し余裕を取り戻したエリカが呟く。

「きっとこの子だ。20年前、不慮の事故で亡くなった、ハモンド夫妻の一人娘は。名前は確か……

「……そう、リリアだ」

ビデオカメラを肖像画に向けながらホサカが語る。

「一人娘の突然の死から半月後、ハモンド夫妻は何故かその姿を消してしまい、以来この館には誰も棲む事が無かった」

「幽霊以外は、か？」

すかさずクメが茶々をいれた時、にゃー。奥から猫の鳴き声が。

「やっぱ、また野良猫？」

その鳴き声にいざなわれるように四人がさらにホールの奥に進む。

「……ねこ、いないね」

周囲を見回しエリカが呟いた時、

「おい！　ここにおもしれーもんがあるぞ！」

一足先に奥へ進んでいたクメが大きな声を出す。

「なになに？」

ホサカがカメラ片手に前進。

「ほら。これ、マジやばいっしょ」

笑顔のクメが指さすものにホサカがカメラを向け、床に描かれた大きな円を写す。

「え？　なにこれ？」

「……たぶん、魔法陣です」

ゴロッ。不意に遠雷がホールに響き渡った。

「早く！　走って！　早く！」

すでに黒い闇に閉ざされた森に強い雨が降り注ぐ。

その中をびしょ濡れになりながらホサカとミズキが走る。

「うわあああああああ！」

突如、背後で悲鳴が響く。それはクメの声だ。

思わず恐怖で立ち止まるミズキ。

「逃げるんだ！」

駆け戻るホサカがミズキの手を摑み、引いた時、背後から何かが近づいてくる。それは黒い影のようなものだ。

「き、来た」

無我夢中で走り出す二人。錆びた門を必死に押し開けると、止めてあるワゴン車に転げるように乗り込んだ。

「こんなの……あり得ない！　あり得ない！」

震える手でキイを回し、エンジンを掛けるホサカ。

だがなかなか掛からない。

「ねぇ！　早くしてよ！」

「わ、わかってる！」

ようやくエンジンが掛かる。

「よし！　やった！」

アクセルを力一杯踏み込み、車を急発進させようとした時、ガクン、車体が大きく揺れた。

「な、なんなの？　どうして止まっちゃったの!?」

「わ、わからない……」

ガクン。ガクン。なんども大きく車体がゆすられ、完全にパニック状態のホサカとミズキ。

フロントガラスの向こうに突如、巨大な眼が現れ、二人を睨んだ。

土砂降りの雨に包まれる森。

響く二人の悲鳴が、その雨音に飲まれ、消えた。


そして彼らが足を踏み込んだ西洋館の一室の窓に灯りがともり、雨水が流れるガラス窓越しに、金髪の少女――リリアの白い顔が浮かんでいた。


「ここ数カ月、ポイントC1にある〝黒い森〟で何人もの若者が行方不明になっているらしい」

スーパーGUTSの作戦指令室。集合した隊員たちを前に、ヒビキがモニターに表示されたポイントを指さす。

「つい先日も城南大学の学生四人がこの〝黒い森〟で消息を絶った」

「黒い森？　なんすか、それ？」

アスカの問いにヒビキの代わりにリョウが、「聞いたことある。一部のオカルトマニアの間で有名になった心霊スポットですよね」

「その通りだ」

「心霊……スポット……？」

微かにアスカの声が震えた。それをリョウが聞き逃さず、

「なに？　怖いの？」

「怖いわけないだろ。くだらねー」

と、横からコーヒーをたしなんでいたカリヤが話に加わり、

「俺もネットの投稿動画で見たよ。その森の周辺には重力に逆らいボールが下から上に転がる魔の坂道がいくつも存在する」

「魔の……坂道……？」

「しかもその森の奥には一軒の古びた西洋館があって、前はハモンドという外国人の家族が住んでいたが、ある不幸な事件があって今は空き家に。でも時々不気味な声が聞こえて、呪いの館と呼ばれている」

「詳しいのね」

感心するリョウの横、

「マ……マジかよ……」

今度は完全にアスカの声が震えた。

「やっぱ怖いんじゃない」

「だから怖くねーって。何が呪いの館だよ」

「ならアスカ、お前が調査に行け」

びしっとヒビキに指さされるアスカの顔が固まる。

「……え？　俺っすか？」

「嫌か？」

「いやなわけないじゃないすか。おもしれーじゃねーすか。ムチャクチャ血が騒ぐぜ。なあ、リョウ」

すると、それまでずっと黙っていたナカジマが、

「隊長。この調査は俺にやらせてください」

「え？　ナカジマ隊員。幽霊や呪いに興味あるんですか？」

やはり黙って話を聞いてきたマイが目をまん丸くする。

「ああ、あるよ。とても」

「うっそー。意外すぎる〜」

興味津々の笑顔のマイ。

いつもならナカジマがここでボケの一つもかますのだが、なぜか今は真面目な顔でヒビキを見て、

「隊長。失踪事件の原因は必ずつきとめます」

「よし。頼むぞ」

「ラジャー」「らじゃー」「ラジャー」

真剣そのものなナカジマと今一つ乗り気でないアスカのコンビがC1ポイント〝黒い森〟へ向かった。


薄《うっす》ら霧が流れる森。

木立の中をゼレットが走ってくる。

ハンドルを握るアスカが窓外の森をチラチラ見つめ、

「ここが黒い森か。確かに何かいそうな雰囲気が……」

「残念ながら幽霊騒動のすべてが何かの錯覚か、誤認、さもなきゃデマか悪戯だ」

すでにビビり気味のアスカにナカジマが冷静に言った。

「だったら、ボールがさかさまに転がる魔の坂道は？」

「たとえば、この森の地下に強力な引力をもつ隕石が埋まっているのかもしれない」

「実は俺もそう思って、付近一帯の地下をトレースしてみたけど、それらしきものは検知できなかったすよ」

「アスカ、お前、ちゃんと調べたのか？」

「調べましたよ。ほら」

アスカが示すデータ画面をナカジマがのぞき込んだ時、不意に画面が乱れ、さらに――ガクン。

急にゼレットのエンジンが停止した。

「やっぱり……呪われてるんじゃ……」

ゼレットはどうしてもエンジンが掛からず、仕方なくアスカとナカジマは徒歩で問題の西洋館へと向かうことにした。

そして暫く地図を頼りに歩いていくと、

「ナカジマ隊員。あんなとこに」

見ると前方の林道に１台のパトカーが止まっていた。

「おい、フクナガ！　お前、ちゃんと出発前に点検したのか？」

「はい。特に問題は……」

「だったら何でエンストしたんだ！」

苛立つ中年刑事が若い刑事を怒鳴りつける。

そこへアスカとナカジマが近寄り、

「あのー。車、動かないんすか？」

怪訝な顔で中年刑事が振り向く。

「なんだ、お前ら。へんてこなカッコしやがって」

「え？　知りません？　このユニホーム」

「私たちはスーパーGUTSのナカジマとアスカです」

「ああ。怪獣退治の」

中年刑事は警察手帳を出し、

「俺は捜査一課のアオキだ。こいつは部下のフクナガ」

「どうも！　まさか本物のスーパーGUTSに会えるなんて、感激です！」

笑顔で握手を求めるフクナガを、「バカ野郎！」とアオキが一喝。

「遊びに来たんじゃねーぞ」

「……すいません」

しゅんとするフクナガから視線をナカジマたちに戻し、

「で、そのスーパーGUTSが何でここにいる？」

「調査に来たんです。この黒い森を」

パトカーのボンネットをのぞき込むナカジマが首を傾げ、

「ゼレットと同じだ。どこにも異常はない」

その傍ら、中年刑事がアスカを横柄に睨みつけ、

「それにしても幽霊騒ぎで出動とはスーパーGUTSもよほど暇だな。それとも雑用専門の若造か？」

隣で地図を確かめるフクナガを小突き、

「こいつみたいによ」

と、さっきまでビビり気味だったアスカがいつもの調子を取り戻し、

「おじさん。いきなり言ってくれるじゃないすか」

「なんだ、てめー。なんか文句あんのか？」

殺気立ち互いに顔を近づけるアスカとアオキの間にナカジマが割って入り、

「あの。警察の方こそ、ここにはどんなご用件で？」

「3日前からこの森に入った大学生が四人、戻らないんです。なんでもオカルト研究会のメンバーとかで」

「だったら俺たちと同じっすよ。こっちも人探しなんで」

「ふん、どうせ肝試しでもしてるうちに道に迷ったんだろーよ。まったく最近の若い奴らときたら――」

ガサッ！　何かがすぐ近くの茂みから飛び出し、「うわあああ！」思わずアスカとフクナガが悲鳴をあげた。

「た……すけ……て」

現れたのはゴスロリ系女子大生のエリカ。よほど長い間さまよったのだろう。服はあちこち破れ、顔や手は擦り傷だらけだ。

「君は……城南大学の……」

問いただそうとするナカジマに憔悴しきった顔ですがり付き、

「この森から出して！　早く！　お願い！」

「わかった。すぐ病院に連れてってあげるよ」

泣きじゃくるエリカにやさしくナカジマが微笑む。

「ほんと？　でも無理かも！　きっと無理！　無理無理無理無理無理！」

突如、錯乱状態に陥るエリカ。

「この森からは出られない！　何度出ようとしても必ずまた戻るの！　あの館に！」

「おい、しっかり！　アスカ、水！」

「ラジャー！」


水を飲まされ、ようやく落ち着いたエリカに今度はアオキが尋ねる。

「お嬢さん。名前は？」

「……サカイ……エリカです」

「じゃあ、エリカさん。あんたの仲間はどこだ？」

「仲間？」

「四人でこの森に入ったんだろ？　まだその屋敷に残っているのか？」

すると、

「くっくっく」

突然、エリカが愉快そうに笑う。

「お前、誰に向かって口きいてんだ?」

それは男のようなガラガラ声。顔には邪悪な笑みを浮かべ、

「ようこそハモンド屋敷へ！　素晴らしい地獄の家に！」

激しく痙攣し、意識を失い昏倒するエリカ。

「大丈夫か！　しっかりしろ！　エリカさん！」

エリカを抱き起こし声をかけるアスカの横、フクナガが怯えた目でアオキとナカジマを交互に見つめ、

「もしかして彼女、悪魔に取りつかれたんじゃ……」

「バカ野郎！　何が悪魔だ！　それでもお前、警察官か！」

「その通り。悪魔なんて存在しない。おそらく恐怖から自己暗示に掛かったんだ」

アオキとナカジマがそろって否定した時、

「だったら……あれは……どういうことです?」

震える手でフクナガがナカジマたちの背後を指さす。

「あれは……！」

振り向く一同。霧が流れていくと、そこには大きな西洋館が現れた。

「どういうことだ?　さっきまでそこに屋敷なんてなかったぞ」

さすがにアオキも愕然とする。

「この子の言う通りかもしれないっすね」

アスカがナカジマを見つめ、

「この森から出ようとすると、あの館に戻るのかも」

「いや。霧が濃くて気づかなかっただけだ。そうに違いない」

すかさずナカジマが否定する。

「そうだな。そうに決まってる」

アオキもナカジマの意見に同意し、

「とにかくこの女子大生の仲間を見つけて、とっととこの森から出るぞ」

「わかりました。そうしましょう」

アオキとナカジマが目の前の屋敷の捜索をすることで合意。

気絶したエリカを担ぎ、四人は霧の中に建つ西洋館へと向かった。

その時――、

「あ！」

アスカがぎょっとして立ち止まる。

屋敷の二階の窓から金髪の少女がジッとアスカたちを見つめていた。

「どうした、アスカ？」

「あの窓に……あれ？」

もう一度見ると、二階の窓には誰もいなかった。

「今……確かに……外人の女の子が……」

「どこにもいないぞ。お前まで自己暗示に掛かったか？」

「おかしいな……あ、ちょ、ちょっと待って！」

　またもビビりながらアスカがナカジマたちを追った。

「フクナガ。その女子大生はここらに寝かせて、お前が見張ってろ」

「え？　自分ひとりで、ですか？」

「当たりめーだろ！」

「了解です」

　薄暗い玄関ホール。未だ気を失ったままのエリカをフクナガに任せ、

「じゃあ先に行くぜ」

　アオキは二階へ続く階段を上っていく。

「よし。俺たちも行こう」

「ラジャー」

　ナカジマとアスカもそのあとに続いた。


「よし。手分けして探すか」

「らじゃー」

　またもアスカの元気がなくなる。

　二階には長い廊下を挟む形でいくつもの部屋があった。

　その一つ一つを、アオキ、ナカジマ、アスカの三人が調べていく。

　だが、どこにもエリカの仲間の大学生たちの姿は無い。

「……あれ？　これは……」

アスカが廊下に落ちている何かを見つける。

それは——ビデオカメラだ。

「どうした？」

「なにか見つけたか？」

ナカジマとアオキがアスカのところに集まる。

「まだ新品すよ。たぶん、行方不明の大学生のじゃないすかね」

アスカが差し出すビデオカメラをナカジマが見つめ、

「てことは、この屋敷に来たことは間違いないな」

「でも、どこにもいない。やっぱ……ただ事じゃないすね」

またも声が震えるアスカをアオキが一瞥し、

「おいおい。まさかスーパーGUTSまで、ここが幽霊屋敷だなんて非科学的なことを言う気じゃねーだろーな」

「心霊現象も、科学です」

アオキにきっぱりナカジマが言うと、携帯するアタッシュケースから特殊ゴーグルを取り出す。

「なんだ、そりゃ？」

「ゴースト・ビューア。心霊現象と呼ばれるものを数値化し、分析してその正体を解明する優れものです」

「いつの間にそんなもの、開発したんですか？」

驚くアスカに、

「言っただろ。俺は幽霊や呪いにとても興味があるって」

早速ナカジマはゴーグルを装着。

「降霊術。ポルターガイスト。悪魔つき。世界中で昔から多くの人間が心霊現象の正体を科学的に暴こうとしてきた。未知なるものへの探求はネオフロンティア・スピリッツと通ずるものがある」

「……なるほど。……わ！」

突如アスカが大声をあげた。

「びっくりするだろ！　なんだよ！」

「あ、あそこに、女の子が……」

アスカが指さす方をナカジマとアオキが見つめ、

「脅かすな。ただの絵じゃねーか」

それは金髪の少女の肖像画だった。

「でも……この女の子、さっき二階の窓から俺たちを見てた子にそっくりですよ」

「いや。それはありえない」

ナカジマがゴーグルを装着したまま、肖像画の下にあるプレートに記された文字と数字を見て、

「肖像画の少女の名前は、リリア・ハモンド。この屋敷の所有者、ハモンド夫妻の一人娘だ。そして……この絵が描かれたのは１９９７年。今から20年前だ」

「20年前……それじゃ、俺がさっき見たのは……」

アスカの脳裏に、館の二階の窓から自分を見つめていた少女の姿がありありとよみがえる。

「幽霊……て、ことすか」

ダーン！　突如ピアノの音が響いた。

「うわあああああ！」

またも悲鳴をあげ腰を抜かすアスカ。

「だらしねー。よくそれで地球の平和を守れるな！」

アスカを置いてアオキはピアノが鳴った方向に向かって走り去る。

「言ってくれるじゃねーか！」

再びファイトを燃やすアスカの肩をナカジマが叩き、

「その意気だ。行こう」

二人も音のした部屋へと急いだ。


「ここだな」

またも鳴るピアノ。その音がする部屋の前に、アオキ、ナカジマ、アスカが立ち、それぞれが銃を抜く。

「まずは俺が」

ドアを勢いよく蹴り開け、アスカが最初に飛び込んだ。

ナカジマとアオキもすぐ後に続く。

だが部屋の中は無人。

蓋が開いた状態のグランドピアノ。そのすぐ横に電気スタンドが倒れている。

「こいつが倒れて、ピアノが鳴ったんだ」

電気スタンドを見つめ、アオキが言う。

「でも、窓は閉まってる。風もないのに、どうして？」

「古い屋敷だ。床板が腐って傾いたとか、スタンドの脚がいかれたとか、いくらでも理由はある。だろ。科学者の兄さん」

「ナカジマです」

アオキに改めてナカジマが名乗り、特殊ゴーグルを装着。

「おそらくすべては異常な磁場の影響に違いない。このゴースト・ビューアで確かめれば――」

ゴトッ。何かが蠢く気配をアスカが感じる。黒い影のようなものが一瞬、部屋の隅を横切った気がした。

カタカタカタカタカタ……。

突如、一斉に調度品が細かい震動を始める。

「なんだ、地震か？」

「いや。違う」

思わず周囲を見回すアオキの傍ら、ナカジマが小刻みに震動する家具をゴースト・ビューアで見つめる。

「反応、無し。そんなはずは……！」

その時、階下よりフクナガの恐怖に張り裂けそうな悲鳴。そして銃声が響いた。

アオキ、ナカジマ、アスカの三人は階段を駆け下り、一階の玄関ホールへ駆けつけた。

「……フクナガ？　おい、フクナガ！」

アオキが叫ぶ。

玄関ホールにはついさっき発砲された拳銃の硝煙がまだ漂っている。

そして発砲された拳銃は床に転がっているが、それを撃ったフクナガの姿はそこになかった。

その拳銃のすぐ脇には、放心状態のエリカがぺたんと座っていた。

「おい！　フクナガはどこ行った⁉　答えろ！」

「ちょっと、アオキさん！」

茫然と宙を見つめるエリカの両肩を摑み、揺らすアオキを、アスカが止める。

「離せ！　もうこんなわけのわからん茶番はまっぴらだ！　何が幽霊だ！　何が呪いだ！　何が悪魔だ！」

利那、エリカの顔に再び邪悪な笑みが浮かび、

「もう誰も逃げられない！　ここで死ぬのだ！　ここで地獄に落ちるのだ！　いひひ、いひゃひゃひゃひゃひゃ！」

「ふざけるなああああああ！」

アオキは笑い続けるエリカを突き飛ばし、猛然と屋敷の外へと飛び出した。

「アオキさん！」

反射的にアスカもアオキを追い、外へ。立ち込める霧。暗闇に沈む黒い森には何一つ目視できるものは無い。

「くそ！　くそくそくそ！　呪いの館なんてあってたまるか！　署に戻ったら応援を引き連れて……」

前方の霧の中、薄ら灯りがにじむ。

「よし！　町の灯りだ！　森から出られるぞ！」

歓喜の叫びをあげ走るアオキ。その足が、止まった。

「そんな……バカな……！」

霧の中、目の前にはまた、あの西洋館があった。

「アオキさん……」

茫然と佇むアオキにアスカが追いつく。

「こんな……バカな」

霧の向こうに見えた明かりは屋敷の二階の部屋にともり、がっくり膝をつくアオキをまるで嘲笑うかのように明滅を始めた。

「ふざけやがって！」

怒りにまかせブラスターを抜くアスカ。屋敷に向け発砲しようとした時、ナカジマが追いつき、

「やめろ、アスカ！」

「でも！」

「冷静になれ！　こういう時こそ理性が必要なんだよ！」

刹那、

「あはは。面白い」

一同が振り向くと、エリカがまた邪悪な笑みを浮かべ立っていた。

「もっと争え！　愚かな人間ども！　どのみちお前らを待つのは地獄の苦しみだ！　あっはははははははは！」

ビカッ。稲光が一閃。

哄笑するエリカの体がフワリと浮き上がり、そのまま館に吸い寄せられ、消えた。

愕然の一同。またも激しく雨が降り出す。

薄暗い玄関ホール。

無言で座り込むアオキの傍ら、ナカジマがアタッシュケースから新しいメカを取り出し、黙々と作業する。

「ナカジマ隊員。じっとしててもしょうがないんで、俺、もう一度屋敷の中、調べてきます」

「気をつけろよ」

「ラジャー。必ず俺が敵の正体を暴いてやるぜ」

勇んで二階に向かおうとするアスカに、

「若造。やけに威勢がいいな。さっきまでビビってたくせによ」

立ち止まるアスカ。憎悪の目を向けるアオキを睨み返す。

一触即発の雰囲気の二人。だがナカジマは何も言わず、じっと見守っていた。

「一つ聞きたいんだけど、あんた、なんでそんなに若者を目の敵にすんだよ？」

「嫌いなんだよ。なんでも知った風な顔をして世間を舐めくさってる……そんな若い奴らが」

「奇遇だな。俺もそうやって何でもひとくくりにして若者の可能性を認めようとしない大人は……

……嫌いだ」

それだけ言い残し、アスカは二階へと向かう。

「たく……偉そうに」

呟き、また座り込むアオキが、黙々と作業するナカジマを見て、

「今度は何をしようってんだ？」

アスカが拾ったビデオカメラをメカに接続し、

「ようやく修理できました。これで再生できる」

メカのスイッチを入れると、二人の前に仮想ウィンドウが開き、ビデオで撮影された映像が再生される。

「この映像の中に、何か重要な手掛かりがあるかも」

仮想ウィンドウの中の映像。

カメラに向かい得意満面のホサカが映り、

「えー、我々城南大学オカルト研究会は、この噂の幽霊屋敷に潜入し、ついにものすごいものを発見しました」

フレーム内には背後でおどけるクメやミズキ、そして姿を消したエリカも映っている。

「見てください。これこそハモンド一族の秘密なのです！」

カメラが床に向けられると、そこに描かれた魔法陣が映し出される。

「なんだ、ありゃ……」

思わず画面を食い入るように見つめるアオキに、

「魔法陣。悪魔を呼び出す儀式に使う紋様です」とナカジマが答える。

フレームの中、今度はホサカが1冊の古い日記帳を手に、

「この日記の中にすべては記されていました」

「ホサカあ。お前、英語読めたっけ？」

背後でクメが突っ込みを入れる。

「それがさ、不思議と読めるんですよ」

「どういう意味？」

「英語なのに、内容が理解できちゃうんですよ」

ホサカは英語で記された日記を見つめ、

「幼い娘を病気で失ったハモンド夫妻は、地獄のような悲しみと苦しみから逃れるため、あるものにすがった。悪魔の力を借り、死者復活の儀式を実行したのだ。そして――」

その時、背後でエリカとミズキの声。

「あれ？　こんな所に猫が閉じ込められてる」

「ほんとだ！　かわいそう。早く出してあげよ」

と、ホサカが不意に慌てたように日記をめくり、

「猫？　ちょ、ちょっと待って」

焦ったように日記をめくるホサカ。同時に画面が激しく乱れ始め、

「だめだ。猫はだめ。だめだめだめ」

さらに画面が激しく乱れ、ホサカの顔がぐにゃりと歪み。

「きゃあああああああああああ！」

突如、響く悲鳴。そして奇怪な咆哮！

「お、おい！　冗談だろ！　おい！」

カメラが落下し、映像が途絶えた。

ブラックアウトした画面をアオキがじっと見つめ、

「一体、なにが起きたんだ……？」

「わかりません。ただ、わかったこともあります」

ナカジマがメカのスイッチを切り、

「まず、ハモンド夫妻はデビルサマナーだったということ」

「なんだ、その……」

「悪魔を召喚する能力を持つと言われる人間のことです」

「悪魔だと？」

「そして黒魔術による召喚の儀式を行い、死んだ娘さんを生き返らせようとした。あの肖像画の少女、リリアを」

「それじゃ、あの若造が見たって言ってたのは、その死んだ娘の幽霊だとでも？」

「かもしれません」

アオキはポカンとした目でナカジマを見つめ、

「お前、幽霊とか信じないんじゃなかったのか？　それが今頃になって悪魔だの黒魔術だの！」

「科学で証明できないものは認めない！　けど……」

「けど。何だい？」

「科学で否定しきれないものだってある」

絞り出すようなナカジマの言葉には微かな敗北感がにじむ。それをアオキは感じ取ったかのように、

「呆れたぜ。所詮はお前さんも口先だけの若造どもと同じか。何一つまともにできもしねーくせに言うことだけはご立派な――」

「少し黙っててくれませんか！」

アオキの言葉をナカジマが遮る。そして溢れ出る感情を抑え込むかのように、もう一度呟く。

「お願いします」

そんなナカジマをアオキがジッと見つめ——。


「さあ。いるなら出てきやがれ」

二階の廊下を慎重に進むアスカ。

ドアを一つ一つ開け、銃を中に向ける。

「ここが……最後の部屋だ」

ノブを掴み、一気にドアを開ける。

だが、やはり部屋の中は無人。

「……空振りか」

銃をホルスターに戻し、立ち去ろうとした時、微かに聞こえる声。

少女がすすり泣く声だ。

再び銃を構え、振り向くアスカ。

「……君は……！」

薄暗い部屋の窓際。金髪の少女、リリアが立っていた。


「どこだ？　どこにある？」

ビデオカメラに映っていた広い部屋でナカジマが何かを探す。

「あの日記にすべてが書かれているはずだ」

必死のナカジマを、少し離れた場所からアオキが見つめ、呟く。

「なあ。本当に……幽霊っていると思うか？」

作業を続けながら、暫くして、ナカジマが答える。

「実は、子供の頃一度だけ見た事があるんです」

「……え？」

「死んだおばあちゃんでした。俺おばあちゃん子だったから、きっと俺が寂しがってるから会いに来てくれたんだって、すごく嬉しくって……すぐ父親に話したんです」

「親父《おやじ》さん……何て？」

「学者でしたからね、普段は夢だのロマンだの言ってたくせに……俺の話は、どんなに必死に説明してもまるで信じてくれませんでした。頑固っていうか融通が利かないっていうか……とにかく気難しい変人で、俺からしてみれば、矛盾だらけな父親でした」

「そうか……」

「だから俺はいつか自分の目じゃなくて、科学の目で霊魂の存在を証明してやろうと思ったんです。でも……」

日記を探す作業をやめ、遠くを見つめ、ナカジマが呟く。

「知らないうちに……結局、父とまったく同じ人間になってたんですね。頑固者の変人に」

「皮肉な話だが……」

アオキも何かを思い出すように遠くを見る。

「それが親子ってもんかもな」

「……ですね」

アオキの言葉を噛みしめるようにナカジマは頷くと、ふと微笑み、

「親子だからこそ……一言でいいから言って欲しかったのかもしれない」

「……」

「お前を信じるよ、って」


「なにか、俺に伝えたいことがあるのか？」

さみし気にリリアが頷き、何かを必死に訴える。

それは英語か他の言語か判然としないが、少女の声には言い知れぬ悲しみがこもっていた。

アスカはその言葉にしっかり耳をすまし、

「そうか……君はずっとこの屋敷の中で、お父さんとお母さんを探してたのか。ひとりぼっちで」

頷くリリア。さらにアスカに何かを訴えかけようとした時、
ンゴゴゴゴゴゴッ！

不気味な音が闇に響くと、リリアの姿が掻き消え、代わりに禍々しい黒い影が部屋全体を覆いつくしていく。

「これは……！」

アスカは再び銃を構えた。

だが——ぶわっ！　強烈な風が闇から襲い、アスカの手から銃を吹き飛ばした。さらに闇が広がり、廊下にまで浸食。

一気に後退するアスカ。

それを追うように広がり続ける闇の中に、山羊のような角を持つ醜悪な怪物の顔が浮かびあが

る。

「悪魔……!?」

思わずアスカが呟くと、

「そうだ。俺の名はバルバゼス。古代より人間に悪魔と呼ばれてきた存在だ」

「あった！」

ナカジマはついにビデオに映っていた日記帳をソファーの下から発見した。そしてページをめくる。

アオキも横から日記をのぞき込み、

「英語か？」

「いいえ。ラテン語です」

「読めるのか？」

「……はい。あの大学生と同じです。文字をみると、理解できる。文章が頭の中に自然と浮かんでくる」

日記のページをめくりながら、ナカジマが、

「今から20年前、ハモンド夫妻は娘リリアを生き返らせたい一心で悪魔召喚の儀式を行ったが、結局、失敗したんだ。呼び出した悪魔はあまりに邪悪で、リリアの体に宿り、人間世界を恐怖の暗闇で支配するため屋敷の外へ出ようとした。でもハモンド夫妻は命がけでそれを止めた。リリアの中から悪魔を引きずり出し、黒猫の中に封印したんだ。でも……」

アオキもつい先日、ここで起きたことを理解する。

「それを学生たちが、解き放っちまったのか」

ゴゴゴッ！　刹那、不気味なうなり声と震動が部屋を揺らした。

「な、なんだ、こりゃ！」

「まさか……悪魔が……！」


「うわああああああああああ！」

アスカがものすごい勢いで吹き飛ばされ、廊下をすべり、突き当たりの壁に激突する。

「てめー。いい気になりやがって」

鋭い目で立ち上がるアスカ。懐からリーフラッシャーを取り出し、

「その生臭い口を今黙らしてやるッ！」

それをバルバゼスが見つめ、

「そうか。貴様、普通の人間じゃないな！」

ガン！　天井にアスカの体が叩きつけられ、その衝撃に手からリーフラッシャーがこぼれ落ちる。

「しまった！　……うわっ！」

リーフラッシャーを拾おうとするアスカの体がまたも壁に激突。そのまま昆虫採集の蝶のように張り付けられる。

「くそっ。う、動けねー」

その姿を邪悪な笑みを浮かべるバルバゼスが眺め、

「フフフ。人間の苦しみが俺のパワーになる！　ハモンドの奴がつくった結界を破るだけの力は

もう手に入れた。この森から出たら人間世界を恐怖と絶望の悲鳴で埋め尽くしてやるぜぇぇえ！」

「貴様あああああ！」

「悔しいか。フフ、フハハハハハハ！」

バルバゼスは漆黒の闇と同化し、一気に膨張していき――

ビカッ。黒い森に激しい雷鳴！

「あれは……！」

ナカジマとアオキが外に駆けだすと同時に、屋敷の背後から溢れ出る黒い影が巨大な魔獣――バルバゼスとなった。

グオオオオオオオオオオオオ！

空気を震わせ、バルバゼスが天空に向かい、咆哮。すると屋敷の真上の空間が歪み、穴が開き始める。

「な、なんだ？　今度は何が起きてる?!」

茫然と呟くアオキに、ナカジマが、

「おそらく結界を破ろうとしているんだ。食い止めないと、大変なことに」

「食い止めるったって、こんな化け物とても俺たちの手におえねーぞ！」

「いえ……たぶん一つだけ、望みがあります」

そう言うとナカジマは再び屋敷に向かい走り出した。

「くっそおおおおおおお」

わずか数メートル先に転がっているリーフラッシャーへ必死に手を伸ばすアスカ。だが体は壁に張り付いた状態だ。

窓の外には天空の結界を破らんと吠え続けるバルバゼスの姿が見えていた。

「諦めてたまるか！　必ず食い止める！」


同時刻。廊下を走るナカジマとアオキ。

「おい！　今度は何をする気だ？　その望みってのは何だ!?」

「あのビデオに映っていた魔法陣が屋敷の何処かにあるはずです。それを見つけて魔力を封じれば」

「いや、でもどこにもそんなもの見あたらなかったぞ！　それにどうやって魔力を封じるんだ!?」

「わかりません、でもそれしか悪魔を倒す方法は無い！　とにかく日記帳を見つけたあの部屋へ――」

と、前方の壁に奇怪な影が伸び、ナカジマたちに迫る！


「フハハ！　ついに結界が破れた！」

夜空に開いた結界の穴を見上げるバルバゼスが、蛾のような巨大な羽根を広げる。

「マジでやばい！　うおおおおお！」

窓外にその光景を見るアスカ。目の前のリーフラッシャーに手を伸ばし叫んだ時、ズドドドドン！　激しい爆音が響く。

「あれは！」

飛翔しようとするバルバゼスに降り注ぐ砲撃。

風雨の中、結界の穴よりガッツイーグル、アルファ、ガンマ号の2機が飛び込んでくると、さらなる攻撃を加えた。


「ナカジマ！　アスカ！　応答せよ！」

アルファ号。コウダが無線に叫ぶ。だが応答はなく、ザザッ、不快なノイズだけが返ってくる。

「二人は無事でしょうか？」

操縦桿を握るカリヤが不安げに呟く。

「無事に決まってる。今はこの悪魔みたいな怪獣を止めることが先決だ」

「ラジャー！」

ガンマ号のリョウもカリヤと同時に答え、バルバゼスに対しビーム攻撃を仕掛ける。


「化け物めッ！」

アオキが迫りくる影に拳銃を発砲。だが効果はなく、影が蛇のように伸びるとアオキの足に巻き付いた。

「アオキさん！」

叫ぶナカジマの眼前、転倒したアオキが引きずられる。

「くそおおおおお！」

必死に伸ばす手がナカジマのアタッシュケースを倒し、その拍子に転がったビデオカメラと接続したメカが起動。仮想ウィンドウが開く。

「……！」

その画像を見つめるナカジマ。

映し出されるホサカの笑顔、そして、魔法陣。

「そうか……！」

映像の中、魔法陣のすぐ横に大きな暖炉が見えた。直後、広い部屋の一角に同じ暖炉を見つけ、

「わかったぞ！　魔法陣は、この下だ！」

足元に敷かれた大きな絨毯を力一杯に引くと、その下から魔法陣が現れた。ドクンドクン。それは心臓のように不気味に胎動していた。

「……あった」

「うわあああ！」

その時、影に引きずられるアオキが部屋の壁に飲み込まれていく。

反射的にナカジマが駆け寄り、アオキの手を摑んだ。

「くっそおおおお！」

壁に飲まれるアオキを必死に引っ張り戻そうとするナカジマ。

「俺の事はいい！　早く化け物の力を封印するんだ！」

だがナカジマは激しく首を振り、

「やっぱり無理です！　どうしていいか全然わかりません！」

「……無理じゃねー」

アオキが手に持った拳銃をナカジマに握らせ、

「これで……魔法陣を撃て」

「拳銃で？　でも――」

「新米の頃から俺を守ってくれた拳銃だ。何とかしてくれるかもしれねーぜ。生憎、科学じゃ証明できねーけどな。それに俺は……」

ふっとアオキが微笑んだ瞬間、ついにナカジマの手が離れる。

「俺はお前を信じてるぞ！」

そう最後に叫ぶと、アオキが完全に壁に飲み込まれた。

「アオキさあああああああん！」

悲痛なナカジマの絶叫が響いた、その同じ時――、

「うおおおおおおおおお！」

アスカの手がリーフラッシャーを掴み、眩い光が溢れた！


激しい風雨に揺れる黒い森。その闇を閃光が切り裂く。

「……ダイナ！」

アルファ号のコウダとカリヤが、ガンマ号のリョウが、バルバゼスの前に颯爽と登場するウルトラマンダイナの雄姿を見つめた。

始まる光の超人と暗黒の悪魔との戦い。

魔力によって攻撃するバルバゼスに、ダイナはミラクルタイプにチェンジし超能力で応戦。

稲妻が走り、森の木々が槍のように飛び交い、互いに黒煙と超高速で姿を消し、また現れ、激突。

「なんて戦いだ……」

「超能力、対、魔力」

まったく異なる異能の力と力が真正面からぶつかり合い、コウダ、カリヤ、リョウが見守る中、一進一退の激しい死闘が続く。


「俺を……信じるったって……」

震える手で拳銃の弾倉を確認すると、残弾は1発。

「チャンスは……1回だけ」

アタッシュケースから特殊ゴーグルを出し、装着し、

「分析するんだ！　何処かに必ず……弱点が……この拳銃を撃つべきポイントが……」

ゴーグル越しに不気味に胎動する魔法陣。だが——、

「……だめだ……見つからない」

その時、ナカジマの耳に少女の声が聞こえた。

「怖がらないで。もっと自分を信じて」

「……え？」

顔を上げた先には、壁に掛かったリリアの肖像画。

雷雨の中、大地に倒れるダイナ。

同時に夜空に開いた裂け目へと飛翔するバルバゼス。

だがダイナが行かせるものか、とその足にしがみつく。

それを嘲笑うようにバルバゼスが落雷を召喚、ダイナに直撃させた！

うあああああああ。

再び倒れ伏すダイナ。その胸のタイマーが激しく点滅を始める。

「立って！　ダイナ！」

激しい風雨の中、リョウが叫ぶ。


特殊ゴーグルを外すナカジマ。

すると彼のすぐ前に佇むリリアの姿があった。

「リリア……君は……ずっと、ひとりぼっちだったのか……」

「あなたにも、私が見えるの？」

「ああ……見えるよ」

思わずナカジマの眼から涙が流れる。

「君の方がよほど心細いのに……励ましてくれて、ありがとう」

アオキに渡された拳銃をグッと握り直し、

「君のご両親のぶんまで……頑張るからね」

魔法陣の中心に銃口を突き付けるナカジマ。

同時に影が触手のように首に巻きつき、壁に飲みこもうとする。

だがナカジマはその力に必死に抗い、

「信じるんだ。必ずできる。自分を信じられない奴が……どうして科学者だよッ！」
グッと指先に力を込め、発射！　弾丸が胎動する魔法陣のど真ん中を撃ち抜いた。直後――、
うがあああああああああああ！
苦悶の叫びが響き、激しい光が血液のように弾けた！

倒れ伏したダイナにとどめを刺さんと迫るバルバゼスの胸から大量の光が溢れ出す。

「なんだ……あの光は……!?」

イーグルから見つめるコウダたち。

途端に力を失い、苦しみもだえるバルバゼス。

「もしかしたら……」

リョウが呟いた時、ダイナの耳にも、リリアの声が届く。

「あの光は悪魔に捕らえられていた人たち。みんな、解放された」

ダイナがリリアの声に頷くと、必殺のレボリウムウェーブを発射！

波動が闇を切り裂き、悪魔の体を包み込んだ。

ウギャアアアアアアアアア！

断末魔を上げるバルバゼスが時空の歪みの中へと飲み込まれ、完全に消滅した。

直後、今まで吹き荒れていた風雨が収まり、静けさが戻った森に朝が訪れる。

旋回する2機のイーグル。そのコクピットで微笑む、コウダ、カリヤ、そしてリョウに、ダイナは一度頷き、

「しゅわっ！」

朝焼けの空に飛翔するウルトラマンダイナ。

黒い森の悪夢は終わった。


屋敷の中にも朝の光が差し込む。

魔法陣がすでに消えた部屋の中央に倒れているナカジマ。

その肩を誰かの手がゆする。

「ナカジマ隊員」

目をさますナカジマが顔を上げ、

「アスカ……」

そこにアスカの笑顔があった。

「任務完了です。ナカジマ隊員の活躍のお陰です」

「俺の……お陰で……」

「正確には、俺の拳銃のお陰かもな」

「……え?」

声の方を見るとアオキが立っていた。

その後ろにはコウダ、カリヤ、リョウ。

そして消えたフクナガ刑事やエリカたち大学生四人、それより前に行方不明になった数人の若者たちもいる。

「よかった。みんな無事で」

安堵の笑顔のナカジマの前に、アオキが歩み寄り、右手を差し出した。

「ちゃんと仲直りせんか。そしたら俺も……久し振りに自分の息子と話せそうな気がするんだ」

「……俺も……同じです」

ナカジマはアオキの手をしっかり握り、

「ようやく、親父と向き合える気がします」

そんな二人を見つめ、リョウがアスカに言う。

「人間って、科学以外にも解明すべき事がまだまだ多いみたいね」

「ああ。でも解明するより、思い出せればいいんだと思うよ」

「……そうね」

リョウと笑顔をかわすアスカ。窓の外に広がる青空に、両親に連れられ幸せそうに笑う少女の姿を見たような気がした。

第四章　クラーコフ浮上せず

❖２０１７年　×月×日

「人工太陽の誘導コマンドの変更、すべて終了しました」

マイは最後のデータを打ち込み、クラーコフＮＦ３０００のブリッジにいるコウダとリョウに報告する。

「さすがだな、マイ。予定より12時間も早いアップだ」

「あとは火星基地に任せればいいわ。マイ、大役、ご苦労様」

コウダとリョウが笑顔でマイをねぎらう。

「はい。ありがとうございます」

ふー。二人が背を向けると同時に、マイは深いため息をつく。

――やっと終わったあ。超緊張したあ。

マイは重責をやり終えた解放感から、すぐにシャワーを浴びたい誘惑にかられる。

それほど今回の任務はマイにとってハードなものであった。

別に人工太陽のコマンド変更が難しかったわけではない。勿論、一般には大変難しく緊張を伴う作業に間違いないのだが、マイにとって大変だったのは、こうしてクラーコフに乗り、木星近くに出張するという、その環境だった。

マイはコンピュータの操作で苦を感じたことは一度もない。むしろ楽しみでしかない。

だからそんな自分の技能が最大限に活かせるTPCの通信分析チームを高校卒業と同時に志願し、最難関の技能試験をトップの成績でクリアし、晴れてTPC分析班の一員となり、半年後にはその並外れた知識と技術を買われ、スーパーGUTSの正規隊員に大抜擢されたのだ。

マイはそのJK的な明るく好奇心一杯な性格をそのままに、男所帯——リョウも最初はマイにとって他の隊員と変わらない漢な感じだった——の中でマスコットのようにかわいがられ、すぐ海賊のような荒くれものたちのチームに溶け込んだ。

——でも……いや、だからこそ……

マイは今回のような前線任務は苦手中の苦手だった。実際スーパーGUTSに入隊以後は指令室勤務しかなく、こうして外に出るのは初めての体験だった。

——あー。早く本部の指令室の、あの座りなれた椅子に戻りたいな〜。

そんな郷愁にマイが浸っていた時、緊急連絡がブリッジに届く。

「わかりました。ヒビキ隊長」

通信を受けたコウダの顔に微かに緊張が走るのをマイはボンヤリ見つめていた。

——一体なにがあったんだ？　また地球に怪獣が現れたのかな？　だったらすぐ基地に戻らなきゃ。

そんなマイの思考を、コウダの一言が断ち切った。

「クラーコフはこのまま本部に帰還せず、直接、地球の南極に向かいます」

——ん？　今、なんて言った？　南極？　え？　ええっ？　聞き間違いでしょ？

だが――、

「リョウ。マイ。南極の海底に何か異変が起きたらしい。本艦は継続任務として今から南極に向から」

「ラジャー」

すかさずリョウが応えるのを、マイはまるで現実味がない感じで見つめていた。

――やっぱり聞き間違いじゃなかった。……南極？　うそでしょ。

マイは泣きたくなる気持ちを必死に抑え、「らじゃー」と弱々しくコウダに返事をする。

――ちょっと待ってよ。こんなの聞いてないよ。どうしよう。

これから待ち受けるであろう過酷なミッションを前に、早くもマイの心は折れそうだった。


それから12時間後、マイは南極で海洋開発局のエジリ主任の指揮下に入り、異常なまでの海水温上昇の原因を突き止めるミッションに参加。今までに経験したことのない過酷な状況に遭遇することとなる。

いや、それはマイだけではなく、スーパーGUTS最大の危機でもあった。


「絶対、この苦しい状況を突破できる方法があるはず。……絶対に」

その時、リョウは南極海底3700メートルに、約2時間前から停止したままの特殊潜航艇ガッツマリンの操縦室にいた。

目の前には一切のコントロールを失い、海底にその巨体を沈めた移動要塞クラーコフNF3000が見えている。そしてその船体を触手でからめるように取り付くクラゲのような宇宙生物の醜悪な姿が。

クラーコフは現在、その宇宙生物――スフュームによってすべてのシステムを支配されていた。もしマイがいればメインコンピュータをジャックされるという最悪の事態は避けられていたかもしれない。だがクラーコフが襲撃された時、マイはリョウとともに海底基地アイスキャッスルの状況調査に向かっていた。

今思えば、それもスフュームによる策略だったに違いない。侵略者はあらかじめスーパーGUTSの隊員に関するあらゆるデータを研究していた節がある。それどころかネオフロンティア計画の新たなシンボルとして開発された人工太陽NSPカンパネラの全制御システムをクラーコフが優先的にコントロールできることまで調べ上げていた。

だからクラーコフを乗っ取り、NSPカンパネラを木星近くの実験空域から地球の南極上空へ誘導し、その6000度の超高熱を使って南極の氷すべてを溶かそうとしていた。

地球全土を海中に沈めることで全人類を葬り去り、自らがこの星の支配者になろうというのだ。人類が作り出した未来への希望を地球侵略の道具として利用するという、あまりにも卑劣にして狡猾な手段で。

最後にリョウがクラーコフと交信した時、コウダの口調が突如豹変し、この海域にいる人間を皆殺しにすると宣言した。

スフュームはコンピュータの音声データからコウダの声紋を使い、通信に割り込んだのだ。コウダの声だけではなく、あどけない少女の声も使い、スフュームはスーパーGUTSのメンバーを挑発し、嘲笑った。

まさしく悪魔的な残虐さと悪意を、リョウはその人工音声に感じ取り、戦慄した。

——こんな奴に、地球を明け渡すわけにはいかない。

だが状況は次第に悪化するばかりであった。

クラーコフが乗っ取られ、人工太陽が南極に迫る中、ウルトラマンダイナまでが侵略者が送り込んだ怪獣——レイキュバスの前に敗れ去ったのだ。超高温の火炎と超低温ガスの連続攻撃を受け、ダイナは完全に凍り付き、氷原に倒れた。

さらには今から2分前、クラーコフのＤＦ９コードが発動した。メインコンピュータの干渉を受けずに作動できる唯一のシステム——自爆モードだ。

おそらくコウダたちは人工太陽の誘導電波を止めるため、自らの命を犠牲に最後の手段に出たのだ。

発動から爆発まで15分。残された時間はわずか13分。

リョウは今、最後の望みをかけた作戦に臨もうとしていた。

その作戦とは、マイをクラーコフ内部へと送り込み、Ｄ７の端末からメインコンピュータにアクセスし、システムを奪還する。

だがＤ７のブロックに外部から侵入できるルートはＤバラスト排水溝だけだ。ガッツマリンの船体は大きすぎ通り抜けることはできない。

そこでリョウが考えた唯一の侵入手段は——誘導ミサイル、ブレイクシャークに乗り、Ｄバラスト排水溝に侵入する。当然その危険な任務はマイがこなすしかない。

だが非戦闘員のマイは前線での危険任務の経験はほぼゼロである。ましてやこの作戦にはスーパーＧＵＴＳの仲間の命が……いや、全人類の命が懸かっている。

「私にできるはずありません！」

リョウの立てた作戦をマイは激しく拒否した。

「私、リョウ先輩みたいに勇敢じゃないし、戦闘にもほとんど出たことないし、本当はスーパーGUTSに入る資格なんて――」

バシっ。思わずリョウはマイの頬を叩き、言葉を遮った。

マイがスーパーGUTSに入隊してきてから手を上げることなど一度も無かった。怒鳴りつけることすら無かったはずだ。

でも今は――どうしてもこうせずにはいられなかった。

「これが勇敢な人間の手？」

リョウはたった今、マイの頬を叩いた手を目の前へとかざす。その手は自分でもみっともないと思うほど、細かく震えていた。

「私だって怖い。戦うのは怖い。でもそれは……自分自身で乗り越えてくしかないのよ！」

そう。リョウは何度もそんな経験を乗り越えてきたのだ。

死と隣り合わせになった時の恐怖を、あと一歩判断が遅れていたら確実に命を失っていたであろう瞬間を、リョウは幾度も乗り越えてきた。スーパーGUTSの隊員として、誰かの命を守るために。

マイにも、それを伝えたかった。


だが誘導ミサイルに乗ることを決断したものの、とてつもないプレッシャーにマイの心は今にも折れそうだ。

実際、通信機から聞こえるか細い声は涙声で、とても任務を遂行できる状態でないことはリョウにもわかる。だがここで諦めるわけにはいかないのだ。

――どんな時でも俺は絶対に逃げないし、諦めもしない。

ふいにアスカの自信満々な声が脳裏によみがえる。いつもは癪に障るその生意気な物言いが今はリョウに勇気を与えてくれるような気がした。

そんな時、背後で微かな歌声が聞こえた。

破壊された海底基地アイスキャッスルから救出した唯一の生存者。

彼の手には――あどけない笑顔を浮かべるかわいらしい少女の写真がしっかり握られていた。彼の娘に違いない。

「青空が、ある限り……風は……時を運ぶよ……」

彼が苦し気に歌うのは、リョウもよく知っている歌だった。

落ち込んだり、自信を無くしかけた時、その歌詞とメロディーが心に響くということで若者は勿論、子供たちにも歌われていた。

おそらく彼の帰りを待つ娘も歌っていたのだろう。だから生死の境をさまよう彼はその歌を必死に口ずさんでいた。

娘にもう一度会いたいという強い思いを込めて歌っているのだ。決して諦めない思いはアスカだけではなく、クラーコフの中にいるコウダたちも、目の前にいる名も知らぬ技術者も皆、同じだ。

そしてリョウもその歌を口ずさんでいた。誘導ミサイルの狭く暗い空間で今にも圧し潰されそうな気持ちと戦っているマイに、勇気を伝えたいという一心で。

「勇気がある限り、夢は必ずかなうよ」

するとリョウの思いに応えるように、無線からマイの歌声が聞こえてくる。

「誰よりも何よりも、君だけを守りたい。いつまでもどこまでも、君だけを守りたい」

いつしか二人の歌声は重なっていた。その心も。


事件終結から1週間後。

リョウはスーパーGUTSの仲間たちとメトロポリスの病院のロビーにいた。

アイスキャッスルから救出したハラシマ主任の見舞いに来たのだ。

そこには彼の家族もおり、娘のサユリが電子ピアノに合わせ、美しい声で歌っていた。マイに勇気を与えたあの歌を。


クラーコフに誘導ミサイルで侵入に成功してからのマイの活躍は目覚ましかった。

ジャックされたコンピュータを奪還。さらに襲い掛かったスフューム配下の半魚人ディゴンをガッツブラスターの一撃で倒したのだ。

同時に、復活したダイナはレイキュバスを倒し、コウダたちも自爆寸前のタイミングでスフュームを撃退。DF9コードを残り2秒で解除した。人工太陽NSPカンパネラも木星衛星軌道の実験空域へと戻り、事件は解決した。

恐ろしく狡猾で冷徹な侵略者の計画は、スーパーGUTSとウルトラマンダイナのギリギリの戦いによって阻止されたのだ。

今回の熾烈な経験を経て、マイは今や立派なスーパーGUTSの戦士として成長した。それに比べ……。

「なに、マイ。急にきりッとしちゃって。さては何かあったな？」

マイの変化に気づき、からかうアスカに、

「ずーっと気絶してた人には何にも教えない」ときつい一言をお返しした。

そう、今回のこの大事件において、アスカはまったくいいところが無かった。

クラーコフの攻撃システムが奪われ、シューティングブースにカリヤと二人向かったあと、ディゴンたちに囲まれ、戦闘のさなかに頭を強く打ち昏倒。気がついた時には事件はすべて終わっていた。

「今日は思いっきり歌いにいっちゃおうか。頼りないアスカは抜きで」

リョウも調子を合わせ、アスカをいじめる。

「そりゃねーよ」子供のように口をとがらせイジケるアスカを見て、ふとリョウは思う。

なぜか今回もアスカはずっと一緒に戦っていたような気がするのだ。

それはアスカが入隊したあと、何度も感じた不思議な感覚だった。

たとえば再生怪獣グロッシーナ誘導作戦。

自らアルファ号で囮役を買って出たアスカは、負傷を押して出撃したヒビキ隊長のベータ号を助けようとして墜落。あわやという刹那、出現したダイナによって隊長は救出されたが、その時点でアスカの生死は不明だった。

結局は胴体着陸したアルファ号の中でひっくり返っているところを発見されるわけだが、もとよりリョウの胸に不安はなく、無心にダイナの戦いの趨勢を見守っていた。

倒されたかに見えたグロッシーナから飛び出したサイクロメトラの逆襲を、ダイナがすかさず返り討ちにした時などは、先だっての訓練でパーフェクトを叩き出したアスカの得意げな顔すら浮かんだものだ。

あるいは幽霊宇宙船潜入作戦。

あの一件でのリョウの記憶は定かではない。彼女自身も、人間の魂というべき生体プラズマを宇宙船に捕獲され、昏睡状態にあったためだ。

しかし報告書によれば、プラズマ状態のまま思考と人格を維持し、救出のため宇宙船に侵入を試みたアスカ、コウダ両隊員と会話さえ交わしているという。

信じがたいが、やはり物理的な肉体と切り離されていたためか、夢の中の出来事のようにはっきりとは思い出せない。

ただ、宇宙船を取り込んだゾンバイユの中で、誰かが側にいる安心感のようなものを感じていたことだけは、おぼろげながら覚えている。

それがダイナだったのか、アスカだったのかまではわからない。

はっきりしているのは、グランドームで目を覚まし、アスカだけ意識が戻らないと聞かされた後の顚末だけだ。無言で横たわるアスカにすがり付き、皆の前で何を口走ってしまったか。リョウにとってはそれこそ記憶から消し去りたいほどの失言であり失態の極みだが、偽らざる本心だったと今では思う。

そんな感覚をいくつか体験した時、リョウは決まって、ある想像をする。だが……

――まさか。さすがにそれはないか。

すぐにその考えを否定し、リョウはいじけるアスカのもとに走り、みんなと一緒にカラオケに行こうと誘った。


――リョウ先輩。やっぱ歌、超上手じゃん。

マイはリョウとあの極限状況での思い出のソング『君だけを守りたい』を、もう一度、ここでデュエットした。

当然あの時とはまったく違う精神状態で歌うその歌は、本当に頭の先からつま先までしびれるほど、マイの心を震わせた。油断したら涙が出そうなほどに。いや、もしかしたら泣いていたのかもしれない。

その思い出の歌を歌い終えると、

「よし！　次は俺が行くぜ！」

アスカが威勢よくマイクを握ると、おい、それ、いつ覚えたんだというような少し前のヒット曲を熱唱する。

「イエーイ！　いいぞ、アスカああ！」

それをリョウが満面の笑顔ではやし立てる。まるで姉弟のように。ん？　いや、もしかしたら……。

マイはそんなアスカとリョウを見比べ、あることを思う。

――リョウ先輩は、アスカのこと、どう思ってるんだろ？

マイはリョウを同じ女性隊員として超リスペクトしていた。いつかのクレア星人に騙された時は一瞬、反発したりもしたが、それもつまりはリョウを尊敬しつつも負けたくないという、つまらない感情によるものだったのかもしれない。

その意味では、アスカについてもマイはリョウに対して微妙な感覚を持っていた。

アスカと初めて会ったのは、彼がZEROの最終訓練でスフィアに襲われ、その生存が絶望視されていたのに、奇跡の生還を果たした時だ。

TPC本部のメディカルルームで花瓶に花を挿しながら、ずっと眠ったままのアスカの寝顔を見て、可愛いなと思ったのがつい昨日のことのように思い返される。

そのあとも何度もアスカと同じチームメイトとして過ごすうちに、マイはアスカにほのかな想いを寄せていることに気づいた。

でもそれを直接、アスカに伝えるのは、ちょっと無理だった。

地球の平和を守る防衛チームの仲間という自覚もあったが、それ以上に、リョウのことが気になったのだ。

はっきり言ってアスカとリョウの関係は不思議だった。

さっきも思ったようにデキの悪い弟の世話を焼く姉のようにも見えるが、時として、誰よりも相手を信じ助けあう最高のパートナーにも見え、さらには——とても心が通じあった、恋人のように見える時もある。

アスカが歌い終わり、自然とリョウの横に座り、いつものように屈託なく笑いあう姿を見つめ、マイは思う。

リョウに、アスカに対する気持ちをちゃんと聞いてみたい。

でもそんな場面が果たして来るのか、その時のマイは、やはりうまく想像ができずにいた。そして不意に、さっきリョウと歌い上げた、あのフレーズがよみがえる。

——いつまでもどこまでも、君だけを守りたい。

そんな言葉をアスカにかけられる日が、来ることがあるのだろうか。

「どうしたんだ、マイ？　ぼやっとして。楽しんでる？」

少しほろ酔いのアスカがマイにとびきりの笑顔を向けた。

「うん。勿論！」

マイはどこか切ない思いで、わざと大きなリアクションでその場を和ませた。


カラオケルームでリョウはマイとあの歌をデュエットした。それが誘導ミサイルで出撃する直前のマイとの約束だった。それを無事こうして果たしたのだ。

——誰よりも何よりも、君だけを守りたい。

——いつまでもどこまでも、君だけを守りたい。

マイクを手にリョウは思う。こんな時間がいつも必ず訪れるとは限らない。

でも今、自分の横で弾ける笑顔で熱唱するマイを見ると、これが自分たちが生きている世界なのだと実感する。

私たちは、こういう誰かの当たり前の笑顔を守るために命を懸け、戦うのだ。

だからその使命を成し遂げた時、こんな短い一瞬に、私たちも私たちが守った人たちと同じように笑い、楽しむ。その笑顔に私たちの仕事への誇りと尊さがある。

南極での任務中はあれだけ嫌な印象だった海洋開発局のエジリも、一度心を開けばとても気さくな人間だった。お酒が入り、一番ぶつかったコウダとむしろ意気投合し、デュエットまで披露し、みんな最高潮に盛り上がった。

まさしく死と隣り合わせになった緊張と対立は、それを一緒に乗り越えた時、何物にも代えられないほど強い絆を生むのかもしれない。

久しぶりの休日を思いっきり歌い、笑い、はしゃぎ、もはやグダグダ寸前にまで場が盛り上がった時、突如、ヒビキのW・I・Tに通信が入る。

「あー、ちょっと失礼！　ごめんごめん！」

その場のノリを壊さず、すっかり雰囲気に酔いしれた豪快な笑顔のまま、カラオケルームから出ていくヒビキ。

その時、室内はちょうどナカジマの調子っぱずれの歌が始まり、やんややんやの歓声に包まれていた。アスカもノリノリでタンバリンを叩き、笑顔ではやし立てる。

だが入口のドアのガラス越しに、通信を受けるヒビキの横顔がふと緊張するのがリョウにはわかった。おそらく、何か次の任務の連絡に違いない。

どんな楽しい時間でも、結局は任務を忘れることができない。それが自分たちの仕事だからこそ、こうしてヒビキは誰にもさとられないよう自然と気を遣う。

いつもの豪胆なイメージとは真逆な繊細さがある。それがまさに宇宙という未知なる地平に挑戦する海賊のような一癖も二癖もある連中を束ねられる人間力だ。

――ごくろうさまです。ヒビキ隊長。

アスカに次に歌う曲を催促されながら、心の中でリョウはヒビキに感謝した。

だが、まさかそれが今回の南極でのスフュームとの戦いを凌駕する、人類最大の事件の幕開けになろうとは、その時、リョウはまったく想像もしていなかった。

❖同年　×月×日

南極を舞台にした侵略者による、クラーコフ及び人工太陽NSPカンパネラ強奪事件。

スフュームの策略に戦力を利用され、地球壊滅の危機を招いたスーパーGUTSの失態は最前線を預かる防衛チームとして致命的ミスと断罪されるべきものであった。

実際、完全にコントロールを奪われた人工太陽が刻一刻と南極に近づく時、スーパーGUTSもウルトラマンダイナも行動不能であった。

これは地球防衛において常に予備部隊としてのポジションに甘んじてきた警務局にとって、その実力と必要性を示す、千載一遇のチャンスであった。

故にゴンドウは迷うことなく、莫大な開発資金を掛けた人工太陽カンパネラの爆破に消極的な宇宙開発局と情報局を一喝し、パッションレッド部隊を出撃させたのだ。

「TPCの戦力が、スーパーGUTSだけではないことを敵に思い知らせてやる」

だが人工太陽破壊の直前、侵略者の怪獣兵器レイキュバスの遠距離火炎弾によってパッションレッド部隊は全滅した。警務局の名誉回復になるべき場面は、まさに最悪の結果に終わったのだ。

「あの時……俺が出るべきだった」

地球最大の危機を救う人工太陽爆破というミッションに、当然アガタはパッションレッド隊長として出撃を志願したが、ゴンドウはそれを却下した。

今回の事態は警務局戦闘部隊の実力を見せつける格好の機会ではあったが、主力部隊を投入するほどの案件ではないとゴンドウは判断した。むしろ主力を投入せずとも事態を収束してみせることでこそ、今後の圧倒的なイニシアチブをとれると計算したのだ。だが……、

「あれからずっと同じ言葉が頭の中で聞こえる。なんで俺が……生き残っている……」

「アガタ隊長……」

レイカもその時、南極から放たれた火炎弾によりパッションレッド部隊が一瞬で殲滅された瞬間を、モニター越しに見ていた。

そして爆炎に包まれた時の隊員の最後の悲痛な叫び声も聞いた。今も生々しく耳に残っている。だからこそ隊を率いることができず、多くの部下を失ったアガタのつらさが、痛いほどわかった。

「教えてくれ。俺はこの命を、これからどう使えばいい？」

初めて聞くアガタの弱音。

いつも怖いほど冷静沈着な男の心の底から絞り出す問いかけに、レイカは暫く沈黙し、そして答えた。

「私たちが信じる、理想のために」

「…………」

「それ以外に……散っていった仲間たちに、報いる答えはありません」

「……そうだな」

アガタは笑顔なく呟くと、レイカをじっと見つめ、

「レイカ。この先どんな事態に直面しても、今、お前が言った言葉が真実だ。迷わずに行動しろ。

俺たちの理想を守るために。いいな」

「……はい」

アガタの言葉を噛みしめ、それをたがえはしないと、レイカは改めて誓った。

第五章　プロメテウス

❖２０１８年　×月×日

「もはや、迷っている時間はない」

パッションレッド部隊壊滅により、警務局の戦力と信頼は一気に失われた。

それを挽回すべく、ゴンドウは今まで秘密裏に進めていた計画を一気に加速する決断を下した。

ウルトラマンを超える超兵器「プロメテウス」の実用化である。


旧ＧＵＴＳ隊の大型宇宙母艦アートデッセイが動態保存され記念艦として予備役に服することが決まったため、その後継を担うべく建造計画をクラーコフＮＦ３０００と争ったアートデッセイ級二番艦「オルトロス」。

これをベースとして設計の大幅な見直しを図り、想定しうるいかなる外敵にも対抗可能な火力と、長期にわたる無補給での継戦能力を要求仕様に盛り込み、信頼できるルートを通して複数の部局に打診を試みたところ、意外な人物がコンタクトを求めてきた。

キサラギ・ルイ博士。ＴＰＣ科学研究局未来科学センターで複数の研究チームのチーフを務める才媛。理論物理学、熱力学、航空宇宙工学、情報工学、神経科学等々、数多の分野に輝かしい足跡を残し、万能の天才と謳われるトップ研究者。今や人類の宇宙進出に必要欠くべからざる技術であるネオマキシマ航法を理論化・実用化した張本人である。まごうことなき表舞台、光の側に立っている方の人間だ。その彼女が何故？

「怪獣の相手を人間がするなんて、バカげていると思いませんか」

喧嘩を売っているのかと思った。このキサラギという女、変わり者とは聞いていたが、今まで怪獣や異星・異界の侵略者を迎え撃つため傷つき倒れていった数多の局員の生命に対し責任を負うこのゴンドウを前に、言うに事欠いて「バカげている」とは。

だが同時に「面白い女だ」とも感じた。武官出身のゴンドウのような人間にとって、科学者という人種は最も接点に乏しい、理解しがたい存在である。そう考えていた。

近年の彼女は人工知能と脳記憶のダウンロードに関する研究にご執心らしい。人工知能を中枢に搭載した無人運用可能な電脳巨艦――要するにキサラギは、自分の研究成果を手っ取り早く売り込みたいのだ。そのためならばどんな労力も厭わない。

彼女が提示した「プロメテウス」のドラフトプランは、ゴンドウが我ながら無理難題とも思えた要求仕様を完璧に満たしており、すでに竣工に至るまでの工程と予算、資材の調達先、建艦に必要な施設と人員の見積までが添えられていた。

ここまでのものをこの短期間に、それも本来の人工知能研究の片手間に書き上げたとは驚嘆に値する。しかも艦体の軸線を貫くこの異様な兵器たるや、さすがはネオマキシマのオーソリティと舌を巻かざるをえない。天才の異名は伊達でも酔狂でもないと見える。

――面白い。

ゴンドウ自身、人工知能にはまったく明るくないが、任せてみる価値はある。何よりキサラギの次の言葉が気に入った。

「私のプロメテウスが完成すれば、スーパーGUTSはもう要りません」

どうやら彼女とはうまくやっていけそうだ。

「建艦施設と人員はこちらで手配する。予算は倍出そう。工期の再検討を頼みたい」

差し出したゴンドウの骨太な手を、ヴォルフスブルクの自室にいるキサラギの立体映像が細い指で握り返しながらこう聞いた。

「一つだけ、よろしいですか？」

何だ。倍額ごときでは不足だとでもいうのか。

「こんなに素晴らしい計画を、参謀はなぜ秘匿なさるのでしょう？」

……やはり科学者という人種は理解できない。

「プロメテウス計画」とほぼ同時にゴンドウが推し進めたのは、壊滅したパッションレッド部隊に代わる警務局専属の戦闘チーム「ブラックバスター」の再編成だ。

隊長には当然アガタが指名され、メンバーの選定はすべてアガタに一任された。

「レイカ。お前をブラックバスターの副隊長に任命したい。受けてくれるな」

アガタの要請をレイカが断る理由はなかった。

「謹んでお受けいたします」

アガタはブラックバスターがパッションレッドとは性質が大きく異なるチームであるとレイカに説明した。

スーパーGUTSの予備部隊としての活動には警務局の通常戦闘チームがあたり、ブラックバスターは隠密任務をこなすことになる。よってチームの存在自体が秘匿され、レイカたちは文字通り影の存在となる。

そして迷彩ステルス機能を備えた主力戦闘機が配備された。ガッツシャドーという名はまさにブラックバスター隊にふさわしいとレイカは思った。

「最初のガッツシャドーの任務は、ゴンドウ参謀とキサラギ博士が秘密裏に進めているプロメテウス計画のサポートだ」

「了解しました。で、ほかのメンバーはもう決まっているのですか？」

「ああ。これがリストだ」

レイカは手渡された名簿に目を通す。

構成メンバーはアガタ、レイカを含め12名。パッションレッド隊の生き残り、さらにはZERO訓練生からも数人が選ばれていた。

その中にフドウ・ケンジという名があった。

――フドウ……？

レイカはその名に心当たりがあった。1年前のスーパーGUTS新入隊員の最終テストで、入隊したアスカ・シンと最後まで成績を争っていた男の名が確かフドウだったと記憶していた。そのフドウ本人だろうか？

そのことをアガタに尋ねると、

「いや。それはフドウ・タケルだ。今は宇宙開発局のテストパイロットをしている。ケンジはその弟で、訓練生としての成績は兄に勝るとも劣らない。とても有望な男だ」

「そうですか」

レイカはリストのフドウ・ケンジの写真を見つめ、直観するものがあった。

――このフドウ・ケンジという若者に早く会ってみたい。

レイカは自分の直観の正しさを確かめたいと思った。そしてその機会はアガタから副隊長の任を拝命した2日後に訪れた。


「諸君には大いなる期待を寄せている。警務局の名誉回復のため、存分にその能力を発揮してもらいたい」

クリオモス島の地下施設に招集されたブラックバスターの隊員たちを前に、ゴンドウが訓示を述べる。

その言葉に聞き入るメンバーの中に、レイカはフドウ・ケンジを確認する。

――思った通りだ。この男にはまるで手負いの獣のような激しい闘争心がみなぎっている。

ゴンドウの訓示が終わると、メンバー一人一人が隊長のアガタと副隊長のレイカに対し、自己紹介をする。7番目にケンジの番が来た。

「本日付けをもってブラックバスター隊に配属された、フドウ・ケンジです」

敬礼するケンジは、その強い意志が宿る目をレイカたちに向け、言った。

「スーパーGUTSには絶対負けません」

「頼もしいな。それでこそ我が警務局精鋭部隊の一員だ」

ゴンドウはその言葉に大いに破顔し、ケンジの肩を摑んだ。

その翌日からケンジたちの実戦訓練が開始された。

基礎体力。射撃。格闘。隠密任務を担うブラックバスターとしての訓練は実に厳しいものだった。

だがケンジは難なくそれらをクリアし、早速その頭角を現して、アガタにも一目置かれた。そしてケンジの実力が顕著に示されたのは主力戦闘機ガッツシャドーによる飛行戦闘訓練だった。同じ隊員同士で実戦を想定した空中戦が行われ、ケンジは大胆にして卓越した操縦テクニックと野生的とも言える射撃センスで他のメンバーを凌駕した。

「元パッションレッド隊員たちに引けを取らないどころか、圧勝とは、すごい奴が入隊してきたものだ」

ケンジの成績に目を細めるアガタに、レイカは言った。

「フドウ・ケンジを私に預けてもらえますか？　実際の任務の中で育てたいと思います」

「わかった。お前に任せる」

数日後、レイカ直属となったケンジが礼を言う。

「俺を選んでくれたそうですね。ありがとうございます」

「でもどうして？」

「実力を認めたことは勿論だけど」

レイカはケンジを見つめ、ふっと微笑み、

「スーパーGUTSには絶対負けない。あの言葉が気に入ったわ」

最初にプロフィールを見て直観した通り、ケンジの中には強い向上心とすべてを押しのけても必ず這い上がってやるという執念があった。

それは常にレイカの中にある感情と同じものだった。そしてその感情がどこから湧き上がっているのかも予測がついていた。

兄の存在だ。

ケンジの兄、フドウ・タケルはスーパーGUTS入隊をかけた最終試験でアスカという訓練生に負けた。ケンジにとって兄の敗北はきっと許しがたい屈辱だったに違いない。

その悔しさがケンジにスーパーGUTSへの強い敵対心を生み出した。それは怒りや憎しみという感情といってもいいだろう。

その感情をレイカはもっと大きく育て、導こうと考えたのだ。

スーパーGUTSが人々の賞賛を浴びる光の存在なら、レイカたちは影だ。だがその影が光を飲み込み、表に出る機会が必ず来るとレイカは確信していた。

レイカは地下ドックに建造中の巨大戦艦を見つめ、自然と微笑む。

その時こそ、レイカはアガタやケンジと共に、過去の屈辱を清算できるはずだ。

❖２０１８年　×月×日

「では行ってくる。レイカ。ケンジ。あとを頼むぞ」

ブラックバスター誕生からちょうど3カ月後、アガタはプロメテウスの生みの親であるキサラギ・ルイ博士をドイツ・ヴォルフスブルクにあるTPC科学研究局未来科学センターからクリオモス島へ招聘する警務局専用機アルファーワンへと乗り込んだ。

今回の護衛任務には本来レイカがあたるはずであったが、その日がレイカにとって特別な日であることをアガタは知っており、交代を命じたのだ。

「ありがとうございます。アガタ隊長」

レイカは離陸する専用機を見送り、呟く。その日はレイカの兄の命日だった。


だがこの時、すでに侵略者――モネラ星人の恐るべき計略は着々と進んでいたのだ。


「博士。あと1時間ほどでクリオモス島です」

「そう」

出発から3日後、キサラギ博士を乗せた専用機は、クリオモス島に帰還すべく南太平洋上を飛行中だった。

時間は午前0時を少し回っている。曇天の夜空には月も見えず、窓外にはただ漆黒の闇だけが広がっている。

「到着まで少し休まれては」

さりげなく気遣うアガタにキサラギは笑顔で首を振り、

「大丈夫。実際にプロメテウスと対面する時のことを想像すると、胸がわくわくしてとても眠れそうにないわ」

「そうですか」

まるで子供のように無邪気な笑顔を浮かべる天才科学者に、アガタも柔らかな笑みを浮かべ答えた時だった。

ガガガン！

突如、機内を激しい衝撃が襲い、緊急事態を告げるブザーが鳴り響く。

「どうした!?」

ただちにアガタが無線で操縦室に状況を確認する。

だが耳障りなノイズが流れるだけで応答はない。そして——、さっきまで闇しかなかった窓外から眩しいほどの青白い光が差し込み、キサラギとアガタを包み込み！


同時刻。クリオモス島警務局秘密工場の管制センター。

アルファーワンを監視するレーダーが一瞬、その機影をロストするが、わずか30秒後にすべてが正常に回復し、単なる通信障害と処理された。

だが実際にはこの時、専用機はモネラ星人の宇宙船モネラシードに襲撃、拿捕され、キサラギもアガタもモネラ星人によって洗脳され、プロメテウスの最終プログラムは大きく改竄されることとなる。


その事件からさらに1カ月後。

すでにモネラ星人の侵略計画にすべてが乗っ取られていたとは露知らず、ゴンドウは満を持してスーパーGUTSの隊員7名をクリオモス島に招集した。

「驚いたな。サワイ総監が初の平和会議を開いた島の地下に、こんな大規模な兵器工場が作られていたとは……」

　地下ドックへ続く通路を歩くヒビキとその部下たちの会話は、すべてレイカたちにモニターで監視されていた。

「気に入らねーな」

　思わずぼやくアスカが監視カメラに気づくと、

「イエーイ。母ちゃん、見てる？　うほっうほっ」

　監視モニターに馬鹿丸出しなアスカを見るレイカ。こんな男がケンジの兄に勝ったのか。思わず怒りが湧いてくる。


　そしてヒビキたちは地下巨大ドックに到着。ゴンドウが出迎えた。

「ようこそ、南の島へ」

「ゴンドウ参謀。ご招待いただいたのは有難いのですが、どうしてここに呼び出されたのか、その理由を何も聞かされていないのですが」

「もうしわけありません」

　キサラギがヒビキたちの前に姿を現した。

「なにぶん、秘密保持を必要とする計画だった、ものですから」

「あなたは？」

「キサラギ・ルイ博士。新造戦艦プロメテウスの開発責任者だよ」

「プロメテウス……？」

　ゴンドウの言葉にスーパーGUTS隊員が同時に聞き返した時、今まで闇に包まれていた地下ドックの照明が一斉にともり、巨大な新造戦艦プロメテウスの姿がそこに現れる。

全長154メートル、重量1920トン。Gクラスのネオマキシマオーバードライブエンジン2基とリフトエンジン4基を搭載し、多目的ロータリーガンランチャー×2、中距離レーザーキャノンターレット×10、三次元近接支援連装火器システム×9で武装する未曽有の電脳巨艦。その時の驚きと動揺を監視カメラに見て、レイカはほくそ笑む。

連中は月面で一度、プロメテウスの威力を目の当たりにし、その圧倒的な力を知っている。それはダイナすら凌ぐ力だった。

ネオマキシマ砲。ネオフィールドを利用してヘリカルチャンバーの物理的な容積と耐圧限界を超える超々高温・高密度に圧縮したマキシマのエネルギーを集束し、わずか数秒で全放出、標的を素粒子にまで分解する軸線指向型大口径掃滅兵器。

その力を今、奴らの影であるゴンドウやレイカたちが手中に収めているのだ。

ウルトラマンに頼ることなく人類の未来を守れる究極の力を。

しかも完全自律型の無人戦艦プロメテウスが完成し、量産化されれば、戦いで命を落とす者はいなくなるのだ。

ついにプロメテウスのメインコンピュータにスーパーGUTS隊員たちの記憶——戦闘データを移植する時がくる。

監視カメラでそれを見つめるレイカ。だが予定外の事態が。

最初にカプセルに入ったアスカが苦悶の叫びをあげ、完全に意識を失ったのだ。

アクシデントにより作業は中断。キサラギはシステムチェックのため、ゴンドウとスーパーGUTSを一旦プロメテウスから退艦させた。

「なんていうこと……」

システムの不調に不安を覚えるレイカ。今日は警務局がスーパーGUTSに取って代わる記念すべきお披露目の日だというのに。

だが一緒にすべてを見ていたアガタは「予定通りだ」と無表情に微笑む。

「隊長。今、なんて……？」

怪訝に聞き返すレイカに何も答えず、アガタは冷たい笑みを口元に浮かべたまま、監視センターを出ていく。


「アスカ……」

マイの呼びかけに、ベッドで意識を取り戻したばかりのアスカが振り向く。

「……マイ？」

マイをじっと見つめるアスカはまるで何かに怯える子供のような顔だった。さっきまでアスカはひどくうなされていた。きっとものすごい悪夢を見て今もその恐怖をひきずってるんだ、とマイは思う。まずは落ち着かせるのが肝心だ。

「ここはクリオモス島の医療センター。アスカ、ここに運び込まれたんだよ。意識を失って」

マイは状況を説明しながらコップに水を汲み、アスカに手渡す。

それを一口飲んで、ようやく落ち着いたように、

「そーいや俺、プロメテウスのブリッジで、カプセルに入って、それから……」

またもアスカの表情が強張る。まだ頭が痛いのかも。マイは無性に腹が立つ。

「あの機械が不良品だったのよ！　俺の部下を殺す気かって隊長、あの博士にすごい勢いで嚙みついたんだから。たぶんまだもめてるんじゃない」

マイの怒り心頭の説明をぼーっと聞いていたアスカが、ポツリと呟く。

「そっか。俺……生きてるのか」

その言葉を聞いた瞬間、マイは思わず笑いがこみ上げる。前にも確か同じことあった。

アスカが初めて入隊してきた時、やっぱり本部の病室で。

マイが思い出したことをそのまま言葉にして告げると、アスカも微笑み、

「そうだったな。あの時、マイは花瓶に花を挿してくれてた」

憶えてるんだ。マイはなんだか嬉しくなり、

「今度デートしようって誘ったんだよ、アスカ。憶えてる？」

そうなのだ。マイはあの時、一瞬胸がときめいたのを思い出す。

スーパーGUTSに入隊してから少しでもみんなの役に立てるようマイは一生懸命に頑張ってきた。先輩たちはリョウをはじめマイには優しかった。失敗しても怒ったり怒鳴ったりせず、丁寧に指導をしてくれた。でもつい数カ月前まで高校生だったマイにとって、やはりそれは緊張の日々で、初めて会ったアスカに病室で出会った時、「君、可愛いね」といきなり軽薄に語り掛けてくるアスカに少しほっとした。そしてデートの誘いを受けた時、本当に嬉しくなった。でも……

「え？　そうだっけ？」

とぼけてるのか照れているのか、それとも本気で忘れているのか。マイは急に腹が立ち、

「なによ！　花のことは憶えてるくせに肝心なことは──」

刹那、抗議するマイの言葉を遮り、緊急警報が鳴り響いた。


「そんな、まさか……！」

監視センターのレイカは、クリオモス島に接近する未確認物体をモニターで目視。

「こんな近くに接近されるまで、どうして気づかなかったの？」

「わ、わかりません。レーダーはすべて正常に働いていたのですが」

そこへケンジが駆け込んでくる。

「副隊長。迎撃に出ますか」

「いや。私たちブラックバスターの存在はまだ表には出せない」

「しかし……」

すでに未確認物体――モネラシードは島の領空域に侵入。

地上施設に対し破壊行動を開始した。

自動迎撃システムが作動。激しい爆音と振動が響く中、レイカは呟く。

「アガタ隊長は……どこに？」


マイはアスカと一緒に地上へと出た。隊長たちと合流しろ、というアスカの言葉を無視して、こうしてついてきた。

さっき病室でのアスカの態度に腹を立て素直に従えなかったのかもしれない。それよりマイは、自分がリョウのように戦闘場面でアスカとともに出撃することもないし、もしかしてスーパーGUTSの隊員としてアスカに認められていないんじゃないかと思ったのだ。

ブラスター銃を手にアスカに遅れまいと必死に爆煙の中を駆けるマイ。

だが上空を飛ぶ宇宙船から放たれた光弾が近くに着弾し、炎が炸裂すると思わず悲鳴をあげてしまい、足がすくむ。

「マイ！　こっちだ！」

アスカが恐怖に立ち尽くすマイの手を引き、岩陰に身を隠す。

「くそっ！　舐めやがって！」

マイは一瞬、それが自分に浴びせられた言葉かと思い、息をのむ。

まともに戦えもしないくせにノコノコついてくるから怖い目にあってるんだ。実戦を舐めるな。

そうアスカに怒られた気がしたのだ。

「必ず俺がやっつけてやる！　必ず！」

そんなマイには目もくれずアスカは宇宙船を睨みつける。その顔にも声にも今までにない苛立ちをマイは感じた。だから、

「アスカ、なんか変。すごくイラついてない？」

「バカ言うな！」

マイのその言葉にさらにアスカは明らかに苛立つ。

「とにかくここは俺に任せてマイはダッシュで逃げろ！　この先に地下工場の入り口があったはずだ！」

そう言い放つとアスカはマイから視線を外し、ひとり岩陰から飛び出すタイミングを計る。そ

れを見つめ、マイは悲しくなった。

「私も一緒に戦うわよ！」

思わずそう叫んでいた。だってこないだ私は戦ったんだから。クラーコフが大ピンチの時、誘導魚雷に乗って敵に奪われたシステムを奪還したんだから。背後から襲い掛かる半魚人だってちゃんと倒したんだから。

「これでもスーパーGUTSの隊員なのよ！」

だがアスカは煩《うる》さそうに、「わかってるよ」とマイの言葉を遮る。

そうだ、やっぱりそうなんだ。アスカにとって自分は可愛らしくて、からかうにはちょうどいい、そんな存在で、リョウのような一緒に戦う仲間とは認めてもらっていないんだ。

なんともいえぬ虚しさと怒りがこみ上げ、マイはアスカを強引に振り向かせ、言った。

「それに私はあなたの先輩よ！　確かにリョウ先輩みたいには戦えないけど、私だって——」

「言うこときけよ！」

アスカの怒気をはらんだ声がマイの訴えを無残に断ち切り、そして、

「足手まといなんだよ」

それがやっぱりアスカの本音。でも改めてはっきり言われると、驚くほどマイは動揺し、子供のように泣きだしたくなるのを必死にこらえた。

「よし。いくぜ！」

それはマイではなくアスカが自分にかけた気合の言葉。もうアスカの目にマイは映っていない。透明人間になった気分だった。

勢いよく岩陰から飛び出し、まっすぐ宇宙船へ走り去るアスカの後ろ姿を見つめ、マイは絞り

出すように叫ぶ。

「アスカのバカ野郎！」


——一体、何が起きたというのだ？

監視モニターに映し出される映像を見つめ、レイカが呟く。

突如クリオモス島を襲撃した正体不明の飛行体。

無人防衛システムはことごとく破壊され、F3ドックでホットセクションと電装系の点検作業中であったガッツイーグルを駆り、スーパーGUTSが出撃。

だが一撃も与えることなく海上に墜落した。

——やっぱり、何かがおかしい。

レイカがそう感じた時、ウルトラマンダイナが出現。

「あれが……ダイナ……」

レイカの傍ら、ケンジが驚きとも憎しみともとれる声で呟く。

ナグモからゴンドウに受け継がれた光の巨人に対する敵対心は、レイカだけでなくケンジにもしっかり受け継がれていた。

だが今はその巨人に島を守ってもらうという皮肉な状況に陥っていた。

——やはりガッツシャドーで出撃するべきか。

レイカの心にそんな迷いが生じた時、巨大地下ドックのゲートが開きだす。

「プロメテウス……！」

ダイナが飛行体を攻撃しようとした時、プロメテウスがドックより無断発進し、その巨大な船体が島の上空に上昇。滞空した。

「どうなってる！　なぜプロメテウスを発進させた！　まだ戦闘データが不完全だというのに！」

ゴンドウの慌てる声が響いた直後、予想外の展開が。

プロメテウスはその砲塔を侵略者の宇宙船ではなく、ダイナに向けたのだ。プログラムの誤作動か？　もはやレイカには状況がまったく理解できない。

モニター画面が不意に切り替わり、キサラギが映る。

「今から我々の計画を正式に伝えます」

プロメテウスのメインブリッジからだ。

「人類はその守護者、ウルトラマンダイナの敗北をもって自らの無力を思い知る」

その映像はクリオモス島だけではなく、驚くべきことにＴＰＣ本部および世界各地、さらには月や火星にあるすべてのＴＰＣ基地にも発信されていた。

「これって……なんなんだ」

愕然と呟くケンジに、

「キサラギ博士もプロメテウスも侵略者にジャックされた。行くわよ」

「て、どこへ？」

「プロメテウスを取り戻す」

そう言うが早いかレイカはすでに監視センターの外に駆け出し、ケンジもすぐあとに続いた。

「確か、暗証コードは……」

緊急警報が鳴り続ける地下通路でマイは非常用に設置された武器――XXバズーカを取り出そうとしていた。

つい数分前、アスカに厄介払いされた。あまりにも冷たく残酷な言葉で。

もう戦場にいる意味はない。アスカに指示された地下工場への入り口へ向かおうとした時、ダイナが現れた。

――これで勝てる。

思わず微笑むマイ。だが突如現れたプロメテウスが味方のダイナを攻撃し、さらに巨大ロボットに変形。ダイナの繰り出す技をまるですべて予測しているかのように跳ね返し、たちまちダイナを追いつめたのだ。

その時、マイの頭にはアスカの姿が浮かぶ。きっとマイと同じようにダイナのピンチを地上のどこかで見つめ、最後まで戦おうとしているに違いない。

次の瞬間、マイは走り出していた。無我夢中で自分が戦える手段を探し、こうして今、非常用武器を手に再び戦場に舞い戻ろうとしている。アスカを守るために。

「無事だよね、アスカ。今行くから」

マイは通路を襲う激震に転びそうになりながら、必死に走り続けた。

レイカとケンジ。猛然と二人が通路を走っている間も、キサラギからのメッセージは続いていた。

「我々はモネラ星人。キサラギという個体を使い、あなた方と会話しています。人類には我々に質問する権利などありません。あなた方に許されるのは、プロメテウスによる滅びに、恐怖し、絶望することだけです」

キサラギの口を通してモネラ星人は人類抹殺を宣言。

次の瞬間、レイカは通路に設置されたモニターに目を疑う光景を目撃する。

プロメテウスが変形し、巨大ロボット——デスフェイサーとなった。

無論、本来のプロメテウス計画にそのような変形機構など盛り込まれてはいない。

モネラ星人はキサラギのみならず、そのはるか以前から設計・製作・管理に関わるすべての人間の頭脳を乗っ取り、当初のプランとはまったく異なる機能と性能を持つ殺戮兵器として、プロメテウスを建造していたのだ。

デスフェイサーとウルトラマンダイナが激突。

だがダイナはたちまち劣勢となる。まるですべての攻撃をあらかじめ予測されているかのように。しかし、なぜ……？　レイカの疑問を無線から響くゴンドウの声が遮る。

「何としてもプロメテウスを奪還するのだ！　このままでは我らの計画は終わりだ！」

「了解！」

レイカとケンジは、プロメテウスの外部干渉システム〈クレイトスの鎖〉がある場所——〈カウカソス〉へと全力で向かっていた。

ギリシア神話によれば、人類に火を与え大神ゼウスの怒りを買ったプロメテウス神は、クレイトス神の鎖によってカウカソス山の山頂に縛り付けられ、日ごと鷲にはらわたをついばまれる刑罰に処されたという。

だが不死であるプロメテウス神が鷲ごときに殺されることはない。

出来過ぎだな、とレイカは鼻を鳴らす。いかにも科学研究局の連中が考えそうなメタファーだ。

もっとも、我らが荒鷲・ガッツイーグル殿は、はらわたをついばむどころかプロメテウスに一矢報いることすらなく沈黙召されてしまったわけだが。

すでに〈クレイトスの鎖〉とやらが無効化されている可能性は高い。

それ以前に、そもそもプロメテウス側に仕様書通りの危機回避機能が組み込まれているかどうかすら怪しい。

我々に開示されている保守・管理ドキュメントやオペレーションマニュアルの類の信頼性は、もはや無いも同然なのだ。

無駄かもしれないが、今は何かせずにはいられなかった。

その場所〈カウカソス〉に到達寸前、レイカたちを銃撃してくるものがいた。

キサラギ同様、モネラ星人に精神を乗っ取られたブラックバスターの仲間たちだ。

そしてそこには、

「アガタ隊長……！」

無表情にレイカとケンジの前に立ちふさがるアガタ。

「お前たちを、行かせるわけにはいかない」

激しく動揺するレイカ。

だがケンジは目的達成のため、仲間たちにも銃口を向け、応戦した。

レイカも覚悟を決め、応戦。

「何をしようと無駄。勝敗はすでに決まっている」

キサラギの声が館内に響く。

それはプロメテウスから変形した電脳魔人に対して劣勢のウルトラマンダイナに向けられた言葉であろう。だが、

「ふざけないで！」

どこか迷いのあったレイカの心をその言葉が吹っ切らせた。

「まだ勝負はついていない！」

レイカとケンジは仲間たちを撃ち倒しながら、前進。

「ここまでだ」

だが銃をレイカに向けるアガタと対峙した時、再び動揺。撃つのを躊躇する。

刹那、響く銃声。撃ったのはケンジだ。だが銃弾はわずかに外れた。

「……！」

アガタは無表情に銃口をレイカからケンジへと変え、引き金を引いた。

否、アガタが引くより一瞬早く、レイカが引き金を引いていた。

倒れるアガタ。

レイカの目にはそれがスローモーションのように映り、脳裏にはアガタと共に過ごしてきた時間が、その記憶がフラッシュバックする。

——迷ったら躊躇なく撃て。

それがアガタの口癖だった。レイカはその教えを今、守った。

「レイカ……」

倒れたアガタが呻く。

「敵は……恐ろしい……奴らだ」

撃たれたアガタは洗脳から解け、レイカを見つめる。

「だが……負けるな。ブラックバスターは……お前が……率いるんだ」

「アガタ隊長！」

思わずレイカは瀕死のアガタの手を握り締める。

「これからは、お前が隊長だ。……あとを……頼んだぞ」

最後に微笑むと、アガタは息を引き取る。

「また……また一人、大切な人を失ってしまった……うあああああああ！」

茫然と佇むケンジの前、慟哭するレイカ。

だがそれはデスフェイサーが放ったネオマキシマ砲による大爆音にかき消された。


「きゃあああああ！」

地上へ向かうエレベーターの中、突如、ものすごい轟音と振動が襲い掛かり、マイはその場に倒れる。それでも手にしたXXバズーカだけは放すまいと必死に抱きかかえる。

――アスカを……守るんだから……

だが再びさらに大きな衝撃が襲い、マイの意識は、そこで途切れた。

それから数日後、TPC本部での対策会議にゴンドウは参加。

今回の異常事態についての説明を求められる。警務局主体で推進してきた計画が完全に侵略者に利用されたのだ。かなり厳しい処置が言い渡されるのは明白だった。

最悪、ゴンドウが参謀の任を解かれる可能性もある。そうなってしまっては今まで影に徹し推し進めてきたすべての計画が無駄になってしまう。アガタの死までも。そして……

だがレイカの心配は、またも思わぬ事態によって杞憂に終わった。

対策会議に突如キサラギが出現。

フカミ総監以下、すべての幹部が揃う前で、人類抹殺計画を宣言したのだ。

敵の攻撃は明日の正午、K3地区と予告され、TPCは全戦力をもってモネラ星人との決戦に挑むこととなった。


スーパーGUTSをはじめ、各戦闘部隊がK3地区に集結。

だがレイカたちブラックバスターはこの戦闘にも参加しないことがゴンドウにより言い渡される。

もし万が一、この決戦に敗北し、スーパーGUTSも壊滅した時のために、最後の戦力として温存されたのだ。

散っていったアガタや仲間たちの無念。侵略者たちとの決戦は弔い合戦だ。

ケンジはそう主張したが、レイカがそれを押しとどめた。

ゴンドウの言う通り、ここで全滅してしまったら、アガタたちと誓った約束を果たせない。今は屈辱を飲み込み、耐えるしかないと。

ゴンドウは自ら避難シェルターで指揮を執ることとなる。

レイカはせめてもの願いとして、民間人に紛れ、ケンジと共に避難シェルターに同行する許可を取った。


「ティガのこと、俺に教えてもらえませんか?」

「……え?」

半ば予測していたとはいえ、はっきりそう言われ、イルマは少なからず動揺した。

1時間前。その青年――スーパーGUTS隊員、アスカ・シンから面会許可の申請を受けた時、イルマは正直、会うべきかどうか迷った。

会えば、きっとあのことについて触れなければならない。そんな予感がしたからだ。

そしてその予感は的中した。

暫く旧GUTSの時の雑談をアスカと交わし、イルマの方から尋ねた。

「ところで、ティガの何を知りたいの?」

アスカは一瞬、どう切り出すか考えるような表情になり、覚悟を決めたように思いのたけをすべてストレートにイルマにぶつけた。

「もしできるなら、俺はティガに会いたい。会って色々と聞きたいんです。なぜあんなに無敵だったのか。どうして世界を闇に包み込むような強大な敵を倒せたのか」

イルマはどう答えるべきか考えると同時に、答えていた。

「残念だけど私にその希望は叶えられないわ」

できればアスカの望みを叶えてあげたい。そう思った。でも——

「ティガはもういないの。だから、二度と会えない」

その答えはイルマが今、この役職についた理由そのものだった。

ティガはガタノゾーアの激戦を経て一度その力を失い、再びルルイエの闇の三巨人との300
0万年の因縁に決着をつけるべく、もう一度だけ、その姿を現した。

だがそれが本当の最後——〝彼〟は二度とティガに変身することはないだろう。

今の彼と、彼の家族の平穏な日々を守るのが、イルマのなすべき使命であった。

「ティガは……もう、いない」

非情な現実に言葉を失うアスカ。

その顔を見るイルマの目に、ふと一人の青年の顔が重なる。あまりにも重すぎる宿命を背負ったナイーブな青年の顔が。

普通ならその重圧に押しつぶされ、すべて投げ出しても決しておかしくないのに、彼は常に優しく、穏やかで、誰にも、自分自身にも誠実だった。

激戦の末にすべての使命を終えたその彼の苦しみを、目の前にいる若者が引き継ぎ、壁にぶつかり、苦しんでいる。

イルマは疑いもなく、そう感じた。だからせめて自分なりの言葉で、アスカに答えようと思った。

「でも……もし会えたなら、きっとこう言うでしょうね。俺は決して無敵なんかじゃないって」

「……え？」

思いもよらない答えだったのか、戸惑うアスカを見て、イルマは続けた。

「ティガが勝てたのは、その本質が光だったから」

「……光？」

聞き返すアスカを見つめ、イルマは思う。そう、それこそがティガとともに戦い、最後に得た結論——確信だった。

「それは誰の中にもある。勿論、あなたの中にも」

ふと、イルマの言葉にアスカは何かを思う表情になる。それを見て、イルマはある確信をもって、さらに言う。

「沢山の人の光を輝かせる力がティガにはあった。だから、どんな恐ろしい闇にも立ち向かって行けた」

そう呟くイルマの脳裏には、彼——ダイゴと、ＧＵＴＳの仲間たちと共に数知れぬ苦難を乗り越えた記憶がよみがえっていた。

「沢山の……人の、光」

アスカはその言葉を噛みしめるように、じっと黙り込む。その脳裏にも、イルマと同じように、仲間と共に戦ってきた日々の記憶がよみがえったに違いない。

その直後、なにか答えを見つけたようにアスカは立ち上がる。

「ありがとうございました。ようやく俺にも——ティガのことが、少しわかったような気がします」

そう言うと、アスカは部屋を飛び出していった。

——会ってよかった。彼ならきっと、大丈夫。

イルマはアスカという若者にダイゴから引き継がれた〝光〟を、確かに見た気がした。


K3地区。

リョウはガッツイーグル・アルファ号のコクピットにいた。本来ならアスカが乗る機体だ。だがアスカはいない。

クリオモス島で負傷し、今も集中治療室で眠るマイ。彼女を守れなかったのが自分の責任だと感じ、姿を消した。

どんな時も絶対に逃げない。そんなアスカが初めて戦いを前にして逃げたのだ。

デスフェイサーのネオマキシマ砲からダイナが逃げてしまったように。

またリョウの中でアスカとダイナが重なる。今までもその感覚は何度もあったが、今回は特にそう感じる。本当にアスカがダイナなのではないか。そう思えた。

そしてついに予告時間が訪れた。

大時計が正午をさし、鐘が鳴る。1回、2回、3回……だが、12回目の鐘が鳴り終えても、上空の青空のどこにも敵が迫る様子はない。

一体どういうことか?

刹那、ナカジマの声が響く。

「真下です！」

虚を突かれ、ほとんどの地上部隊が壊滅。

残る戦闘機部隊が一斉に攻撃を開始。だが次々と撃墜されていく。

諦めず、攻撃を続行するリョウたち。その視線に、XXバズーカを手に走ってくるアスカが見えた。

「最後まで諦めない。そうこなくっちゃ」

アスカの参戦で戦意を取り戻したリョウがデスフェイサーを攻撃。見事その顔面を直撃し、ダメージを与えた。

だが無機質なロボットは怒ることもなく反撃。

リョウのアルファ号が被弾。高層ビル壁面に突っ込み、地上60メートルの高さで擱座した。

「脱出しろ！」ヒビキたちの声で意識を取り戻すリョウ。目の前に自分をまさにビーム砲で狙うデスフェイサー。

脱出装置は機能せず、リョウが「死」を覚悟した時だった。

命中するはずのビームが上空へとそれた。

「何が……？」

呟くリョウの目の前にダイナが登場。

赤い身体。ストロングタイプだ。

デスフェイサーを頭上にリフトアップし、投げ飛ばした。再戦が始まった。

立ち上がるデスフェイサーへ、カウンターの前蹴り。振り下ろされる敵の腕を側転で受け流し、その勢いを利用して浴びせ蹴りを見舞う。

次はダイナの左手刀。間髪を入れず内からの右腕刀。どちらもデスフェイサーに先読みされ、受け止められる。

だがそこで終わらない。受け止められた腕を引かず、押し続ける。

以前とは違い、がっぷり四つで戦うダイナ。相手に攻撃を読まれるならと力勝負に出た。

デスフェイサーも押す。上背はダイナよりも二回りも大きく、重量は倍以上。押し戻されるダイナの足元でアスファルトが削れ、めくれ上がる。しかしそれは劣勢を意味しない。

圧倒するダイナのパワー。敵の両腕を破壊する。

だがその時、デスフェイサーはまたもネオマキシマ砲の発射態勢に。

都市のど真ん中でそれを撃たれれば、ダイナは勿論、リョウたちも無事では済まない。

絶体絶命。

しかしダイナは逃げるどころか真正面から飛び込み、拳で敵の体を貫く。

見事な勝利。恐怖を乗り越え勝利したダイナが、リョウには、決して敵から逃げないアスカの姿と重なる。

だが、モネラ星人の本当の恐ろしさは、その直後に始まったのだ。


避難シェルターはダイナの逆転勝利をうけ大歓声に包まれた。

それをケンジと共に民間人の中でレイカは見ていた。

——また……ウルトラマンに救われてしまった。

忸怩たる思い。これでは南極事件の時の繰り返しだ。いや、状況はさらに悪い。

シェルターにはモネラ星人の洗脳から解放されたキサラギの姿もあった。そして、

「イルマ……メグミ」

レイカは入り口の扉のすぐ脇で、ダイナの勝利に微笑むイルマ参謀を見つめる。

ルルイエで兄が命を落として以来、レイカは何度もイルマのもとを訪ねようとし、それを思いとどまった。

兄の最後の様子を知るのは唯一の生き残りのイルマしかいない。

だが会えば冷静でいられる自信がなかった。恨み言を並べ、泣きわめくかもしれない。

そんな姿を見られるのは絶対に嫌だった。

だから今も、偶然にもこの場所でイルマを見つけた時も、そこへ向かおうとする気持ちを必死に抑えた。だがこれで警務局の――レイカたちの目指す未来が閉ざされてしまうのなら、いっそ、その前に……。

暗い衝動がレイカの心に広がった時、悲鳴がシェルター内に響いた。

巨大モニターには、モネラ星人の宇宙船から伸びる触手に絡めとられ自由を奪われたダイナの姿が映されていた。

さらに宇宙船は超巨大な怪獣――クィーンモネラへと変化し、ダイナをその体内にとらえると強烈な衝撃波を浴びせ続けた。

その状況を見たイルマがシェルターから走り出すのが見えた。

レイカは今度こそそれを追いかけそうになる。だが、

「隊長。どこに行く気です？」

それを押しとどめたのはケンジだった。

超巨大植物獣クィーンモネラにダイナは成すすべもない。人々の心を絶望が覆う。

だがスーパーＧＵＴＳは諦めなかった。

ダイナ救出のため、ゼレット、ボッパーでクィーンモネラを攻撃。

そこへイルマもガッツウィングで参戦した。

だが必死の抵抗も空しく、ダイナは、死んだ。


避難シェルターの中は沈黙していた。

今まで経験したこともないような絶望感が支配し、誰もが希望を完全に失っていた。

「プロメテウスさえあれば、あんな怪物……」

「それでも勝てたとは思えない」

ゴンドウの言葉をキサラギが否定した。

「これは、人間の可能性を冒瀆した、報いなのかも」

ゴンドウもそれ以上、反論しようとしない。

――すべて終わったのかもしれない。

そうレイカが心の中で呟いた時、

「まだ光があるもん」

一人の少年が立ち上がり、叫ぶ。

「人は誰でも光になれる。僕のお兄ちゃんがそう言ったんだよ」

その少年はスーパーＧＵＴＳの隊員と同じ服を着て、手に持ったウルトラマンティガのソフビ人形を前に突き出し、言った。

「昔、僕のお兄ちゃんは光になって、ティガと一緒に戦ったんだ」

――ティガ。

レイカはその名前にはっとする。レイカの兄が最後までその謎に迫ろうとした光の巨人の名前を、まさかこの場面で聞くことになるなんて。

なおも少年は訴える。

最後まで諦めなければ誰でも光になれる。

その言葉に最初に耳を貸し、キサラギが向き合った。

「私も光になれるかな？」

「うん。きっとなれるよ」

少年は疑いのない無邪気な笑顔で答える。

「バカバカしい。何が光だ」

ゴンドウはそれを一蹴するが、そこにいる人々には明らかに変化が起きていた。

少年の言葉に次々と俯いていた顔を上げ、モニターの中で未だ戦い続けるスーパーＧＵＴＳの姿を見つめ、そして、

「思い出した。私も光になった」

「僕も、ティガと一緒に戦った」

「がんばれ、ウルトラマン」

若者たちが立ち上がり、次々に声をあげる。かつて幼い子供だった頃の記憶を鮮明に思い出したように。

そして――奇跡が起きる。

少年の手にしたティガの人形が金色に輝きだし、その輝きは立ち上がった若者たちへと広がり、そしてキサラギにも、すべての大人たちにも広がる。

さっきまで絶望という暗闇に包まれていた避難シェルターは、今は金色の光に包まれていた。

その光景を、ゴンドウと、そしてレイカとケンジは、ただ茫然と見つめていた。


それから後に起きたことを、リョウたちは信じられない思いで見つめた。

ウルトラマンティガの復活。そして、ダイナも命を取り戻し、ティガと共にクィーンモネラへと再び戦いを挑んだのだ。

「俺たちも一緒に戦うぞ！」

ヒビキの熱い叫びに鼓舞され、「ラジャー！」と叫ぶリョウたちもティガとダイナを援護する。

そして、勝利の瞬間が訪れた。


クィーンモネラを撃破したあと、夕日に染まるベイエリアで、リョウたちは戦闘に参戦してくれたイルマ参謀と会う。

旧GUTSの制服に身を包んだその顔は、情報局参謀ではなく、GUTSのイルマ隊長のそれだった。

「おーい！」

そこにアスカが生還。

「アスカあ！」「この野郎！」「いつも心配ばかりかけやがって！」

笑顔で手荒く出迎える輪の中にリョウも加わる。

だがその時、そんな光景を見つめるイルマの呟きがリョウに聞こえた。

「光を継ぐもの、か」

その言葉の意味が瞬時にリョウの中で理解される。

それはティガの光を引き継いだウルトラマン。ダイナのことだ。

そして同時に……。

W・I・Tの着信音がリョウの思考を遮る。

「マイが目を覚ましたそうだ」

病院からの連絡に、そこにいる全員にまた安堵の笑顔が浮かぶ。

「そうか……よかった……」

呟くアスカの横顔を見つめ、リョウはさっきまで頭に浮かんでいた考えを一旦胸にしまうことにした。

その疑念が、正しかろうが正しくなかろうが、そんなことはどうでもいい。

アスカと仲間たちがみんな無事で、こうして笑いあえているのが何より嬉しい。

今はそれで十分だ。

❖同年　×月×日

モネラ星人の事件を受け、プロメテウス計画は中止となり、ネオマキシマ砲も封印された。それは開発者であるキサラギ博士の強い意志による決定であり、到底ゴンドウが覆せるものではなかった。

さらにフカミ総監の決定により、クリオモス島の地下工場も廃棄されることが決定。施設は宇宙開発局と情報局に共同管理され、かつてサワイ総監が提唱した宇宙平和を目指すための施設に生まれ変わることとなり、警務局は事実上、そこを追われる形となった。

だがゴンドウはまったく諦めてはいなかった。

今回の失敗は人間の開発する兵器の限界を示したに過ぎない。

ゴンドウは避難シェルターで、人々が「光」になる瞬間を目撃した。

希望を捨てない一人の少年から始まったその現象は、子供や若者だけではなく大人たちにも伝播し、キサラギまでもが光となった。

だが人間の光化という未知なる現象には〝感染〟――あえてゴンドウはそう表現した――しなかったゴンドウは、その不可思議なる光景を、さらにはウルトラマンティガの復活という想定外の事態を見て、ある思いに至る。

さらなる強い兵器の開発。侵略者からこの地球を人間の手で守るには、やはりウルトラマンの力を完全に制御し、利用する以外ない、と。

そして警務局の活動が再開されたその日、ブラックバスター隊を招集し、マサキ・ケイゴのかつての研究を発展させた「F計画」の再始動を宣言した。

レイカにとってもそれは願ってもない朗報であった。

兄の命を奪った超古代の邪悪なる力。それを今度こそ人類の未来のため、正義のために使うことが出来れば、兄の死は無駄にはならない。

「アスカ。デートしよ」

クリオモス島の戦闘で意識不明となったマイが、退院し、初めて指令室に戻った時、いきなりアスカにそう言った。

「え？　マジで？　なんで？」

思いっきり戸惑うアスカに笑いそうになるのをマイはこらえ、わざと怒った顔で睨みつけ、

「また忘れてる。だってアスカが先に誘ったんだよ。責任とってよね」

マイのその大胆発言に指令室にいる全員が目を丸くする。特にリョウの驚きようは予想以上で、ポカンと口を開けたまま固まっている。

——ごめんね。リョウ先輩。

マイは心の中でぺこりと頭を下げる。でもこれは自分よりアスカと距離が近いリョウへの当てつけとかそんなものではなかった。一つのマイなりのけじめ。

いつもマイは心のどこかで劣等感をもっていたのかもしれない。それがクラーコフ事件でやっとみんなに一人前の戦士として認められたと思ったら、アスカにそれを無残にも否定され、死ぬほど悲しくなった。

でもそれは違った。みんなはマイのことをとっくに認めてくれていた。大切な仲間として。

それをマイは入院中のベッドで感じた。何度も何度もお見舞いに来ては本気で心配してくれるリョウたちの温かさに。今度こそ涙がこぼれた。でもそれでいい。カッコつける必要も背伸びする必要もない。自分は自分でいい。そう、みんなが教えてくれたのだ。

だからけじめをつけるんだ。ちゃんとアスカに約束を果たしてもらう。そしたら本当にマイはスーパーGUTSの仲間として、ここに戻れると思った。

「デートって、どこに行きたい？　映画とか、ショッピングとか？　それとも……」

ついに観念するアスカに、マイは笑顔で言う。

「月に行きたい」

「え？」

「アスカ。私がアスカを月まで連れてってあげる。いいよね」

「……ラジャー」

戸惑いながら指を立てたあと、わけがわからねーと微笑むアスカに、思わずマイは噴き出していた。そこにいる仲間たちも笑った。

マイは思う。こんな心の底から笑ったの、初めてかも。

❖同年　×月×日

「F計画」の再始動が決定されてから数日後、ある訃報がレイカのもとに届く。

ケンジの兄、フドウ・タケルが新型戦闘機のテスト飛行中、大気圏突入の際に機体が爆発。死亡したのだ。

「うそだろ」

そう呟いたきり、ケンジは黙り込んだ。

あまりにも突然で信じられない状況に、まだ現実を受け止められず、泣くことすらできないでいた。

「ケンジ。少し、話そうか」

何時間もずっと私室に籠もっているケンジを、レイカは呼び出し、そして告げる。自分も過去に愛する兄を亡くしていることを。

ルルイエ調査に向かう前日、兄は久しぶりに二人で飯を食べようとレイカを誘った。

どんな高級なお店に連れて行ってくれるのだろうと期待するレイカは、兄が予約した店の前で息をのむ。

そこは幼い時に事故で両親を失い、決して優しいとは言い難い親戚の家に引き取られた兄妹二人が、意を決して脱走した冬の寒い夜、少ない小遣いを貯めたお金で食べた小さなラーメン屋だった。

暖簾をくぐるレイカは、カウンターだけの狭い店内で、兄と並んで椅子に座る。

「醤油ラーメン、二つ」

兄が笑顔で注文する。

幼い当時の記憶をまるで昨日のことのように思い出す。そのラーメンの暖かさも味も。その時、なぜか涙が止まらなかったことも。

今は代変わりした店主が作るラーメンの味は、当時とは何か違う気がしたが、知らずレイカはまた涙を流していた。

「ありがとう。お兄ちゃん」

そのラーメンはレイカにとって大切な記憶だったことを思い出す。そう、二人はここから始めたのだった。どんなつらい境遇にも心を折らず、前に進むんだと。

「ずっと影の中を俺たちは歩んできた。でも……ようやく陽の当たる場所に出られるチャンスが巡ってきたんだ」

通称ルルイエの遺跡調査は兄にとって、それほど大切な仕事だった。


「兄さん。必ず、無事に帰ってきてね」

「ああ。勿論だ」

ルルイエに向かう調査船に乗る兄とレイカが最後に交わした約束だった。

だが、その兄は二度と戻らなかった。

超古代の怪獣に襲われ、その体を乗っ取られ、そして死んだ。

決して陽の当たることのない——暗闇の中で。


それはきっとケンジの兄も同じだ。

憧れで自慢だった兄は、晴らせぬ屈辱を胸に抱いたまま、漆黒の宇宙に散った。

その魂は永遠に闇の中を漂い続けるのだ。

今までレイカの心も暗い闇の中にいた。だがこれからは違う。

スーパーGUTSに代わり、自分が率いるチームが人類の未来を守るのだ。

だがレイカはケンジに優しい言葉をかけることはせず、あえて背を向けて、言った。

「念のために聞くけど、今もブラックバスターの任務を続ける意思は変わらない？」

暫くの沈黙。涙をこらえるケンジの声が、はっきり答える。

「変わりません」

本当はケンジを強く抱きしめ、気がすむまで泣かせてあげたい。

その衝動を抑え、レイカは言う。

「なら明日から、また通常の任務に就いてもらう。ただ……今日は、帰りなさい」

「……はい」

去っていくケンジの足音を、レイカは背を向けたまま、じっと聞いていた。

第六章　運命の光の中で

❖２０１９年　×月×日

「月面基地に出向⁉」

指令室にアスカの素っ頓狂な叫び声が響く。

「ま、まさか……クビってことですか？」

哀願するように自分を見つめるアスカの反応を、じっくり楽しむかのようなサディスティックな笑みを浮かべ、ヒビキが言う。

「だったらいいんだが……アスカ、お前を新型機のテストパイロットとして貸してほしいと、今朝、ガロワ基地から依頼が来た」

「なんだ！　俺が優秀だって認められたってことじゃないすか！」

――ついさっきまで泣きそうだったくせに。

すぐ無邪気で自信過剰ないつもの笑顔に戻るアスカを見つめ、リョウは心の中でため息をつく。

「これはアスカ、お前にしかできない任務だ。しっかり務めて来い」

「ラジャー！」

ヒビキのその言葉にアスカは何の疑問もはさまず、満面の笑みで敬礼する。

その時、ふとリョウの胸に微かな不安がよぎった。

「ゼロドライブ……」

アスカが月面基地ガロワに向かい出発したあと、リョウは他の隊員たちと共に、アスカが依頼された実験内容を聞かされ、愕然とする。

「そうだ。今から12年前、飛行実験中の事故により凍結されたゼロドライブ計画だ」

「しかし隊長……なんでその計画が今、復活したんです?」

コウダと同じ疑問がリョウにも浮かぶ。しかも、なぜアスカがそのテストパイロットに選ばれたのか?

「半年前、冥王星付近を航行中だった貨物船が偶然、ある機体を発見し、回収した」

「その機体って、まさか……」

「プラズマ百式。ゼロドライブ計画でアスカの父、アスカ・カズマが操縦し、謎の光の中へ消えたテスト機だ」

ヒビキの言葉を聞き、さっき感じた微かな不安が、リョウの中でより確かで大きなものとなる。

プロメテウス事件の直後にもまったく同じ不安を感じた。

いつかアスカが、父カズマのように光の中へと飛び去り、二度と戻ってこないのではないか。

そんな漠然とした不安が、リアルな感覚としてリョウの心に広がっていた。

それから数日間、リョウは月面基地でのアスカの様子を、今回の飛行実験に関わっているミシナから逐一、報告のなかで聞いていた。

「シンは頑張ってるよ」

無線越しではあるが、ミシナとこうして話すのは1年前、養成学校ZEROの最終訓練以来だ。あの時、もしかしたらミシナはこんな日が来ることを心のどこかで予測していたのかもしれない。だからこそ奇跡的に復活した今回の計画のテストパイロットとして、迷うことなくアスカを推薦した。リョウにはそんな風に思えた。

ミシナの話では、アスカは整備班班長、通称、鬼のダイモンと衝突。何度も殴り合い寸前の喧嘩になりながらも、腐ることなく、連日、超過酷なテスト飛行に挑戦しているという。

「シンは、カズマと……伝説の名パイロットと呼ばれた自分の父親と、勝負してる」

「そうですか。アスカらしいですね」

「だが、その前のめりすぎる気持ちが空回りして、なかなかプラズマ百式をうまく乗りこなせていない。昨日も実験中、ゼロドライブ突入直前の激しい負荷に耐え切れず、意識を失った」

それでもアスカは諦めず、今日もテスト飛行をする予定だという。

その数時間後、リョウは、アスカがついにゼロドライブ航法の実験に成功したという報告を受ける。

——あの不安は、やっぱりただの思い過ごしだったのかもしれない。

リョウがそう思った時、突如、緊急警報がグランドームに鳴り響いた。

「隊長。一体、何が……？」

指令室に飛び込むリョウ。すでにアスカを除く全隊員が集まっていた。

「たった今、巨大彗星が地球に向かって接近しているという報告が入った」

「巨大彗星……？」

「直径200キロ。この大きさだと地球からかなり離れた地点で破壊しないと、バラバラになった破片が降り注ぎ、甚大な被害が出るだろう」

「どれくらい離れた地点なら、安全なんでしょう？」

カリヤの疑問にマイがやや青ざめた顔で答える。

「コンピュータの計算では、爆破限界点は約40天文単位。太陽系の外です」

海王星軌道のはるか先、エッジワース・カイパーベルトのど真ん中だ。

「そんな……！　今から間に合うのか？」

「少なくとも、俺たちが出動しても間に合わない」

カリヤとナカジマの会話にコウダが割り込む。

「すでに月基地や火星基地にも同じ計算結果が知らされてるはずだ。だが……残された時間でそのミッションを成功させられる機体は……」

「ある。たった一機だけ」

ヒビキの言葉に、リョウがはっとする。

「まさか……」

その時、指令室に月面基地ガロワから緊急通信が入る。

相手はダイモン班長だった。

噂通りの鬼軍曹という風貌のダイモンは、接近する巨大彗星を破壊するため、アスカがプラズマ百式で発進したという。

「バカな！　そんなことのために大事な隊員を貸したわけじゃない！」

思わず怒鳴るヒビキ。だが、地球を救う方法は他にはなく、だからこそ無茶を承知でアスカが飛んだことも、十分にわかっていた。

だが、そう怒鳴らずにはいられなかったのだ。リョウにはヒビキの無念と不安の思いが痛いほど理解できた。

その時、不意に通信画面が切り替わり、コクピットのアスカが映った。

プラズマ百式は亜光速で航行中。直接の交信はできない。アスカから一方的に送り付けられたメッセージだ。

自分の行動がダイモン班長を通じてスーパーGUTSに伝わり、そして仲間たちがどんな反応をするか、あらかじめ読んで吹き込んでおいたのだろう。

「えへへ。隊長。ダイモンさんを怒らないでください」

「アスカ……」

驚き、思わず呟くリョウ。

アスカは達観したような笑顔を浮かべ、短くことの経緯をヒビキたちに伝えた。

ダイモン班長がプラズマ百式で彗星破壊に行くというアスカを止めたこと。

だが今は父親との勝ち負けというちっぽけな意地のためじゃなく、もっと大きなもののために飛ぶのだと説得したこと。光に消えた父と同じ、みんなの夢を乗せられる大きなもののために。

照れくさそうな笑顔でアスカは言った。

「俺、正直嬉しいんです。ダイモンさんには、また怒鳴られるかもしれないけど……俺、やっぱり親父と勝負がしたい。きっとこれが、親父と勝負できる、最初で最後のチャンスだと思うんです」

「どーしょもねー野郎だ……」

ダイモンに代わって、ヒビキが小さな声でアスカを叱った。

――この、バカ……。

リョウも心の中で、何度となくアスカに浴びせてきたその言葉を呟く。

そしてまた、あの不安が心をよぎる。

アスカはこのまま、光の中に消えてしまうのではないだろうか？

「心配しないでください」

まるでリョウの気持ちを読み取ったかのようにアスカが言った。

「俺、必ず帰ってきます」

通信はそこで終わった。

「今、俺たちにできることは……アスカを信じることだけでしょうか？」

そう問いただすコウダに、ヒビキが、

「ああ。勿論、信じる。だが、ここでじっとしてるわけにはいかねー」

「隊長……」

思わず呟くリョウをしっかり見つめ、ヒビキが言う。

「奴は必ず帰ってくると言った。だから俺たちも、アスカを迎えに行くぞ」

指令室にいる全員が頷き、

「ラジャー」

ガッツイーグルで太陽系の外を目指し、出動した。

それから5日後、アスカは無事に地球に帰還した。

ゼロドライブ航法で爆破地点に到達し、迫りくる巨大彗星を見事に破壊するというミッションを成功させたのだ。

そしてリョウたちはあの日、破壊された彗星の破片が漂う宇宙空間で、航行不能となったプラズマ百式を発見。ガッツイーグルの識別信号を受けて32時間ぶりにコールドスリープから目覚めたアスカを無事に救出した。

生還の喜びもそこそこに、再び全速で地球へ取って返すガッツイーグル。

グランドームに帰着したのは出動から96時間後――ただし相対性理論とローレンツ変換の帰結により、地球では114時間が経過していた。リップ・ヴァン・ウィンクル・エフェクト、いわゆるウラシマ効果というやつだ。

TPC随一の戦力が突発的に丸5日も地球を離れていた間、異星や異文明からの侵略にさらされなかったことは僥倖と呼ぶほかない。

ゴンドウ参謀あたりからの舌鋒鋭い糾弾を覚悟したが、先のクリオモス島での惨劇に伴う各方面への対応に忙殺され、それどころではなかったようだ。

スーパーGUTSは即応集団である。突如降って湧いた地球滅亡の危機に迅速に対応し、不可能とも思える巨大彗星爆破ミッションを成功裏に終わらせた事実は、この件において彼らに課せられるべきペナルティを大きく減免した。

実質的には不問と言っていい。フカミ総監からこの決定を伝えられ、ようやく緊張を解く隊員一同。

そしてアスカの証言で、巨大彗星には宇宙怪獣――のちにスフィア合成獣と認定されたコードネーム、ガイガレードがいて、プラズマ百式が襲撃されたが、そこにウルトラマンダイナが現れたという。

「これで何度目だろうな。ダイナに救われたのは」

グランドームの検査室でアスカはリョウに呟いた。

火星で初めてダイナが現れて以来、確かに何度もアスカはウルトラマンダイナに絶体絶命の窮地を救われてきた。

普通なら確実に死んでいたであろう場面を、何度も切り抜け、帰ってきた。

この太陽系の外で怪獣に襲われるという極限の状況からも。これが単なる偶然なのか。それとも……。

また悪い癖だ。そのことは考えないと、こないだ決めたばかりだというのに。

「どうしたんだよ、リョウ？　今、なに考えてたんだ？」

「……え？　なんでそんなこと聞くの？」

アスカに不意に問いただされ、思わず焦るリョウに、

「だって、考え事しながら笑ってたから。気味悪くて」

「気味悪くて、悪かったわね」

ぎゅっと拳を握るリョウに、

「ごめんごめん！」

子供のような笑顔で逃げ回るアスカ。

「バカモン！」

偶然そこに現れたヒビキの雷が落ち、しゅんとなる。
そんなアスカを見つめ、リョウは改めて思う。
——やっぱり、そんなはずはない。このバカが、ダイナだなんて。

第七章

ミス・スマイル

❖２０１９年　×月×日

ＰＷＩ研究所とＴＰＣ科学局の合同開発によって実用化されたコスモネット。

それは、宇宙探査・宇宙開発のあり方を根本的に変えてしまう新たなインフラ・ストラクチャーを人類にもたらした。

基礎研究と要素技術の開発は１９９０年代の初頭にその端緒が開かれたと言われる。

幾度もの頓挫とトライアンドエラーを積み重ね、５年間の運用試験を経ての実用化であり、開発のキーマンとされる功労者の中には元ＧＵＴＳ隊員であるホリイ・マサミの名もあるという。

コスモネットの根幹は、ノード間の距離を問わない即時通信にある。

従来の通信手段では、当然のことながら光速の限界を超えることができなかった。地球上同士での通信程度ならさほど問題とはならないが、天体間通信となればそうはいかない。最も近い天体である月でさえ38万キロの彼方。光の速さは秒速30万キロメートルであるから、片道1秒、往復で2秒以上のタイムラグが生じる。

火星ならば地球と接近する衝の位置関係時でも片道4分、木星なら35分。冥王星に至っては5時間を超える。往復ならさらに倍。とてもではないが会話など成立しない。

その制限を、コスモネットは解消する。本当の意味でのＦＴＬ（Faster Than Light＝超光速）通信を実現するのである。

物体は光速に近づくほど質量が増すため、原則として光速は達成できないとされるが、情報にはそもそも質量がない。従って一般相対論と矛盾することなく超光速通信は可能なはず。それを証明するために様々な試みがなされてきた中で、コスモネットが着目したのはアインシュタイン－ローゼンブリッジ、俗にいうワームホールを利用した通信技術であった。

密閉された真空容器内に極微の荷電ブラックホール対を封じ込め、互いに回転させて均衡状態を維持する。この周囲に形成されるトーラス状の事象地平面の中心に開いた時空のトンネルは、光子一つを通すのがやっとの小さな穴だが、それを利用して信号を送ることはできる。

信号はトンネルを通じて共有され、別のブラックホール対から取り出すことができる。この際、我々の時空におけるブラックホール対の相対距離はまったく無関係で、このブラックホール対をコアに組み込んだターミナルデバイス同士は何億キロ離れていようとも即時通信が可能となる。これをノードとして太陽系全域をカバーする超光速通信ネットワークを築こうというのが、件のコスモネット構想である。

それには太陽系全域にターミナルデバイスを設置しなければならないわけだが、ＴＰＣ主導のもとにその取り組みも始まっており、過去３年以内に進宙した無人・有人宇宙機の多くに、何らかの形でこのターミナルデバイスの先行試作モデルが搭載されている。

中継ステーションの軌道投入ミッションも着々と進行中だ。それがついに本格運用を開始した。光の速さで何時間もかかる太陽系外縁の出来事を、地球に居ながらにしてリアルタイムで観測し、会話によって対応を指示することもできる。メリットは計り知れない。これからの太陽系探査開発は、大きくその歩を速めることだろう。

その成果が早速もたらされた。無人探査機が冥王星表面で発見した人面像――氷の微笑、ミス・スマイル。

1970年代、NASAのバイキング一号が同じような人面像を火星で撮影したが、これはパレイドリア効果による錯覚と結論付けられた。

だが今回の画像を分析した結果、70%以上の確率で人工加工物である可能性が示唆され、もし実際にそれが証明されれば、宇宙考古学史上、最大の発見となる。

TPC宇宙開発局はミス・スマイルの探査を決定。宇宙艇ロムルス三世号――船長は元GUTS隊のシンジョウ・テツオ――を冥王星へと派遣した。

それから2カ月後、冥王星に到達したロムルス三世号は冥王星表面のミス・スマイルを目視。それが光の陰影などによる錯覚ではなく、明らかな人工物であることを確認。その岩石サンプルを採取し、地球への帰還の途についた。


「シンジョウのやつ、ついにやったで！」

電話口からホリイの興奮した声が響く。

「冥王星への有人着陸は人類初や！　しかもあの氷の微笑ミス・スマイルはやっぱり光の悪戯なんかじゃなかったんや！」

「ア・ナ・タ」

「……ん？」

「嬉しいのはわかるけど、もう少しゆっくり話して。ボリュームも少し抑え目で」

「……あ。ああ、ごめんな。またいつもの悪い癖が出てしもーた。ほんま、ごめん、ミチル」

素直にしゅんとなるホリイの声が可愛く思え、ミチルは思わず微笑む。

「でも本当によかったね。夢が叶って」

「そうや。どこまでも遠くに飛ぶ。それが昔からのあいつの夢やったんや」

まるで自分の夢が叶ったかのような感動がホリイの声にはにじむ。それだけホリイにとってシンジョウという男は大切な友人であり、掛け替えのない仲間――戦友だということをミチルも知っていた。

「それで、シンジョウさん、いつ地球に戻れるの？」

「2カ月後や」

「だったら、ちょうどミライの誕生日の頃だね」

ミチルはリビングの奥で兄のツグムとゲームで遊ぶミライの笑顔を見つめる。

「あ、そう言われてみれば、そうやな」

「まさか忘れてたわけじゃないよね」

ミチルはわざと意地悪な声で問い詰める。また電話の向こうで慌てるホリイの声が、

「去年は遅刻してしまってホンマすまんかった。ツグムの誕生日も同じ失敗してしもーたもんな。今年は絶対プレゼント買って時間通りにいきます。約束や」

「うん。ツグムもミライも、もう怒ってないよ。子供たちはね」

「……え？　ミチルは？」

「私も怒ってない」

「よかった〜」

本気で安堵するホリイが吐く息の音が聞こえる。

「仕事が忙しいのはわかる。でも家族も、なによりアナタの体を大切にしてね」

「ありがとな。じゃあ、これから会議があるから。愛してるで」

ちゅ。電話越しにキスする音がし、通話が切れる。

「ほんと、どっちが子供だかわからない」

今夜はきっと研究所の仲間と祝杯をあげ、上機嫌で帰ってくるに違いない。酔っぱらって「これがワシの仕事や〜」「人間舐めたらいかんで〜」とタコのように赤い顔で絡む父親を年頃になったツグムもミライもあまり好きじゃない。

——でも、今日ばかりは少し大目に見てあげなきゃね。

ミチルは子供たちと今夜の対策会議を開くべくリビングへと向かった。


2カ月後——。

リョウは、アスカ、ナカジマと共に木星付近の宙域にクラーコフで向かっていた。

地球に帰還中のロムルス三世号が突如、消息を絶ったのだ。

脳裏にはつい数時間前、指令室でロムルス三世号が撮影したミス・スマイルの画像を見つめ、まるで遠足の前の子供のようにわくわくするカリヤの笑顔が思い出される。

未知なるものへの憧れ、探求心こそが人間である証だと、カリヤは言った。

リョウもそう思う。それこそがネオフロンティア・スピリッツの本質なのだ。

そして人類が前に進もうとするその意志を阻む存在と、リョウたちは何度となく戦ってきた。もしかしたら今回の事態も……。

よそう。悪い方に考えるのは。今はロムルス三世号の無事を信じ、発見することが先決だ。

ロムルス三世号の通信が途絶した宙域にクラーコフが到着。そして周辺の捜索を開始した。

宇宙開発局は、同船の通信途絶と船影消失の原因について32通りの仮説を立て、それに基づく1024通りの現在位置予測を算出していた。確率が10％以上の座標を結ぶ最適ルートを設定し、順に潰してゆく。そして捜索開始からわずか20分後、

「よし、見つけたぜ！」アスカの興奮気味な声がブリッジに響く。

探査レーダーが木星黄道面エウロパ軌道付近を漂流するロムルス三世号を捕捉。同時に途絶えていた通信も回復。乗組員全員の無事が確認された。

調べてみなければ確かなことは言えないが、おそらく微小隕石が高速でロムルス三世号を貫通し、コスモネットにつながるターミナルデバイスと推進機関が破損し帰還軌道を逸脱、木星重力に引かれてここまで流されたのだろう。折り悪く木星の陰に入っていたためガニメデ基地からも発見できなかったに違いない。クラーコフが接近したことで出力の低下していたロムルスの通常無線通信も届くようになったというところか。

「よし。船体を回収するぞ」

「ラジャー」

ナカジマの指示にリョウとアスカが安堵の笑顔で答える。

それにしても……。

リョウは回復したロムルス三世号の無線で、船長が元GUTS隊のシンジョウだと初めて知り、

少なからず動揺した。

シンジョウはリョウがまだ訓練生になる以前、学生時代からの憧れの存在であり、いつか自分がGUTSに入隊できたら、ともに地球の平和のために戦うのが夢だった。

だからシンジョウがGUTSを退任し、宇宙開発局のパイロットに転身したと聞いた時は心の底からガッカリした。もうシンジョウ隊員と一緒に空を飛ぶことも、会うことすらないに違いないと。

――まさかこのタイミングで昔の夢が叶うなんて。信じられない！

リョウはアスカと共に、シンジョウがいる部屋に向かう途中、まるで学生時代に戻ったかのように胸がドキドキするのを感じていた。

「あの、宇宙開発局のシンジョウさんですよね。GUTS隊での活躍、訓練生時代からの憧れでした」

リョウは緊張のあまり声がうわずったりしたらどうしようかと心配していたが、思ったより普通に自分の思いを伝えることができた。

「君は確か、スーパーGUTSのエースパイロットの……」

「ユミムラ・リョウです！」

今度こそ少し声がうわずってしまった。頬が熱くなるのがわかる。おそらく赤くなっているに違いない。まずい。こんな不自然すぎる状態をアスカに見られてしまったら、あとでどれだけからかわれることか。

だがそっちの心配は杞憂に終わった。アスカはいつもと明らかに違うリョウの乙女な態度より、シンジョウが発したエースパイロットという言葉に引っ掛かったのだ。

「今のエースは俺っすから」

口をとがらせ、マジで反論し、

「ちょっと！　アスカ。失礼よ、謝りなさい」「いや、だって──」「謝りなさい！」

アスカとのやりとりにリョウはすっかりいつもの自分を取り戻した。だから、

「よろしくな。後輩」

シンジョウに優しい笑顔で握手を求められた時も、「はい」と普通に笑顔を返すことができた。

「なんで高級ホテルまで来てお好み焼きやねん」

「フランス料理がええ」

神戸のベイシェラトンホテルにホリイが予約した店で、予想通りツグムとミライが不平を漏らす。

「せっかく、お父ちゃんが奮発してくれたんだから、文句言わないの」

そうやって子供らをなだめつつもミチルは心の中でため息をつく。

ホリイはすごく優しくて素敵な人間だ。その気持ちは、初めてミチルがホリイと出会った、宇宙科学研究所でのあの恐ろしい事件以来、少しも変わっていない。

今から11年前、ホリイと二人、命がけで宇宙生命体マグニアの恐怖を乗り越え、父親の死による過去の苦しみからも解放されたミチルは、ホリイと恋に落ちた。

だが二人がつきあい始めてから、デートと言えば必ずホリイがミチルを連れて行ったのはお好み焼きだった。

「もっとロマンチックな雰囲気がほしいのよね」と文句を言って、次はフランス料理店に行ったこともあったが、どうにもホリイには居心地が悪かったらしく、すぐ次のデートではお好み焼きが復活した。

だからミチルはとっくに諦めているが、子供がまだその境地に達せられないのも無理はない。しかもあれだけ約束したのに今日もまた遅刻である。子供らの不満は爆発寸前でミチルの言葉も功を奏さず、

「お母ちゃんはすごく綺麗やのに、お父ちゃんはカッコ悪い。足もくさい。どんくさい。なんで結婚したの？」

ついにミライが歯に衣をきせぬ痛烈な批判を始めた。

「なんでって……それは……」

出会いは最低最悪の印象だったホリイが、最後は白馬の王子に見えてしまった、あの事件のことをミチルは再び思い出し、

「お父ちゃんは素敵な人よ。そのうち二人にもわかるわ」

優しい笑顔で言うミチルを、やはり納得できないツグムとミライが不思議そうな顔で見つめていた。

「さあ、食べよう。ほら、すごくおいしそうに焼けてる」

ミチルはお好み焼きを四つに切り分け、それを二人の皿によそう。そしてふと思う。

こうして一つのお好み焼きを分けて食べるのが、ホリイは好きなのかもしれない。

前はミチルと二つに、今は家族と四つに。

――早く来ないかな。

時計を見て、ミチルはスマホでホリィの電話番号をタップする。だが呼び出し音が鳴るばかりでホリィと通話がつながることはなかった。


「ほんま、すまんかったな」

やっとミチルがホリィと連絡が取れたのは、結局その日の夜、10時過ぎだった。

「子供たち、怒っとったやろうな」

電話越しに今にも消えいりそうなホリィの声を聞きながら、ミチルはすでにホテルのベッドで寝息をたてるツグムとミライを見つめる。

お好み焼き屋で3時間待ってもホリィは現れず、誕生日をすっぽかされたミライのガッカリぶりは見ていられないくらいだったし、ツグムの怒りもすごかった。

ミチルはなんとか二人の機嫌を直してもらいたくて、ホテルの中のボーリングやカラオケでこれでもかと遊び倒し、やっと二人に笑顔が戻った。さすがに疲れたのだろう。この部屋に入るとものの5分と経たず、二人は眠ってしまった。

「どうやって謝ったら許してもらえるやろーか？　もしも二度と口きいてもらえんかったら、ワシ――」

「大丈夫。明日は六甲山にのぼる予定。きっと機嫌も直るわよ」

今にも不安で泣きだしそうなホリィにミチルが助け舟を出す。

「ほんま……堪忍な」

まだ落ち込むホリィに、ミチルは、

「これがワシの仕事や、でしょ」

それはミチルがホリイに心を奪われた魔法の言葉だ。

「それよりシンジョウさん、よかったね」

ミチルは今日ホリイが娘の誕生日に来られなかった理由を知り、やっぱりそうだったのかと思った。シンジョウを乗せたロムルス三世号は明日、大阪の宇宙空港に帰還すると聞いていた。きっと何かトラブルが起きたのだ。

だとしたらホリイは今頃、どれだけ大きな不安と戦っているだろう。もし最悪の結果が知らされたらと思うと、ミチルも胸が押しつぶされるような恐怖を感じた。

でもロムルス三世号の無事が確認され、予定通り、明日には地球に戻ってこられるという。

「ねえアナタ。色々落ち着いたら、シンジョウさんと一緒にミライの誕生日、祝ってあげてくれる？」

「ああ。勿論や。シンジョウのやつもきっと喜ぶで」

ようやく弾むホリイの声を聞き、「おやすみなさい」とミチルは笑顔で電話を切った。


「たく、偉そうによ」

ブリッジに戻る通路でも、アスカはまだシンジョウのことを愚痴る。

「バカ。張り合ったってしょうがないでしょ。相手はあのＧＵＴＳ隊でエースパイロットだった人よ」

「やけにリョウ、あいつの肩もつじゃん。面白くないの」

本当に子供だ。アスカを見てリョウは思わず笑いそうになるのを何とかこらえる。

同時にアスカのいじけようを見て、今まで意識したことのない言葉がふと頭をよぎる。

——もしかして、嫉妬してる？

でもそれは、弟が姉を取られた時に示す反応であって、恋愛感情などとは違う。

リョウはアスカを弟のように思っている。生意気で出来の悪い、それでいてどこか憎めない。

きっとアスカも同じように感じているのだろう。

リョウがアスカの嫉妬の理由をそう結論づけた時、突如、艦内に緊急事態を告げるアラートが響き渡った。


「何が起きたの⁉」

ブリッジに駆け戻り、リョウがナカジマに聞く。

「第三格納庫に異生物反応！　おそらくロムルス三世号に寄生していたんだ！」

「そんな……！」

ロムルスを襲った微小隕石は貫通などしていなかった。隕石でさえなかったのだ。

「エンジン部からネオマキシマエネルギーを吸収し、どんどん巨大化している！　このままだと……クラーコフは墜落する！」

その時、指令室からマイの通信が入る。クラーコフの落下予測地点が、大阪の中心地と判明したのだ。

「市街地への墜落だけは何としても食い止めないと」

「でも、どーすりゃいいんだよ！」

リョウとアスカのやりとりがいつも以上に緊迫する。

「占拠されたブロックを切り離し、サブエンジンに切り替えるしか方法は無い」

今度は指令室からコウダの指示が飛ぶ。

残された時間はわずかだ。一か八かやるしかない。

大気圏にクラーコフが突入する。

切り離したブロックが市街地に落下しないタイミングをマイが計算し、カウントダウンの声がアラート音と共に響く。スリー……ツー……ワン……ゼロ。

ナカジマがスイッチを押し、宇宙生物に制圧された第三格納ブロックを分離。

「分離成功！」

赤い緊急ランプに染まっていたブリッジが正常な状態に戻り、リョウとアスカは思わず目を合わせ、微笑む。また一つ、危機を乗り切った。

だがそんなリョウの思いは裏切られる。本当の危機はそのあとに訪れたのだ。


「わ～。ええ景色やなあ」

六甲山の展望台。ツグムが目の前の雄大な自然を眺め、笑顔で叫ぶ。

「お父ちゃんにも見せてあげたかったね」

一夜明け、すっかり機嫌を直したミライが笑顔で言った。

「そうね」

やっぱりここに来てよかった。ミチルがそう思った時だった。

「あ！　あれ！」

ツグムが空を指さすと、真っ赤に燃えた火の玉のようなものが前方の山並みに落下し、大爆発を起こす。

「伏せて！」

巨大な爆音と振動を感じ、ミチルは子供二人を庇うようにその場に倒れこんだ。

——アナタ。はやく、助けに来て！

なにか恐ろしい予感に、思わずミチルは心の中でそう叫んでいた。


分離した第三ブロックに寄生していたのは、スフィアだった。

計算通り、神戸六甲山中に落下した直後、スフィアは周辺の岩盤を吸収し、合成獣ジオモスとなり、進撃を開始した。

グランドームからはヒビキ、コウダ、カリヤがすでに出撃。

リョウとアスカも、クラーコフが搭載するイーグルで出撃すべくブリッジを出ようとした時、シンジョウが入室。自分も一緒に出撃させてくれ、と言った。

「あんたはもうGUTSじゃない」

シンジョウの申し出をアスカが断る。リョウもいくら憧れの相手とはいえ、ここはアスカの言葉に頷く。だが、次のシンジョウの言葉に心が動く。

「昔、同じように宇宙船に寄生したエイリアンに親友を殺されたことがある。宇宙へ広がる人間の夢を食いつぶす。そんな奴らを俺は許すわけにはいかない」

さっきまであれほどシンジョウをライバル視していたアスカの表情が今は違う。何か言いたい言葉をグッと我慢している。それをリョウが代わりに口にした。

「私たちに、遅れを取らない自信があるなら」

「勿論だ」

リョウは、アスカ、シンジョウと共に出撃する。

しかし、このあとにリョウたちが体験したのは、今までにない熾烈な戦いであった。


スフィアによる再びの地球侵攻。

レイカは火星基地ブラックバスター本部の一室で、神戸、大阪において発生した事件のデータファイルに改めて目を通していた。

そもそも今回の事件は、冥王星でミス・スマイルと名付けられた人面像をコスモネットが発見したことに端を発する。そしてまんまと敵の策略にはまった。スフィアはネオフロンティアの最新技術を利用し、地球に侵入したのだ。

南極におけるスフュームの侵略行動も今回と同じく、TPCは人工太陽を奪われ、自らが生み出した最新テクノロジーの結晶によって地球を壊滅させられる寸前まで追い詰められた。侵略者の作戦は確実に巧妙になり、その手口はあたかも人類の宇宙開発という行為を嘲笑っているかのようである。

大阪のPWI研究所を襲撃したスフィア合成獣はスーパーGUTSと旧GUTS隊とウルトラマンダイナの共闘によって撃破された。

世間ではそのトピックだけが踊り、人々は今回の事件において一番危機的であった事態を早くも忘れてしまった。

それは、クラーコフが分離した第三格納ブロックと共にスフィアが六甲山中に飛来した際、ウルトラマンダイナがスフィア合成獣に敗北した事実だ。

「ダイナが負けてしもうた」

展望台から隕石が落下した場所に向かったツグムとミライ。それをミチルも追いかけ、目の前で恐ろしい怪獣が岩石の中から誕生するのを目撃した。

そして飛来したスーパーGUTSの戦闘機――ミチルは最初に見た時それをGUTSと間違えてツグムに訂正された――が怪獣と戦うも大苦戦。さらにウルトラマンダイナが現れ、ツグムとミライの興奮は最高潮に達した。

だがダイナは怪獣に歯が立たず、負けてしまったのだ。

茫然と立ち尽くすツグムとミライ、そしてミチル。そこへ、

「ミチル！　ツグム！　ミライ！」

ホリイが駆けつけた。

「みんな、怪我ないか？」

「うん。でも父ちゃん……ダイナが……」

「ああ、ワシも見てた」

ホリイは今にも泣きだしそうなツグムとミライの肩を力強く掴み、言った。

「大丈夫。ウルトラマンは死んだりせーへん。必ずまた帰ってくる」

その言葉に嘘はないとミチルは感じた。子供らもそうに違いない。

ホリイの顔からもウルトラマンを信じる気持ちがまっすぐに伝わってくる。

——ありがとう。アナタ。

やっぱりこの人を選んでよかった。子供らもじき、それがわかるに違いない。

自分たちの父親が、どれだけ素敵で誇らしく頼りになる男であるかを。


ジオモスに特攻し、撃墜されたアスカは、シンジョウと共に帰還したあと、今までになく強い怒りの感情をその目に宿していた。まるで自分自身が敗北したかのように。

だがその感情はアスカに限ったことではない。

ロムルス三世号を乗っ取ったスフィアが、地球に侵入した直後、冥王星のミス・スマイルが消失したことをTPCはコスモネットによって知り、スフィアは地球人類に対する明確な警告までコスモネットを使い発信してきたのだ。

「警告する。この宇宙はそのものたちの意思によって存在している。それに背く文明には必ずや滅亡の制裁がくだるであろう」

人類に対しての絶対的優位。一方的な服従の要求。機械的な女性の音声で発せられた警告文は、そんな悪意と威圧感に満ちていた。

負けるわけにはいかない。

それがリョウやアスカだけではなく、大阪の臨時指令所で敵の次なる襲撃に備えるすべての者の思いであった。

ダイナは六甲山でジオモスに敗北したあと、通天閣に再びジオモスが出現した時にはついに現れなかった。ダイナは死んだ、と一部のメディアが報道し、TPC内部でもそんな不安を口にするものが少なからずいた。

「ダイナは負けた。だが俺たち人間が最後の最後まで諦めず、死力を尽くして戦う限り、ダイナもまた戻ってくる。不死鳥のように」

ヒビキの言葉にリョウは頷く。疑いようもない。

クリオモス島でデスフェイサーに敗北した時も、南極でレイキュバスに氷漬けにされた時も、ダイナは復活し、恐るべき強敵に勝利した。

だから今度も必ずダイナは現れる。倒れたら倒れた分だけ、さらに強くなって。

「大阪天王寺付近に怪獣が出現しました！」

通信員の報告に緊張が走る。通天閣付近から地中へと姿を消したスフィア合成獣ジオモスがまたも破壊活動を開始したのだ。

「スーパーGUTS、出動！」

「ラジャー！」

リョウはアスカと仲間たちとともに戦場へと向かった。


「神戸かていつまた怪獣が現れるかわからん。子供の安全が第一や」

ミチルはホテルの展望ラウンジで、ホリイの兄マサルと会っていた。その近くではツグムとミライが窓から神戸の街並みを見て無邪気な声をあげている。

「ミチルさん。ワシらと一緒に避難しよう」

ホリイは今、シンジョウと一緒にスーパーGUTSの対怪獣作戦に参加していた。いつまた会えるのかミチルにもわからない。そんなホリィに代わって自分たちを心配してくれる義兄の気持ちは嬉しかった。でも……。

「すいません、義兄《にい》さん。私たちは、ここで主人を待ちます」

すると驚いたようにマサルはミチルの顔を見つめ、

「見かけによらず頑固やなあ」

それで納得してくれるかと思いきや、さすがホリィの兄だ。一歩も引かず、

「しゃーない。ならミチルさんはここでマサミを待てばいい。けどな、子供らだけは絶対にワシが連れていく」

頑固者はどっちよ。心の中でミチルが呟いた時、その話を物陰で聞いていたツグムとミライがその場から逃げ出した。

父親もいない。さらに母親と離れ離れになるのが嫌だったのだ。


「潜伏していた怪獣が移動を開始しました」

ホテルのパノラマビジョンでアナウンサーが臨時ニュースを告げる。

「怪獣は大阪南港付近への出現が予想されます。近くの方々はＴＰＣの指示に従いすみやかに避難してください」

それを人ごみの中から見つめるミチル。義兄を何とか説得したあと、ツグムとミライの姿がないのに気づいた。

「まさか、あの子たち……」

ミチルの手にはツグムたちが残した書置きが握られている。そこには、

——ダイナに会いに行ってきます。ツグム。ミライ。

そう書かれてあった。

なんでダイナに会おうとしているかはわからない。でもダイナに会おうとするなら、怪獣が現れる場所に向かうに違いない。

ミチルは急いで走り出していた。


「すいません。こんな大変な時に」

それから1時間後、ミチルはホリイが働くPWI研究所本社に、コスモネット開発主任のヒノダを訪ねた。ヒノダはホリイの直接の上司でありミチルも何度か会ったことがあった。

ツグムたちのあとを追って南港に向かったが、怪獣出現に備え規制線が張られ、ミチルは現場に向かうことができなかった。おそらくツグムたちも同じ状況であろうが、父親譲りなのだろうか、ツグムもミライも時として大胆な行動力を発揮する。もし万が一、怪獣が現れる場所にたどり着いていたら……。

ホリイにも連絡はつかず、どうしていいかわからず、藁をも掴む思いでここに来たのだ。

「コスモネットなら火星で迷子になっても探しだせますよ」

ヒノダはミチルの不安を取り除こうとしてるのだろう。優しい笑顔でそんなジョークを飛ばすと、ミチルが手渡した家族の写真からツグムとミライの顔をスキャニングする。

詳しくはわからないが衛星の高性能カメラを使えば、顔認証システムで二人の居場所を探し出せるらしい。

コスモネットは超光速通信インフラであると同時に統合セキュリティネットワークでもある。

ジョークでも何でもなく、火星だろうと地球だろうと等価、そこに差異はないのだ。

しかし無論、探査機の設置されたエリアしかカバーはできない。いかんせん木星圏は広すぎた。地球―月間の5倍の半径を、100にも満たない探査衛星で隈なく走査することは不可能であり、スーパーGUTSの尽力がなければロムルス三世号の発見はできなかった。

コスモネットが公共の福祉に寄与することを願ってやまないヒノダにとって、ミチルの申し出はロムルス三世号の捜索に貢献できなかった無念を晴らす絶好の機会でもあった。ダンプで小石を、いや大型タンカーでメダカを運ぶに等しい愚行だが、お安い御用である。

「すいません。大事なシステムをこんな個人的なことで」

恐縮するミチル。だが今はこのシステムだけが頼りだった。

それから1時間が経過し、コスモネットが二人の居場所を特定した。

「ツグムとミライはどこに？」

「それは……最後に確認されたのがこのPWI研究所からそう遠くないヘリポートです」

「ヘリポート？　どうしてそんな場所に？」

「さっきKCBに連絡して確認を取ったら、報道クルーが男の子と女の子をヘリに乗せて飛んだそうです。ツグム君とミライちゃんに間違いないでしょう」

「でも……なんで……」

「それが、ダイナにとって大事なものを届けなきゃいけないという、ツグム君のその言葉を信じたらしいんです」

「ダイナに……」

ミチルが呟いた時、ヒノダのスマホに着信。

「……なんだって！」

連絡を受けるヒノダの顔が緊張する。

「どうしたんですか？」

「南港に出現した怪獣が、大阪城付近の地底から現れ、この研究所に向かっているようです」

「だから……ツグムとミライもこの近くに……」

「とにかく避難しましょう」

ヒノダに促され、ミチルは研究所の外へと向かった。


それから起こったことはミチルにとって驚きの連続であった。

ヒノダとともに避難したあと、ミチルは偶然にも大阪城近くの道でツグムとミライを見つけたのだ。

「どうしてこんな無茶したの?!」

二人を抱きしめ、ミチルが聞くと、

「お兄ちゃんが海で不思議なものを拾ったんや」

「うん。それが、ダイナは絶対に死んでないって思った時、温かくなって、光った」

「だから、きっとダイナにとって大事なものに違いないって」

「絶対にダイナに届けなあかんて思ったんや」

まくしたてるように訴える二人の言葉を聞き、嘘ではないとすぐミチルは感じた。この子たちはきっと間違っていないと。

「それで、ダイナには渡せたの？」

するとミライが、

「スーパーGUTSの隊員さんが、代わりに届けてくれるって約束した」

そしてツグムも、

「約束破ったら承知しないいって念押ししたら、絶対に渡すって」

「……そう」

二人の言葉にミチルが頷く。刹那、

「あ！　ウルトラマンダイナや！」

PWI研究所に迫る怪獣の前に光が瞬き、颯爽とウルトラマンダイナが立ちふさがった。


「ダイナ。彼もまた、光の巨人」

参謀本部からの要請で戦闘に参加したムナカタが呟く。

「やっぱり、帰ってきた」

リョウもベータ号のコクピットで笑顔を見せる。

「いくで、シンジョウ」

「おう、ホリイ」

GUTSウィングで出撃したホリイとシンジョウの声も響く。

「全機、ダイナを援護する！」

「ラジャー！」「了解！」

ヒビキの号令とともに、GUTSとスーパーGUTSによる共同作戦が展開される。

ジオモスは、地底で古い外殻を脱ぎ捨て、より凶悪なネオジオモスへと変態を遂げていた。ダイナを一敗地にまみれさせた亜空間バリアも健在、電磁波攻撃は格段に強力になっている。だがこちらもウルトラマンダイナとGUTS、スーパーGUTSによる、いうなればドリームチーム。後れを取ることはありえない。

緑青をまとった銅瓦の天守閣を背にダイナが跳び、スラッシュを放つ。それが亜空間バリアに阻まれれば、ガッツウィングが、ガッツイーグルが反マキシマエネルギーでバリアを相殺する。この機を逃さず、ダイナがソルジェント光線でネオジオモスの胸のバリア発生器官を焼く。電磁波の乱射をかいくぐり懐へ飛び込むダイナ。援護するウィングとイーグルへ、ネオジオモスが額から火球を放った。散開しそれを回避する銀翼の鳥たち。ダイナの踵が一閃、ネオジオモスの額を砕く。一同の無事を確認しようとダイナが一瞬視線を外した瞬間、ネオジオモスの長い尾がダイナに絡みつき、自由を奪った。

大蛇のようにその身を締め上げ、とがった先端からエネルギーを吸い上げる長大な尾。たちまちカラータイマーが青から赤に変わる。旋回した僚機が牽制の一撃を放つ。

手ごたえあり。ダイナはストロングタイプにチェンジし、自らを縛るネオジオモスの尻尾を力任せに引きちぎるや、その巨体を持ち上げ、そのまま大空へ飛翔。

周囲に展開する戦闘機の隊員たちとアイコンタクトをかわし、ネオジオモスを放り投げた。同時にガルネイドボンバーを発射。GUTS、スーパーGUTSの反マキシマエネルギーとの一斉攻撃で撃破した。

「やった！　ダイナが勝った！」

「やっぱりダイナは強い！　最高や！」

ダイナの勝利に歓声をあげるツグムとミライ。二人の届けた大事なものがダイナの力になったのなら、二人もダイナと一緒に戦った気分だったに違いない。

だからあえてミチルは二人に言った。

「でも、ダイナだけの力じゃ勝てなかった」

するとツグムとミライが笑顔で頷き、

「そうや。僕もダイナを助けたんや」

「そや。ミライも助けた」

「……うん。そうだね」

笑顔でミチルが二人の頭を撫でた時、

「GUTS……」

「ちゃうで。スーパーGUTSや」

戦いを終えた隊員たちが大阪城の大手門から帰ってくる。そして、その中にはシンジョウとホリイの姿もあった。

「父ちゃんや……僕のお父ちゃんや！」

「ハイホー！　最高や！」

ツグムとミライは驚き、そして喜びを爆発させ、ホリイのもとへ走る。

「お父ちゃ――ん！」

ホリイも同時に走り、二人を抱きしめ、

「ずっと会えんでごめんな。でもお父ちゃん、がんばったで！」

それを見つめミチルは思う。やっぱりホリイ・マサミは最高にカッコよくて、最高に素敵な、私の白馬の王子さま。そして、あの子らの父親だと。


「こんなに綺麗な顔が、人類に対する罠だったなんて」

指令室。マイがミス・スマイルの写真を見つめ、呟く。

「滅亡の微笑み。宇宙に存在する未知なる悪意」

「残念だが、その正体は依然として謎のままだ」

カリヤとコウダの言葉に、

「ま、難しく考えてもわかんないっすよ。いずれわかる日は来る。それでいいじゃないすか」

あまりにもお気楽な軽口をたたくアスカを、「少しはしゃきっとしなさい」とリョウが叱ると、

「憧れのシンジョウセンパイみたいに?」

すかさずアスカに切り返され、「え? ええっ?」と動揺。リョウはずっと隠していた乙女チックな部分が思わず出てしまう。

「あ。ほっぺが真っ赤。リョウでも照れることあるんだ」

「アスカあああ!」

リョウは怒りの鉄拳をぶちこむべく、逃げるアスカを追い回し、指令室はヒビキやコウダたちの明るい笑い声で満たされる。

この平和な時間がいつまでも続かないことは誰もがわかっている。だが今は一時の安らぎに身を委ねていたい。この大切な仲間たちと。

第八章　ロックランド

「通天閣に怪獣が出現した時、なぜダイナは現れなかったか？　その理由は知りようがない。あまりに不確実すぎる。我々は光の巨人について、もっと多くを知るべきです」

レイカは大阪のスフィア事件のさなかに緊急招集された上層部会議の議事記録映像データを見つめる。

「あの未知なる力を制御できれば、TPCの戦力は盤石となるはず」

ゴンドウの発する言葉には、強い信念と危機感がある。だがそれは会議に参加している者たちには届かない。

「今はその議論をしている時ではない」

フカミ総監を始め、相変わらずTPC上層部の腰は重い。あまりに歯がゆい。

「シイナ参謀長。情報局はウルトラマンに関する情報を隠蔽してるそうだが」

業を煮やし、ゴンドウが核心に切り込む。

「あなたの直属の部下、イルマ参謀はダイナに対し核心的な秘密を摑んでいる。もしその噂が真実なら――」

「待ってください」

ゴンドウの追及を遮ったのは、当のイルマ情報局参謀だ。

「確かに人類は今、未知なる悪意にさらされています。でもこれは人間である私たち自身が立ち向かうべき問題です」

元GUTS隊隊長、イルマ・メグミ。

レイカはモニターに映るその端正な顔をじっと凝視する。

「人が人である誇りと勇気と失えば、光は二度と私たちを照らさない」

会議室に異様な緊張が走るのがモニター越しにも見て取れる。

「人類はまた闇の力に滅び去るでしょう。超古代の文明のように」

記録データ画像を停止させ、レイカは静かに呟く。

「超古代の文明……ルルイエ……」

2012年。のちにルルイエの悲劇と呼ばれるその事件は起きた。

警務局の暴走としてゴンドウの上司、ナグモ副長官を表舞台から葬り去った案件。

調査隊の隊長だったレイカの兄も糾弾され、その死は誰にも敬意を表されることはなく、戦犯の一人として処理された。

あれほど地球の未来を考えていた兄の思いは無残に踏みにじられ、否定された。

そして事件の唯一の生存者であるイルマ・メグミは、兄たちを殺した超古代の三巨人、カミーラ、ヒュドラ、ダーラムに関するすべての情報――その日、ルルイエの神殿の奥で何が起きたのかを、以前に起きたイーヴィルティガに関するデータ同様、機密情報として封印した。

それはΩ《オメガ》ファイルと呼ばれ、GUTS隊解体後に情報局参謀となったイルマにより厳重に管理されている。

だがゴンドウはΩファイル内に封印された「F計画」に関する主要データだけはすでに手に入れていた。さらにレイカはケンジと共に生科学研究所に潜入。イーヴィルティガ事件で保管されたアーク——巨人の石像の破片を奪った。

だが「F計画」が推進する人造ウルトラマンを完成させるには、一つ大きな要素が欠けていた。ウルトラマンの活動の源である生体エネルギーだ。その情報だけはどうしても入手できずにいた。

——兄の意志は……私が引き継ぐ。

早くに両親を亡くし、施設でずっと兄と二人、支えあって生きてきた。いつか光の当たる場所へ出られると信じて。

——兄の無念を……私が必ず晴らしてみせる。

改めてレイカがその誓いを心の中で反芻した時、

「サエキ隊長」

ケンジが入室し、敬礼する。

「ゴンドウ参謀がお呼びです」

レイカは直感する。現状を打破すべく、ゴンドウが何かを決断したと。

「ブラックバスターの存在を公にする」

参謀室に入るなり、ゴンドウはレイカにそう告げた。

やはり直感は当たった。そしてレイカはゴンドウに聞く。

「ずっと隠密任務に当たってきたブラックバスターを表に出す狙いは？」

「今までスーパーGUTSの独壇場だった防衛チームの牙城を崩す」

レイカの問いに答え、ゴンドウはやや高揚した口調で語りだす。

「それにより警務局が再び地球防衛の要となれば、TPC内での政治的主導権を握り、情報局に圧力をかけることも可能だ」

「例の機密情報を正式に引き出せる」

「そうだ。もしこの賭けが成功すれば『F計画』は大きく前進し、最終段階を迎えることになる。ついに我々はいかなる侵略者からもこの地球を守れる強大な力を手にすることができるのだ」

「それで、公表はいつ？」

「おそらく数日以内」

ゴンドウはモニターにある男の画像を出す。

ヤマザキ・ヒロユキ。

かつてはTPC生物工学研究所主任、オオトモ博士の助手だった人間だ。

オオトモ博士は様々な怪獣の遺伝子操作によりハイパークローン怪獣を誕生させた。

その怪獣をコントロールすることで人類の防衛力になると考えたのだ。

発想自体は警務局のF計画と同じだ。だが怪獣もウルトラマン同様、未知なる領域だ。研究は不完全であり、ハイパークローン怪獣ネオザルスが暴走。博士は自ら生み出した怪獣によって命を落とした。

だがその後、オオトモ博士のデータがヤマザキによって持ち去られていたことが判明。

目的は……おそらく、復讐。

ヤマザキは自分たちの研究が失敗したのはスーパーＧＵＴＳが原因だと思い込んでいたのだ。

ブラックバスターはヤマザキの行動を把握し、今まで泳がせてきた。

「ついにヤマザキがクローン怪獣を再生させたという報告があった。数日以内に間違いなく動くはずだ」

レイカはゴンドウの考えを理解した。

「つまり、ヤマザキの計画を我々が利用するのですね」

「ブラックバスターのお披露目にはうってつけのシチュエーションだ。我らの実力をスーパーＧＵＴＳと頭の固い上層部の奴らに見せつけてやれ」

「了解」

ついにこの時が来た。高鳴る思いを胸にレイカは参謀室から退出した。


「いつでも出動できるよう、待機しておいて」

もしブラックバスターに公の場で活躍する機会が訪れるとしたら、適任はケンジしかいない。

レイカはずっとそう考えていた。

だからゴンドウからの特命を迷うことなくケンジに伝えたのだ。

「わかりました。サエキ隊長の期待は絶対裏切りません」

ケンジの目にはすでに強い闘争心がはっきり浮かんでいた。それが誰に対するものなのかレイカにはわかっていた。

アスカ・シン。

事故で死亡したケンジの兄と最後までスーパーＧＵＴＳへの入隊を競った男。

レイカがアスカを直接見たのは、プロメテウスの最終調整のため、スーパーGUTSの隊員たちをクリオモス島の地下基地に招集した時だった。

監視カメラに向かってバカ丸出しでおどける男がアスカだと知った時、今この場にケンジがいなくてよかったとレイカは思った。

こんな男に兄が負け、非業の死を遂げたと知れば、ケンジはおそらく冷静ではいられず、監視センターを飛び出し、アスカを殴っていたに違いない。

だが今回は正々堂々とそのアスカの前でケンジは名乗ることができる。

自分がフドウ・タケルの弟であると。

そして兄が憧れていたスーパーGUTSを、今では自分が実力で超えたということを証明できるのだ。

「がんばってね。ケンジ」

レイカはごく自然にケンジにそう声をかけた。まるで弟に向けるような笑顔で。

一瞬、ケンジは戸惑ったような顔をしたが、「はい」と、やはり明るい笑顔を浮かべた。

同じように大切な兄を失ったレイカとケンジの間には、いつしか隊長と隊員という立場を超えた特別な気持ちが生まれていた。

❖同年　×月×日

メトロポリス。Ｋ４地区。

ケンジは待っていた。警務局はヤマザキの動きを完全にマークし、ヤマザキが今日この場所に再生したクローン怪獣を出現させる確率が極めて高いと分析していた。

すでに警務局は地底に巨大な生体反応もキャッチしている。だがその情報はスーパーＧＵＴＳとは共有していない。

クローン怪獣が地上に出現したあと緊急出動することになる。当然、街に多少の被害は出るだろう。だがそれを覚悟のうえでケンジはじっと待機する。

怪獣に対するスーパーＧＵＴＳの行動を監視し、ベストなタイミングを見極める必要があった。これがブラックバスターの公の場でのデビュー戦となるのだから。

――失敗はできない。俺にすべてを任せてくれたサエキ隊長のためにも。

心なしかケンジが緊張した時、静かな地響きが聞こえてきた。

レーダーには地上に向かって移動するそいつの反応がしっかり捉えられている。

――来るぞ。

いつでもアクションに移れるようにケンジがすべての機能の最終チェックをした直後、アスファルトの地面を突き破り、クローン怪獣ダイゲルンが出現した。

さっきまで平和だった街はたちまち恐怖に包まれ、悲鳴をあげ人々が逃げ惑う。

すぐに出撃したい衝動をケンジは必死に抑える。

――まだだ。今じゃない。早く来い。

唇を強く噛みしめ、ケンジはスーパーＧＵＴＳの到着を待った。

それから５分23秒が経過し、１機の戦闘機が飛来する。

ガッツイーグル・ガンマ号だ。

以前に倒したはずの怪獣の出現に驚いたのだろう。攻撃のタイミングを一度明らかに逃し旋回した。慌てて態勢を立て直しビーム攻撃を仕掛ける。だが――、それをクローンダイゲルンは火炎放射で相殺した。

――近すぎる。

ケンジが心の中で警告を発すると同時に、ガンマ号は火炎放射をまともに受け、下降。機体を怪獣の両手で摑まれてしまう。

――なんて無様な戦いだ。これがスーパーGUTSの実力か。

失望するケンジ。だが今が絶好のタイミングであるのは間違いない。

――よし。出撃だ。

レバーに手をかけるケンジ。だが地上に到着したゼレットから降りたつ隊員を確認し、思いとどまる。

――アスカ・シン。

怪獣に捕らえられたガンマ号を見つめ、アスカは呆然と立ち尽くしている。

ケンジは思わず緊急回線でアスカに通信する。

「ゼラリアン砲を撃て。ガンマ号に怪獣が気を取られている今がチャンスだ」

「誰だ、お前は？」

聞き返すアスカはケンジの指示を無視し、依然として行動を起こそうとしない。

――何をしてる？　なぜ撃たない？

ついにケンジは出撃を決断した。

——あいつに俺のやり方を見せつけてやる。

それまでステルス迷彩機能で完全に存在を消していたガッツシャドーが姿を現し、アスカの頭上を飛び去った直後、クローンダイゲルンに偏曲マキシマビームを発射する。

四方に拡散したビームは捕らえられたガンマ号を見事に避け、クローンダイゲルンを直撃、爆散させた。

ガンマ号は間一髪で退避に成功。

——逃げ足だけは早いな。

完璧な戦いに満足したケンジは再び迷彩機能を発動し、茫然と地上で佇むアスカの前から消え去った。


それから1時間後。

ケンジはゴンドウ参謀と共にTPC本部スーパーGUTS作戦指令室に向かっていた。

「フドウ隊員。文句なしの華々しいデビュー戦だった」

「ありがとうございます」

「奴らの呆気にとられた顔が目に浮かんだ。いや、今から実際に見てやろう」

ゴンドウは満足げに微笑むと、先に作戦指令室へと入った。

——確かに今頃連中は、突如現れた謎の戦闘機の活躍に大いに戸惑っているはずだ。特に俺からの無線を受けた、あの男は。

「君たちが見たのはブラックバスターの専用機、ガッツシャドーだ」

指令室からゴンドウの誇らしげな声が聞こえる。

「ブラックバスターは警務局が極秘任務を行うために結成したチームだ」

「なんでそんなもの。TPCには俺たちスーパーGUTSがいるじゃないすか！」

すかさず嚙みつくアスカの声を聞き、ケンジは苛立つ。

——あんなヌルい戦い方をしていて、よく言えたものだ。

「入れ」

ゴンドウのその声を合図にケンジは指令室に足を踏み入れる。本来なら兄がいたかもしれない、その場所に。

「紹介しよう。ブラックバスター隊員。フドウ・ケンジだ」

「……フドウ」

アスカの顔が固まるのをケンジは見逃さなかった。

——さあ。今、どんな気分だ？

ケンジはじっと黙ったまま、アスカの表情を観察した。

「もしかして、アスカとスーパーGUTS入隊を争った、あの……」

リョウの言葉に初めてケンジは口を開く。

「はい。フドウ・タケルの、弟です」

——その節は兄がお世話になりました。

喉元まで出かかった皮肉をケンジは抑えると、1枚のディスクをヒビキに手渡す。

「俺は過去1年ある事件を追ってきました。そのディスクにすべて記録されています」

ディスクが再生されると、モニターにヤマザキの顔が映る。

「事件の元凶はその男。ヤマザキ・ヒロユキ。奴はクローン怪獣を使い、自分の恩師であるオオトモ博士の復讐を企んでいます」

情報を初めてここで共有するのも計画通り。あとはスーパーＧＵＴＳとの共同作戦をもちかけ、事件解決のプロセスで、いかにブラックバスターが有能なチームであるかを上層部に見せつける。それが目的だった。

「復讐って、悪いのはすべてあいつらだろ。なんで――」

「怒りに駆られた人間に、常識は通用しない」

ケンジはアスカの言葉を遮り、じっとその目を睨みつけた。

アスカも負けじと睨み返してくる。

――そう。それでいい。これからお前らの甘っちょろい常識をぶち壊してやる。


早速ケンジとアスカは二人でヤマザキの足取りを掴む行動に出る。

「お前があのフドウの弟だったとはな」

並んで通路を歩くアスカがケンジに尋ねる。

「奴は元気か?」

――やっぱり、こいつは何も知らなかった。何も知らず、陽のあたる場所でのうのうと生きていた。

溢れる怒りを抑え、ケンジは言う。

「兄貴は死んだよ。新型機の実験中の事故で」

「そんな……!」

激しいショックを受けるアスカを見つめ、

「兄貴からあんたの話はよく聞かされたよ。だから、ずっと会ってみたいと思ってた。でも……期待はずれだった」

「どういう意味だ？」

「戦い方が甘すぎる。まさかダイナが現れるのを待ってたわけじゃないよな」

その言葉に、さっきまでの闘争心がアスカの顔に浮かぶ。それを確かめケンジはさらに追い打ちをかける。

「お前たちスーパーGUTSは、ダイナに頼りすぎだ」

そう言い放ち歩き去るケンジにアスカが言う。

「俺たちもダイナに頼ってるわけじゃない。ただ全力を尽くしてもどうしようもない時、最後の希望が、ダイナという光を呼ぶんじゃないのか」

「希望？　光？」

ケンジは立ち止まると、

「だから、そんな曖昧なものに頼るのが間違いだと言ってるんだ」

そう吐き捨て、アスカの前から立ち去ろうとした時、通路にアラートが鳴り響いた。

――ヤマザキが動き出したようだな。


指令室に戻ったケンジとアスカは、ヤマザキが遺伝子工学研究所のセクションDに潜入し、エボリュウ細胞を奪ったことを知る。

かつて宇宙開発局のサナダ・リョウスケが開発した、人間の能力を飛躍的に向上させ、最後は怪獣化させてしまう極めて危険な細胞。

ヤマザキはクローン怪獣にスーパーGUTSと警務局の目が集まっている間隙を突き、犯行に及んだ。

——ずっとこの機会を狙ってたのか。復讐心で頭に血が上っただけの男ではなかった。想像以上に緻密で狡猾な男だ。

ケンジはまんまとヤマザキに裏をかかれたことに驚くが、このシチュエーションは悪くはないとすぐ思い直す。むしろスーパーGUTSを出し抜き、ブラックバスターの力を示す好機だ。

バシッ！　ケンジは怒りの拳をアスカの顔面にぶち込んだ。

エボリュウ細胞が奪取されてから2時間後のことだ。

警務局からの情報でヤマザキの足取りを摑んだケンジとアスカは、宇宙空港近くの山林でヤマザキを発見し、追いつめる。

だがその時、ヤマザキにほんの一瞬のスキを突かれ、逃げられてしまったのだ。

原因は、アスカがヤマザキを撃つのを躊躇ったからだ。

「なぜあの時、あいつを撃たなかった⁉」

「俺たちの任務は奴を捕まえることだ。殺すことじゃない」

睨み返すアスカの胸倉を再びケンジが摑む。

「なぜ兄貴が……お前みたいな腑抜けに負けたんだ！」

ケンジの繰り出す拳を今度はアスカがよけ、反撃に出た。

取っ組み合いの喧嘩。ケンジは叫ぶ。

「兄貴は俺の目標だった！　なのに夢だったスーパーGUTSに入れず、あんな事故で死んじまって、兄貴の人生って一体何だったんだ⁉」

心の底から湧き上がる怒り。それをケンジはアスカを前に初めて言葉にした。

レイカにも一度も言ったことのない言葉だった。

ケンジはその激しい怒りと悲しみを拳に込め、アスカを殴る。二度、三度と。だがアスカは殴られるまま、反撃しない。

「どうした！　なぜ殴り返さない！」

おじけづいたのか？　かかってこい！　もっと俺の怒りを受け止めろ！

「アスカ・シン！」

だが立ち上がるアスカの目には、さっきまでの怒りは消えていた。

「思い出した。訓練生時代、フドウとよくケンカをした。今みたいに取っ組み合いになって、どちらかが降参するまで、殴りあって……でも、どっちも負けを認めなかった」

その話はケンジも兄から何度となく聞かされていた。その話をする兄は妙に嬉しそうだったのを覚えている。

「もう一度、あいつともケンカをしたかった。でも……もう、いない」

アスカの絞り出すような言葉を聞き、ケンジも自分の中の怒りが急速に消えていくのを感じた。目の前にいる男はケンジの兄の死を本当に悔しがっているのがわかったからだ。

「……ヤマザキを追うぞ」

ケンジはそうアスカに言うと、逃走したヤマザキの足取りを確かめるべく警務局に連絡を入れた。

「TPCの諸君。素敵なお知らせだ」

警務局もヤマザキを見失い、その足取りが途絶えてから5時間後、メッセージがTPC本部の通信回線に届いた。

作戦指令室。集まったスーパーGUTSとゴンドウ参謀。ケンジとアスカはモニターに映るヤマザキを見つめる。

「これから人類は怪獣に怯えることも、光の巨人に媚びることもない、最強の生命体として生まれ変わる」

ヤマザキはクローン怪獣の遺伝子を組み込んだエボリュウ細胞をロケットに搭載し、地球全土に散布すると言った。その結果、すべての人間が怪獣へと進化する。それがヤマザキの夢見る理想の世界だと恍惚の表情で語った。

「狂ってる」

コウダが吐き捨てるように言った。

——確かにそうだ。だがヤマザキはこの1年、恩師であったオオトモ博士の理想としていた世界を実現するため、綿密な計画を練り上げ、確実に実行した。ただの狂人ではない。俺たちはヤマザキの恐ろしいほどの執念に出し抜かれたのだ。

ケンジは自分の甘さを呪う。もしヤマザキの計画が実行されればすべてが終わる。ブラックバスターも。サエキ隊長と約束した、ケンジの夢も。

「冗談じゃない。そんなことさせてたまるか」

思わずケンジが思いを口にした時、ヤマザキから送られたメッセージの発信源が特定された。

火星と木星の間の小惑星帯アステロイドベルト。そこには木星ガニメデ基地完成によって閉鎖されたTPCの基地、ロックランドがある。

ヤマザキはそこから地球に向けロケットを発射しようとしていた。

しかも基地に備えられていた迎撃システムもすべて復旧されている。下手に近づけば確実に撃墜される。

「俺が行きます」

ケンジはガッツシャドーの性能なら気づかれることなく接近できると主張した。

するとアスカも、

「俺も行きます。ヤマザキを逃がしたのは俺の責任ですから」

二人を見つめ、ヒビキが出動を許可する。

「だが失敗は許されんぞ」

ゴンドウの言葉にケンジとアスカは頷き、指令室を出た。


「お前、ヤマザキをどう思う？」

ネオマキシマを起動し、一気にロックランドに向かうガッツシャドーの機内、ケンジはアスカに聞いた。

「奴だって最初は自分の研究を人類に役立てようと思ってたはずだ。それがオオトモ博士という目標を失い、憎しみが奴を変えた」

後部座席のアスカは黙っている。ケンジは続けた。

「俺の目標は兄貴だった。でも兄貴が死んでからは……スーパーGUTSを……いや、お前を見返してやろうと必死に頑張ってきた」

──なぜこんなことを俺は話す？　何の意味がある？　アスカへの恨み？　兄の無念を少しでも伝えたいからか？　いや、違う。なら……なぜ……

「俺ももう一度、フドウと一緒に戦いたかったぜ」

背後からアスカの声が聞こえた。

「ふざけるな。お前はただ……ついていただけだ」

「……かもしれないな」

アスカはケンジに反論するどころか、静かに言った。

「あの最終訓練の時、突然現れた敵に先に撃ち落とされたのがフドウじゃなく、俺だったとしたら……今頃はフドウが、こうしてお前と一緒に飛んでいた」

「……もういい。もう、兄貴はいない。それが現実だ」

ケンジが話を打ち切った時、ネオマキシマの終息ポイントに到着した。

「あれだ」

前方に100万個以上といわれる小惑星群が浮遊する。その無数の岩の塊に守られるようにひと際大きな人工惑星──ロックランドがある。

ケンジはステルス迷彩で完全に気配を消したガッツシャドーでロックランドの発着用カタパルトへ侵入した。

「ヤマザキはあのコントロールブースにいるはずだ」

基地内を走るケンジとアスカは、発射態勢にある大型ロケットの脇にあるドーム状のブースを目指す。

「強行突破するぞ」

ケンジはプラスチック爆弾でコントロールブースに通じる扉を破壊。中に駆け込もうとした時、アスカが肩を掴む。

「待て。こっから先は何が起きるかわからないぜ」

「また弱気の虫か？　俺の実力なら問題ない」

アスカに張り合う気持ちがそんな強気のセリフをケンジに言わせる。

「実力で勝負ってわけか」

アスカは何かを思ったように呟くと、懐から何かを取り出し、

「これは俺のお守りみたいなものだ。お前に預けとくぜ」

ケンジが手渡されたのは、ちょうど手のひらに収まるくらいの、顔のようなものが彫り込まれた金属とも石ともつかない手触りの塊だった。

「……！」

それを持った瞬間、ケンジは不思議な感覚を覚えた。まるでアスカと一瞬、心がつながったような。

「……わかった。預かっておく」

ケンジはそれを懐にしまうと、扉の中へと突入した。

非常階段を降り、長い通路を走るケンジとアスカ。その前に数人の護衛兵士が現れ、一斉に銃撃してくる。

ヤマザキが雇った傭兵か？　それにしては動きが画一的でどこか人間離れしている。スキャナ

ーで確認すると生命反応はない。アンドロイド兵士だ。

ケンジはアスカと共に次々と襲い来るアンドロイド兵士を撃ち倒し、前進する。まるで長年コンビを組んでいたかのような連携。ケンジは正直、戸惑う。

アスカが優秀であるだけで、これだけ息が合うものだろうか？　ふとさっきアスカからお守りを手渡された時の感覚がよみがえる。心のシンクロ。

――まさか。そんなこと……

思案するケンジに一瞬のスキが生まれ、背後から現れたアンドロイド兵に気づくのが遅れた。

バスッ！　だがアスカの一撃がケンジを救った。

「どうした？　お前らしくない」

「俺の何を知ってる」

アスカの言葉にふっと微笑み、ケンジは再び走り出し、正確無比な射撃でアンドロイド兵たちを倒す。

そして二人はついにコントロールブースに到達。その中へ踏み込んだ。

「ヤマザキ……！」

こちらに背を向け、ガラス越しに大型ロケットを見つめるヤマザキがいた。

「遅かったな」

ゆっくりヤマザキが振り向く。

「ロケットの発射はもう私にも止めることはできない」

ブラフか。そんなハッタリに引っ掛かりはしない。

「止めてやるさ」

余裕の笑みを浮かべるヤマザキにケンジが銃口を向けた時、

「危ない！」

アスカがいきなりケンジを突き飛ばす。

利那、頭上からレーザートラップが迫り、アスカだけをレーザーの檻の中に閉じ込めた。

しかもその時、アスカのブラスター銃は檻の外に転がった。

立ち上がるケンジがヤマザキに銃を向けるのと、丸腰のアスカにヤマザキが銃を向けるのが、ほぼ同時だった。

「それを捨ててもらおうか」

ヤマザキがケンジに言う。

「ケンジ！　俺にかまうな！」

アスカが叫ぶ。

逡巡するケンジ。なぜだ？　なぜ俺は今、迷う。

迷わず撃て。それがアガタ前隊長からサエキ隊長が受け継いだ言葉だ。それはケンジの心にもしっかり刻まれていたはずだ。それなのに……。

ケンジは銃を下ろし、床へと捨てた。

「それでいい」

ヤマザキは満足そうに微笑むと、ゆっくりアスカへと近づく。

「お前らのせいでオオトモ博士は死んだ。今、その仇を取らせてもらうぞ」

銃を構えるヤマザキを睨み、アスカが言う。

「あれは、事故だ」

ロケット発射3分前のアナウンスが静かに響く。

「貴様に、私の気持ちがわかってたまるか」

怒りに震えるヤマザキに、ケンジが言う。

「俺にはわかるぜ」

アスカとヤマザキが同時にケンジを見た。

「大切なものを失い、絶望する気持ちが。俺も兄を亡くした」

ヤマザキはじっと品定めをするようにケンジを見つめ、

「嘘ではないようだ。どうだ。私の仲間にならないか？　一緒に人類を正しい形へと導こうじゃないか」

狂気の笑みを浮かべるヤマザキに、

「みっともねーな」

ケンジも侮蔑の笑みをヤマザキに向け、

「人を逆恨みして、当たり散らして、それで絶望の淵から這い上がったつもりかよ？」

それはケンジ自身が自分に言っているのかもしれない。今までの自分に。

「黙れ！　貴様から殺す！」

怒りに我を忘れ、ケンジに銃口を向けるヤマザキ。

その瞬間、ケンジは腰に隠し持っていたもう一丁の銃を抜き、ヤマザキを撃つ。

銃声が二つ響き、ケンジとヤマザキが同時に倒れる。

「ケンジ！」

レーザーの檻の中からアスカが叫ぶ。

そしてロケット発射1分前のアナウンスが響く。

「愚か者め」

ふらふらとヤマザキが立ち上がると、注射のような金属の物体を手にし、

「この改良エボリュウを使えば……私は……不滅だ！」

瀕死のヤマザキが自らエボリュウ細胞を打つと、たちまちその体が変化し、醜悪な怪獣ゾンボーグとなった。

一気に巨大化するゾンボーグがコントロールブースの天井を突き破り、大量の瓦礫が降り注ぐ。

「ケンジ！」

「……アスカ」

ロケット発射の秒読みが始まる。

このままでは人類が終わってしまう。だが重症を負ったケンジに立ち上がる力は残っていなかった。今この危機を止められるのはアスカしかいない。

落下した瓦礫がレーザートラップの制御装置を破壊し、アスカが自由となる。

「しっかりしろ、ケンジ！」

アスカに抱き上げられるケンジが、預かったお守りを懐から取り出す。

自分の死を意識した時、それがアスカにとって大事なものであることがわかった。

だから、返そうとした。

「アスカ……希望が……最後に見えるって言ったよな」

「ああ」

「光を……呼ぶって……」

「ああ、そうだ。その光が……ダイナだ」

そう言うとアスカは、リーフラッシャーを持つケンジの手を、しっかり握りしめた。

同時に眩い光が溢れ、アスカとケンジを包み込んでいく。

「そうか。これが……」

笑顔で呟くケンジを完全に光が包み込んだ。

そこから先の記憶は……


ヤマザキの計画はアスカとケンジ、そしてロックランドに現れたウルトラマンダイナの活躍によって阻止された。

ゾンボーグは倒れ、発射されたロケットもダイナが時空の歪みの中で消滅させた。

事件は解決し、スーパーＧＵＴＳにブラックバスターが取って代わるというゴンドウ参謀の目論見も外れた。

その数日後、ケンジは警務局の火星基地でレイカにあることを告げた。


「ブラックバスターを辞めるって、どういうこと？」

レイカは信じられない思いで、目の前に立つケンジに尋ねる。

「もう一度、自分を見つめなおしたいんです。本当に俺がやるべきこと、いや、やりたかったことは……何なのかを」

ケンジはもう一度ＺＥＲＯに戻り訓練生からやり直し、スーパーＧＵＴＳへの入隊を目指したいと言った。

レイカは混乱する。このミッションでケンジは兄の死の原因になったアスカに自分の実力を見せつけ、積年の恨みを晴らすはずではなかったか。それがあろうことか……。

「その決意は、固いのね」

「──はい」

「なら最後に一つだけ聞かせて。どうして、私を裏切ったの」

レイカの言葉に暫く沈黙したのち、ケンジが言った。

「光を、見たんです」

「……光？」

「それはきっと、兄貴が見るかもしれなかった光だとわかったんです。だから、もう一度俺はその光が見たい。それが俺のやるべきことだって、そう感じたんです」

「……ごめん。私には……わからない」

ケンジはアスカと二人でロックランドに乗り込み、重傷を負った。本来なら助からないほどの傷を。だけど生還した。それは奇跡だ。

なにか神秘体験のようなものをケンジはしたというのか。プロメテウス事件の、あの避難シェルターで起きたようなことを。ならば、もう自分の言葉は届かないかもしれない。

「わかった。行きなさい。ただしブラックバスターに関する守秘義務だけは守ってもらう」

「はい。今まで、お世話になりました」

深々と頭を下げ、ケンジはレイカの前を去っていく。そして、

「隊長。きっと、隊長にも、その光の意味がわかる時が来ると思います」

それだけ言い残し、今度こそケンジは出て行った。レイカの中に、アスカ・シンという男への

強い敵愾心を残して――。

第九章　金星の雪

❖２０１９年　×月×日

金星――地球軌道のすぐ内側を回る太陽系第二惑星。軌道長半系０・７２３天文単位。公転周期２２４・７地球日。赤道半径６０５１・８キロメートル。赤道重力０・９１G。

大きさも質量も地球よりや小ぶりな程度であるため、重力が地球の1Gに近い。長期にわたって滞在したとしても、地球に戻ったら立つこともままならないというようなことも起こるまい。

地球外開拓地としては月や火星以上に魅力的な初期条件を備えた、親愛なる姉妹星。

人はその惑星をビーナスと、美しくも気高い名で呼んだ。

ただし自転周期は２４３・０２地球日と公転周期よりも長く、しかも赤道傾斜角は１７７・４度。つまり太陽系惑星で唯一、逆立ちして東から西へとヘッドスピンを決めるはねっ返りでもある。

そして二酸化炭素を主体とした１００キロメートルに及ぶ分厚い大気層が太陽光線の78％を反射し、硫酸の雲とともに高い温室効果を発揮して、地表を摂氏４７０度、92気圧という灼熱地獄のごとき高温高圧下に置いている。

液相の水もなく、磁場もない。加えて大気上層を秒速１００メートルで吹き荒れる、自転速度を超えた暴風＝スーパーローテーション。

到底生命が生息できる環境ではない。少なくとも地球型の生命は。


が、しかし。

ズガン!!


二度目の衝撃。肋材が軋むような、いやな音がする。インジケーターの警告は、構造を支えるフレームの複数箇所に深刻なダメージが検出されたことを示していた。

「い、一体何が起きてる！」

コウダの問いに、レーダー手席のカリヤが応える。

「巨大生物の襲撃です！　速い！　まるで大気中を泳ぐように――」


ズガン!!


三度目の衝撃がその報告を遮った。

ただちに総員へ戦闘配置を告げるコウダ。金星北極圏を取り巻くイシュタル大陸上空約45キロメートル、濃密な硫酸雲の逆巻く暴風域の最下層で、ＴＰＣの誇る全領域対応万能大型移動ベース・クラーコフＮＦ３０００は、予期せぬ巨大生物の襲撃を受けていた。

乗員はコウダ、カリヤ、ナカジマ、リョウ、アスカ、そして宇宙開発センター天体物理工学研究所主任研究員・マーク浅川博士。

彼が開発した金星大気改造用人工バクテリア〈アイスビーナス〉の培養器の調査が今回のミッションの目的だった。

培養器からのシグナルが途絶えて1週間。その調査のために降下した無人探査機と軌道上の母船までが相次いで消息を絶った。単なる事故とは考えにくい。浅川博士の強い要請を受け、スーパーGUTSが金星へ向けて進発したのが約4時間前のことである。


この時、地球と金星はほぼ外合の位置関係にあったが、太陽—地球系のラグランジュ点の一つ、L4に配置された中継ステーションを経由することによって通信自体は可能だ。

通常の電磁波通信ならばその伝達には光の速さでも片道約20分、返答を受け取るまでに40分以上を要するところだが、そこは先ごろ運用を開始したコスモネットの恩恵。ターミナルデバイス同士は相互の距離にかかわらず即時通信が保証される。

勿論クラーコフにもターミナルデバイスが実装済みだ。ただしここは地球から太陽を挟んで反対側。不測の事態に直面した場合、本部の意向を仰いではいられない。

現場での判断が必要不可欠だ。それ故のこの人選である。アスカが加わっていることにだけは、いささかの疑問を禁じえないが。


そのアスカが火器管制を取り、銃把を握る。こういう行動は早い。先を越されたリョウは引き続き操船に就く。索敵はカリヤ、ナビとダメージコントロールはナカジマが担った。最適、とは言わないが、最速の編成だろう。

アスカが迎撃用高出力レーザーのトリガーボタンを押す。しかし当たらない。標的の手前で逸らされてしまう。

「下手くそ！　ちゃんと狙ってるのか！」

カリヤの怒声が飛ぶ。だがアスカの射撃の腕は彼も知っている。

「大気圧がレーザーの照準に微妙な誤差を……」

浅川博士はそう分析するが、光学兵器にそれはない。硫酸雲による減衰は無視できないにしても、何か別の要因があるはずだ。

ならば、とミサイルに切り替えるアスカ。

だが今回のミッションでは耐圧構造の弾体は搭載していない。射出されたミサイルはたちまち大気圧に押しつぶされ爆散した。そうでなくとも、この暴風の中では命中させられたかどうか怪しい。この星の環境も、我々にとっては第二の敵というわけだ。


敵影が火球を吐く。緊急回避マニューバ。かわしきれるか？

右舷に衝撃。ナカジマが第二エンジンの損傷を告げる。このままでは外装が持たない。亀裂でも生じればたちまち金属部分が硫酸に侵食され、船体は分解、スーパーローテーションに引き裂かれるだろう。

沈むのか？　外宇宙を拓き、深海を制すべきこのクラーコフＮＦ３０００が、地球の目と鼻の先で踊るビーナスの腕の中で？

コウダ副隊長の判断は、「全速力で奴を振り切れ」だった。

とはいえ第二エンジンはすでに停止し、充分な速度が出ない。ネオマキシマ航法なら振り切れるだろうが、システムを稼働させるに足る出力を得る前に追いつかれてしまう。

副隊長は、後部ミサイルを全弾発射して弾幕を張り、その瞬間にサブエンジンに点火、一気に大気圏外への離脱を命じた。

それは、ミッションの断念を意味していた。

クラーコフに金星へ再突入できるだけのポテンシャルは残らないからだ。だがここで全滅しては元も子もない。一同は命令を実行し、そして完遂した。


「帰還する？　それでは実験データの回収は！」

信じられないといった顔でコウダに詰め寄るマーク浅川博士。

無理もない。生涯を懸けた研究成果が水泡に帰そうとしているのだ。クラーコフは今、金星上空400キロの周回軌道上にいた。あの怪物もさすがにここまでは追ってこない。だが先刻の強行離脱の影響で船体の損耗度は限界に達し、金星大気に再突入しようものなら大気圧で圧壊してしまうことは明らかだった。

一度地球へ帰還し、万全の態勢を整えたうえで次のチャンスを待つしかない。それが5年後か、10年後かはわからないが。


「頼む、もう一度だけ検討してみてくれ！　きっとまだ何か方法が……」

なおも食い下がる浅川博士。さぞ無念だろう。

あの怪物に出くわす直前、硫酸雲の中を降下しながら、この金星の空が地球のように青く染まる日が本当に来るのかというコウダの問いに答える博士の、少年のような瞳の輝きを思い出す。

——確かに火星などに比べ障害も多い。でも私は絶対にやり遂げてみせます。そのためにもアイスビーナスの実験データは重要です。必ず無事に回収したい。

博士の開発した人工バクテリア〈アイスビーナス〉は、金星テラフォーミングに特化したナノメートルサイズのＳＲＳ（Self Replicating System＝自己増殖システム）マシンの一種である。

培養器で送り込まれたわずかな量のそれが自己増殖を繰り返して金星大気中に拡散し、二酸化炭素と硫化物を除去するとともに地表を冷却。50年から70年をかけて金星を平均気温摂氏17度、25％の遊離酸素を含む1気圧の大気に変えていく。役目を終えたアイスビーナスは互いに結合して薄い皮膜を形成し、成層圏上層に留まって強すぎる太陽光と有害な放射線を遮る恒久的なソーラーシールドになるという。何とも気宇壮大なプランだが、うまく運べば我々の孫かその子供の世代は金星の青い空の下で暮らすことができるかもしれないわけだ。

「ガッツイーグルなら何とか行けますよ」

黙考するコウダ副隊長の背後で、立ち上がりざまにアスカが言った。自分も逃げ出すのは反対だ、と。全員の視線がアスカに集まる。

確かにガッツイーグルは搭載してきている。それも武装の命中精度と速力、機動性を高めた新型機を含むスペリオル仕様でだ。

ガッツイーグルは航空機にあるまじき重装備と堅牢性を身上とする、いわば空飛ぶ戦車である。少なくとも金星の大気圧に押しつぶされることはあり得ない。

とはいえ、アイスビーナスの実験データが保存された培養器の投下地点はイシュタル大陸北部、スネグーラチカ平原の一角だ。

そこは現在、明暗境界を越えた夜の側に位置している。１４００時間以上も続く、金星の長い夜の側に。視界ゼロの闇の中であの怪物に襲われでもしたら、金星大気の中では脱出する事さえ不可能だ。あまりにもリスクが大きすぎる。

「リスクが大きければ達成感も大きい」

能天気にもどこかで聞いたような標語を持ち出すアスカ。

やはりこいつはバカだ。スーパーＧＵＴＳのミッションはゲームやスポーツとは違う。多くの人命と人類の未来が懸かっているのだ。浅川博士を除く誰もがひとこと言ってやろうと一斉に口を開きかけたところへ、「それに」とアスカは続ける。

「どんな危険にも立ち向かっていく。それがネオフロンティア・スピリッツじゃないですか」

はっと黙り込む一同。


人類が今、未知なる宇宙に進出しようとするネオフロンティア時代。

それには荒くれた海に漕ぎ出す海賊のようなパワーが必要だ。行く手に立ちはだかるいかなる脅威にも立ち止まってはいけない。夢を諦めてはいけない――

スーパーＧＵＴＳの理念たるネオフロンティア・スピリッツ。それを今ここで、よりにもよってこの男に説かれようとは。

そんな気持ちを知ってか知らずか、二の句が継げずにいるチームメイトを尻目に、アスカは一人アルファ・スペリオルで発進してゆく。

我に返り、弾かれたように発進デッキへ向かうリョウとカリヤ。

ナカジマも無言で管制席に着く。命令も復唱もない。

コウダもそれを咎めない。誰が何をなすべきか、その場にいた者皆が完璧に理解していた。

感謝の意を表明する浅川博士に対し、アルファ・スペリオルを追って発進したベータ号とガンマ号の噴射光を見送りながらコウダは答える。

「礼なら、あのバカ共が帰って来た時に言ってやってください」

どうやら全員、あいつのバカが伝染したらしい。


硫酸雲を抜けた。高度4万メートル。さらに降下。

太陽は地平線の向こうだが、雲海に時折ひらめく雷光と地上の随所に湧き出るマグマが地上の様相を浮かび上がらせる。高度8000、5000、3000。マイクロ波レーダーを探査モードにセット。地形データと照合し現在位置を確認する。すでに培養器投下地点近傍のはずだが、未だ識別ビーコンが感知できない。

いや、あった。目視で確認。だがそれは無残に破壊され、外気にさらされた耐圧殻内部はすでにぼろぼろに腐蝕していた。記憶装置も同様だ。データのサルベージは望むべくもない。

「なんて事だ……!!」

浅川博士の絶望に満ちた声が耳に痛い。

これもあの怪物の仕業なのだろうか。一体なぜここまで……。

考えるのは後だ。もうここでできる事は何もない。クラーコフへ戻ろう。

3機のイーグルが翼を翻した瞬間、コクピットの多目的ディスプレイに光点が灯った。アイスビーナスの識別ビーコン。――おかしい。培養器の残骸からのものではない。ではどこから？

――真上？

硫酸の雲を突き抜け、頭上から真っ赤な火球が、続いてあの怪物が急降下してきた。分散し、かろうじて避けるイーグル。初めて全貌を露わにしたその怪物、灼熱合成獣グライキスは、縮めていた四肢を伸ばして地表に直立。培養器の残骸に接近する。

獲物だと思っているのか。それとも……？

「怪獣は、氷の女神たちの突然変異体かもしれない……」

浅川博士の考察はこうだ。アイスビーナスは金星の環境改造を目的としたＳＲＳマシンであり、刻々と変化する環境に適応すべく自己進化を促すシステムが組み込まれている。それが何らかの外的刺激を受けて歯止めを失い、異常な結合と増殖のサイクルが暴走してあのような形質を獲得したのではないか。

あれがアイスビーナスのなれの果てだとすれば、あの怪物から識別ビーコンが発せられている事も得心が行く。培養器に執着し、それに接近する我々に対して牙を剥くのもそれが理由に違いない。それがわかったからといって、事態が好転するわけではないが。

「怪獣め、雲の中での借りを返すぜッ！」

意気込むアスカのアルファ・スペリオルが、機首に装備されたネオジーク・ブラスターを放つ。カリヤのベータ号とリョウのガンマ号もレーザーを発射。しかしいずれも直前で逸らされる。やはり大気の影響ではない。何かが干渉している。グライキスの周囲に、ビームを散乱させる何かがあるのか。

――役目を終えたアイスビーナスは互いに結合して薄い皮膜を形成し、強すぎる太陽光線と有害な放射線を遮るソーラーシールドとなる……

ソーラーシールド。人工バクテリアの変異体である奴は、体表組織を分解して空中に再構成し、ビームを遮断する皮膜を展開しているのではないか。

そのためのプログラムは、もともとアイスビーナスにインプリメントされていた。思った以上に厄介な相手だ。しかもこの暑さ。そして深海１０００メートルにも匹敵するこの気圧。操縦桿が重い。機動性が極端に低下している。イーグルどころかドン亀だ。

「各機、すぐクラーコフへと帰還するんだ！」

コウダ副隊長が命じる。妥当な判断だ。

グライキスが大気圏外まで追って来られない事は実証済み。ここで危険を冒す意味はない。

「逃げてもすぐ追いつかれます！　それに大切なデータの回収がまだ……」

「アスカ！　データなどもう無い！」

抗弁するアスカに、ぴしゃりと言い放つ副隊長。

「怪獣を倒してその破片を持ち帰ります。今後の研究には絶対役立つはずです」

アスカは譲らない。

「君の気持ちは嬉しい、でももう終わったんだ！」

見かねた浅川博士が割って入った。自分の研究は間違っていた。氷の女神たちはこの星の呪いを受け、恐ろしい怪物へと変貌してしまったのだと。

「……博士、簡単に夢を捨てたら駄目スよ」

悲嘆にくれる博士に、アスカが語り掛ける。博士もわずかに顔を上げた。

「夢がある限り人は前に進めます。どんな困難にも何度でも挑戦できるはずです。だから……」

一呼吸置くアスカ。まずい、とリョウは直感する。こういう時のアスカがどんな行動に出るか、リョウには痛いほどわかっている。止めなければ。しかし。ああ、操縦桿が重い！

「だから、終わったなんて言っちゃ駄目だッ！」

全力で操縦桿を倒しスロットルを開くアスカ。アルファ・スペリオルがグライキスに向け一直線に加速する。

無茶だ！　グライキスの吐く火球をローリングでかわしさらに肉薄、至近距離でその頭部にネオジークを叩き込んだ。ヒット。さすがにこの距離ではソーラーシールドも役には立たない。急上昇するアルファ・スペリオルの背後で、グライキスはその巨体を金星の大地に横たえた。

「よし！　とどめだッ！」

ＣＣＶスラスターを噴かして反転するアルファ・スペリオル。それをあらぬ方角から飛来した光弾が掠める。あれは！

レーダーには何も映っていない。だが硫酸雲を、いや空間そのものを掻き分けて、それは出現した。

スフィア。人類に対して明確に敵対の意思を持つ、巨大なる球体。スフィアが照射する光線を浴び、グライキスが再び立ち上がる。まるで何事もなかったかのように。

そうだ。なぜ気づかなかった。グライキスのあの額。青白く発光するドーム状の器官。あれはスフィアそのものではないか。

もう疑問の余地はない。アイスビーナスに異常な暴走を促した元凶、女神を怪物に変えた悪魔もスフィアだったのだ。

「地球人類よ。聖なる宇宙を汚す愚かな侵略者たちよ」

スフィアが発する奇怪な合成音声が通信機から響く。コスモネットに介入されたらしい。人類史上最高レベルのセキュリティを、こうも容易く破られるとは。地球でもリアルタイムでこのメッセージを受け取っているに違いない。忌々しげに拳を叩き付けるヒビキ隊長の顔が目に浮かぶようだ。

合成音声は先を続ける。

「もはや警告は無意味だ。もうすぐお前たちも知る事になる。『その者たち』の偉大なる意識を。その大いなる安らぎを」

その者たち？　大いなる安らぎ？　どういう意味なのだろう。

「ワケのわからない事言ってんじゃねぇ！　お前たちの方こそ侵略者だろうがッ！」

アスカのアルファ・スペリオルがスフィアへ攻撃を仕掛ける。

――しまった！

歯噛みするリョウ。こんな状況でアスカが黙っていられるはずがない。一瞬たりとも目を離すべきではなかった。わかっていたのに！

背後からはグライキス、前方からはスフィアの挟撃を受け、黒煙を上げて墜落してゆくアルファ・スペリオル。

「アスカッ!!」

リョウの叫びが届いたのか否か。眩い閃光を伴い、地球を遠く離れた金星の地に、ウルトラマンダイナは降り立った。

その腕にはアルファ・スペリオルが抱えられている。アスカも無事だろう。安堵するリョウたち。

ダイナは機体を慎重に地上に下ろすと、背後のグライキスに向かい身構える。戦いが始まった。が、いつものダイナと様子が違う。怪獣に比べ動きが鈍い。手刀も蹴撃もひらりと身をかわされ容易に懐に入られてしまう。距離を取ることもできず、爪を、頭突きを、火球をまともに受けてしまう。さすがのダイナも、金星地表の高温高圧下では満足に戦えないのだ。

「リョウ！　カリヤ！　ダイナを援護するんだ！」

コウダの指示でレーザーを見舞うが、同じだ。寸前でソーラーシールドに弾かれる。

だがダイナはその隙を見逃さない。地面を転がって接近し足を刈る。転倒するグライキス。反撃のチャンスだ。

しかし立ち上がったダイナの背を、頭上に滞空するスフィアの光弾が襲った。二撃、三撃。地面が穿たれ、数十メートルもの粉塵が立ち昇る。

この間にグライキスも体勢を立て直した。二対一。ダイナもスライサーやスラッシュで応戦するが、あるいは避けられ、あるいは弾かれる。不利。それも圧倒的に不利な状況だ。


グライキスがダイナを放り投げる。空中で一回転したダイナが着地した時、すでにタイプチェンジを完了していた。フラッシュタイプからミラクルタイプへ。

そうか。青い巨人は超能力戦士。テレポートを駆使すれば挙動の鈍さをカバーできる。この作戦は図に当たったかに見えた。怪獣の攻撃は空振りし、目まぐるしく位置を変えるダイナにグライキスは翻弄される。

だが決定打を欠いていた。必殺のレボリウムウェーブを放つには一定時間立ち止まらなければならない。ダイナが放った超圧縮空間を、グライキスは飛行形態に転じて回避し、そのまま体当たりにシフトする。

強烈な突撃を受けながらも、怪獣の首を取るダイナ。手足を伸ばし、押し出しにかかるグライキス。背後のマグマ溜まりに突き落とそうというのか。

金星の地殻とマントルの主成分は地球と同じケイ酸塩。となれば上層の温度は約1000度。いや、金星の熱進化モデルは地球のようなプレートテクトニクスではなくプリュームテクトニクスが支配的であるという。

あのマグマ溜まりが深層マントルから湧き上がってきたマントルプリュームによるホットスポットだとすれば、その温度は５０００度にも達する。いかにウルトラマンダイナといえども耐えられるとは思えない。


じりじりと後退するダイナ。このタイプではパワー負けする。ふつふつと煮えたぎるマグマにダイナの踵が触れた。銀色の巨体が灼かれている。

苦悶の呻きが聞こえてくるようだ。胸のカラータイマーが青から赤に変わった。

もはや超能力で脱出するだけのエネルギーもない。その均衡を破らんとスフィアが迫る。いま光弾を撃たれたら終わりだ。


「何としてもスフィアを撃ち落とせッ！」

コウダに命じられるまでもなく、リョウとカリヤはレーザーのトリガーボタンを押す。しかしそれも命中することなく弾かれる。グライキスと同じ。当然だ。グライキスを作ったのがスフィアならば、そのシールドを自衛に使わない道理はない。

今しも光弾を放つべく、スフィアの前縁が開口する。

その瞬間、リョウの脳裏にある光景が浮かんだ。

ほんの数分前に見た光景。怪獣に正面から突っ込んでゆくアスカのアルファ・スペリオル。怪獣が口を開き火球を放つ。それをローリングでかわし、さらに加速するアスカ。至近距離で放ったネオジークの火線はシールドを貫いて……。

——これだ！

ベータ号のカリヤにアイコンタクト。目顔で応えるカリヤ。彼も気づいたようだ。

フォーメーションＫＫ。相対速度を合わせて接近、互いにローリングし背中合わせの体勢となってレーザーを斉射。

まだ弾かれる。さらに加速。視界が狭まる。目標との距離が急激に詰まる。アドレナリンが全身を駆け巡る。コンマ1秒でも集中力が途切れたら命はない。

「届けぇぇぇぇぇぇぇッ!!」

無意識に叫んでいた。トリガーボタンは押しっぱなしだ。砲身の冷却が追いつかない。あと何発撃てるか。届け。届け！　届け!!

濡れた障子紙を破るように、その瞬間は訪れた。眼前に迫ったスフィアの開口部に、両機のビームが吸い込まれてゆく。その喉の奥深くで、小さな火花が散った。

ブレイク！

散開する2機のガッツイーグル。背後でスフィアが大爆発を起こす。

危うく巻き込まれるところだった。まさに紙一重。指先がしびれる。汗が噴き出す。

金星の気温のせいばかりではない。リョウは、キャノピー越しにダイナが小さく頷くのが見えた気がした。

起死回生。ダイナはミラクルタイプに似合わぬ底力を発揮してグライキスを押し返し投げ飛ばすと、雲海を迸る稲妻を身体に集め、そのエネルギーでフラシュタイプにチェンジ。グライキスの吐き出す火球をものともせずダッシュし、額のスフィア器官を叩き割った。

グライキスの目つきが変わる。戸惑ったようにひざまずき、うずくまる。

戦意はすでにない。スフィアの呪いから解放されたのだ。細胞が崩れ、微細な粒子となって風に散る。人工バクテリア本来の姿に戻ってゆく。


完全に破壊されてしまった培養器の残骸を見下ろし佇むダイナ。

その肩にハラリと白い物が落ちる。


雪？

灼熱の金星に、雪が？

勿論地球の雪のような氷の結晶ではない。

二酸化炭素の氷、ドライアイスである。

アイスビーナスが大気中の二酸化炭素を吸着し、熱を遮断して凍らせたのだ。

深海に降り積もる微生物の死骸、マリンスノーのようなものと言ってもいい。

イシュタル大陸北部、スネグーラチカ平原。

金星の地名には、世界各民族に伝わる女神や精霊の名が冠されている。

スネグーラチカとは、春になると溶けて消えてしまう、ロシア民話の雪娘のことだ。

この雪も、今はまだすぐに蒸発してしまうが、アイスビーナスが順調に増殖し、惑星規模でこのプロセスが機能するようになれば、やがて金星にも人が住めるようになる。

いつか本物の雪だって、降らせることができるだろう。

人類が夢を捨てない限り。

ネオフロンティア・スピリッツを失わない限り。

第十章　テラノイド

❖２０２０年　７月７日

火星基地において第二次大気改造システムが始動。記念式典にサワイ前総監が出席することとなり、その護衛任務でアスカは火星へと向かった。


「アスカのやつ、大丈夫かな。出発前やけに張り切ってたが、もし張り切りすぎて何かとんでもない粗相でもしたら」

「確かに一抹の不安はある。いや、一抹どころか二抹も三抹も不安だ」

「だろ。やっぱり護衛任務は俺が行くべきだったんじゃ」

「その通りだ！　カリヤ、今からお前も火星に加勢に行け！」

「そうしたいが、ヒビキ隊長、今夜は大事な人と会うとか言って出ていっちまったしな」

「いつものバーだろ。大事な人って誰だろ？　まさかデートじゃ」

「隊長、男やもめだからな。十分ありうるぞ」

指令室近くの休憩室。

カリヤとナカジマがいつものように頓珍漢な会話を交わすのをリョウは薄ら笑いを浮かべなが

ら聞いていた。

――隊長が今夜会ってるのは、おそらくイルマ参謀だ。

プロメテウス事件のあと、お礼を兼ねて一度イルマ参謀と行きつけのバーでゆっくり飲みたいが、なかなかその機会が作れないとヒビキがよくぼやいていたのをリョウは聞いていた。今夜ようやくそのチャンスに恵まれたのだろう。コウダ副隊長にあとを任せて指令室を出て行ったヒビキはいつになく上機嫌だった。

――デートか。あながち的外れでもないかも。

ヒビキ隊長もイルマ参謀も互いに伴侶を亡くし、激務の中で子供を育ててきた。ヒビキの娘のソノカも来年で高校を卒業する。そろそろ再婚を考えてもおかしくないタイミングではある。ヒビキはまさに隊員たちにとっての頼れる頑固おやじそのもの。対してイルマは厳しくも優しく隊員たちを見守る母親だ。案外お似合いなのかもしれない。

そんな想像をリョウがめぐらしていると、W・I・Tが鳴る。

「どうしたの、マイ？」

「リョウ先輩。もうじき火星からの連絡が入る時間ですよ」

指令室にリョウたちが戻ると、ちょうどアスカから通信が入った。

「こちらアスカ。火星での護衛任務、無事終了」

その報告にコウダ含めそこにいる全員がほっと胸をなでおろす。その様子をモニター越しに見たアスカが、「なんすか、そのあからさまな反応。まさか俺を信用してなかったなんてことないっすよね」と口をとがらせる。

「勿論、信用してるわよ。それより大気改造システムは順調なの？」

子供のようにいじけるアスカにリョウが尋ねると、

「火星は初めての出撃以来だけど、空の色も随分変わったぜ」

懐かし気に目を細めるアスカを見るリョウの脳裏にも、その時の記憶がありありと浮かぶ。フカミ総監による大気改造の視察のタイミングを狙い、スフィア合成獣ダランビアが襲来。アスカは無茶をしてコウダとともに絶体絶命のピンチに陥った。その時、リョウたちの前に初めてウルトラマンダイナが現れたのだ。そしてアスカは生還した。

「ひかり、きえろ」

「……え？」

突如、聞こえる女の声がリョウの思考を遮る。

「今のは？」

コウダがマイに尋ねると同時に、アスカからの通信画面が乱れ、消えた。

一体何が起きたのか？　まさか……！

リョウはさっきの女の声に聞き覚えがあった。コウダたちも同じように声の正体に思い至る。

あの声は、金星の戦いでも聞いた、スフィアの声に間違いない。

「スフィア……」

レイカは監視モニターに、スーパーＧＵＴＳの戦闘機スペリオルを攻撃する銀色の球体を見つめていた。

スペリオルはアクロバティックな操縦で攻撃をかわすと、反撃。スフィアを撃墜した。

――本番はここからだ。

レイカは画面を注視する。すると予測通りスフィアは周囲の岩石を吸収し、合成獣に変化した。すかさず過去のデータを検索し、それが2年前やはり火星に出現したのと同タイプのスフィア合成獣――コードネーム、ネオダランビアだとわかる。

――もしかしたら……

レイカにある期待が湧いた時、スペリオルがネオダランビアの放つ光線に撃墜され、そして――。

「第二監視衛星。エリア03に光エネルギー反応を確認」

通信員の声が響くと同時に、監視画面に眩い光が溢れ、その中にウルトラマンダイナの姿が現れる。

――やはり現れた。

「各部署、データリンクを急げ！」

レイカは興奮する気持ちを抑え、指示を飛ばす。そして画面の中にネオダランビアと対峙するダイナの巨体を見つめ、思わずほくそ笑む。

「願ってもないチャンスだ」

両者の戦闘中、あらゆるデータが蓄積されていく。ダイナの強烈なキックも、ネオダランビアの巨体を投げ飛ばすパワーも、そして敵のバリアを破壊する必殺光線の威力も。

戦闘開始から約2分後、ダイナのソルジェント光線の直撃を受け、ネオダランビアが爆散。直後、ダイナが再び光に包まれる。

「ダイナ、消失します」

データ観測員の声を聞き、レイカが叫ぶ。

「エネルギー収束地点を捕捉！」

もはや興奮を抑えきれない。警務局では過去の様々なデータからダイナに関しある仮説を立てていた。きわめて大胆にして信じがたい仮説を。

それが今、証明されるかもしれない。

監視衛星の高精度カメラがダイナの光エネルギーが収束するポイントを映す。やがて光が収まった時、そこに立つ一人の人間が映し出される。

「まさか……あいつが……！」

絶句するレイカ。その目は、画面に映るアスカをじっと見つめていた。

「この男が……ダイナ……」

手が震えるのがわかる。激しく波打つ心臓の音が聞こえる。レイカは動揺する心を何とか落ち着かせ、通信員に指示を出す。

「大至急、ゴンドウ参謀に連絡を」


通信が回復したのは、アスカとの会話がスフィアの声とともに途絶してから、3分20秒後だった。だがそれはスペリオルの通信機からではなく、アスカのW・I・Tからだった。

「こちらアスカ。突然スフィアに襲われて」

——やはりそうだったのか。

リョウたちの心配は当たっていた。だが当のアスカは、「スペリオルを落とされちまったんで、悪いけど、救援よろしく」とひょうひょうとした様子だ。

いつものリョウならむかっ腹を立て嫌みの一つも言うところだが、今夜はなぜか怒る気になれない。ただアスカの無事が嬉しかった。

「落とされついでに、そっちで羽根でも伸ばしてきたら。確か明日はオフでしょ？」

そんなリョウの優しい言葉に、

「そうしたいトコだけど、明日はどうしても外せない約束がある」

意外なアスカの返しにリョウは一瞬、言葉に詰まり、

「へ〜。アスカにもそんな相手、いるんだ？」

「そんな相手？　て、なんのことだよ」

「……別に」


なんであんなことを言ってしまったのか。

リョウはアスカとの通信を終えたあと、激しく後悔した。

アスカの外せない約束という言葉を聞いた時、それがデートだと勝手に思い込んだ。

ヒビキがイルマとデートをしているさまが頭をよぎったからかもしれない。

——あんたらのせいだ。あんたらが余計なこと話してたから。

「……なんだよ、リョウ」

「なに、怖い目で見てんだ？」

指令室の中央テーブルにいるカリヤとナカジマを思わず睨みつけた時、大切な人と会っているはずの、ヒビキが戻ってきた。

すでにアスカの無事は知っていたようで、予想通り今夜会っていた大切な人がイルマ参謀だったことをあっさりリョウに白状した。そして話の流れでリョウは、アスカが言っていた明日の外せない約束のことをヒビキが知っているか聞いてみた。

「明日は、あいつにとって大切な記念日なんだよ」

「記念日……？」

その言葉を聞き、ふとリョウはあることを思い出す。

明日、7月8日は、アスカの父アスカ・カズマがゼロドライブ実験中に謎の光の中に消えた日であったことを。


翌日。リョウは休暇願を出し、ある公園に向かっていた。

そこは15年前、まだ子供だったアスカが最後に父親を見送った場所だとヒビキから聞いた。アスカは毎年、この日にそこに行くということも。

「どうして記念日なんですか？」

公園に向かうリョウの脳裏に昨夜のヒビキとの会話がよみがえる。

「親父が未知の宇宙《そら》へと旅立った記念すべき日。だから命日じゃなく、記念日なんだぞーだ」

「いかにもアスカらしいですね」

「まあな。だがそうやって強がっちゃいるが、内心はかなりつらいはずだ」

そうだと思う。でもそれを絶対に顔に出さないのも、アスカらしい。

思わず黙り込むリョウに、

「そういやリョウ、有休がまだ残ってたんじゃないか」

「……え？」

「明日あたり、休んだらどうだ？」

微笑むヒビキの言葉の意味にリョウは気づき、「はい」と返事した。

ゴンっ。

目的の公園にリョウがたどり着いた時、そんな鈍い音が耳に聞こえた。

見ると、そこに一本の大きな木に向かって立つアスカの後ろ姿が見えた。

「アスカ……」

アスカは地面に転がる野球のボールを拾うと、大きく振りかぶり、前方の木に向かってボールを投げる。正確にボールは木の幹に命中した。さっきリョウが聞いたのは、その音だった。

アスカは何度も何度もボールを投げ続けた。その無心な姿を、リョウは緑の芝の上に座り、じっと見つめた。

リョウに気づくことなく、アスカが15回連続でボールを木に命中させたあと、

「見たかよ、父さん。届いたぜ」

そう呟くのが聞こえた。

——やっぱりそうだった。

アスカは何度もボールを投げながら、父親と心の中で会話していたに違いない。

なにかその姿が切なくて、リョウはわざとからかうように声をかけた。

「せっかくの休暇に、草野球の練習？」

その声に振り向くアスカが驚いたようにリョウを見た。

「リョウ。どうしてここに？」

それからアスカと交わした会話は概ねヒビキから聞いていたことだった。

「この場所で親父は俺と約束した。……必ず帰ってくるって」

「だから毎年、ここに？」

「ああ。変だと思うか？」

リョウが首を横に振ると、アスカはまた大きな木を見つめ、言った。

「でもマジで信じてるんだ。親父は生きてる。時間とか空間とか超えたような場所でさ、今も大好きな宇宙《そら》、飛び続けてるんじゃないかって」

「………」

「そしていつか、約束通り帰ってくるんじゃないかって」

リョウはその時、理解した。この場所はアスカが父親と別れた場所であるだけではなく、また父親が帰ってくるであろう大切な場所なのだと。

「そしたら、今度は一緒に飛ぶんだ。俺も親父と一緒に、この宇宙《そら》を」

そう言うとアスカは夏の青空を仰ぎ見て、目を細める。きっとその眼には今も宇宙のどこかを飛ぶ父親の姿が見えているに違いない。そう、リョウは思った。


「信じられん！　よりによって、この男だったとは！」

モニターに再生される監視映像を見つめ、ゴンドウが吐き捨てるように言う。

「こんな奴にＴＰＣは人間の未来を預けていたのだ！　こんな思慮の欠片もない軽薄で野蛮な男に！」

　ゴンドウの怒りはもっともだとレイカも思う。

　警務局は以前からダイナは人間が変身したものではないかという仮説を立てていた。根拠はマサキ・ケイゴの事件だ。人間であるマサキは独自の研究によって自ら光の巨人、イーヴィルティガとなった。結局はその力に飲まれ暴走し、ティガによって倒されることになった。だがそのマサキの研究成果はゴンドウが推し進める「Ｆ計画」の屋台骨となっている。人がウルトラマンの力を手に入れる。

　それにはアークに収められた古代石像の残骸によって再生された躯体に、〃光〃と呼ばれる未知のエネルギーを注入する必要がある。

　そしてゴンドウは、ダイナに変身している人間がいるとすれば、その人間の中にこそ未知なるエネルギーが宿っていると確信していた。

　レイカは目の前にあるガラス張りのカプセルを見つめる。光エネルギー分離機。この中にその人間を入れることで、肉体と未知なるエネルギーを分離できる。ただしその結果、生体エネルギーを失った人間は死に至る。

　レイカは仮説通りにダイナに変身する人間が判明した時、その人間の命を奪うことに少なからず迷いがあった。いくら計画に必要とはいえ、あまりに非人道的な行為である。

　だが、この男なら。

　レイカもモニターに映るアスカの姿を見つめ、再び胸に激しい怒りが湧き上がるのを感じる。

　アスカ・シン。この男のせいでレイカは兄に続き、また一人、大切なものを奪われたのだ。本当の弟のように感じ、ともに同じ夢を実現すると信じていた、フドウ・ケンジを。

ロックランドでのミッションで何が起きたのかはわからない。だがその時、アスカという男がケンジの心を変えてしまったのは間違いない。

——許せない。こいつだけは、絶対に。

だが今その怒りと憎しみを晴らす時が期せずして訪れたのだ。しかもその結果として、ついに「F計画」は最後のハードルをクリアすることができるのだ。もはやレイカの中に迷いは消えていた。

その思いはゴンドウもまったく同じであることは、その表情から明らかだった。

「サエキ隊長。今夜『F計画』は最終段階に入る。奴をこの場所に連れてくるのだ」

「了解」

レイカは早速、アスカを火星基地におびき寄せるべく行動を開始した。

自らアスカを挑発するメッセージをスーパーGUTSの専用回線に侵入させ、直接アスカへと送信する。

「アスカ・シン。我々はお前にぜひ見せたいものがある。自動飛行データを送った。もしお前に興味と勇気があるなら、ここまで一人で来い」

これで間違いなくあいつは来る。自分にどんな運命が待ち受けているとも知らず。

レイカはアスカが人類の未来のための生贄として、自らの罪を償う瞬間を想像し、思わず微笑んだ。

リョウはその夜、ヒビキ隊長がイルマ参謀から呼び出されたことをコウダから知らされる。だが今日は例の行きつけのバーではなく、情報局だ。デートではない。

「何かかなり緊急性を要する問題が起きたみたいだ。俺たちもすぐ出動できるようスタンバイしておこう」

「ラジャー」

コウダの言葉に皆が応え、カリヤが聞く。

「副隊長。アスカも待機させますか？」

火星任務から帰還し、すぐその足で一睡もせずアスカは例の公園に赴いていた。さすがに疲労がたまり今は自室で仮眠をとっている。

「そうだな。待機させよう。何も知らせずに俺たちが出動したと知ったら、アスカのことだ、挽回しようとどんな無茶をするかわかったもんじゃない」

「ですね。それじゃ早速――」

マイがアスカに連絡を入れようとした時、ふとその表情が固まる。

「そんな……！」

「どうしたの、マイ？」

尋ねるリョウにマイが振り向き、

「たった今、アスカがスペリオルで無断発進しました」

「え……!?」

予測もしない事態に指令室の全員が絶句する。

すかさずマイがコンピュータを操作し、

「計算軌道によると、スペリオルの向かっているのはおそらく、火星です」

「火星……？　一体、何のために？」

コウダが言うと同時に、リョウはヘルメットを手に、

「私がガンマ号で追います。出動許可を」

「わかった。リョウ。理由の如何にかかわらず、アスカを連れ戻せ」

「ラジャー」

リョウは指令室を飛び出し、ガッツイーグルの格納庫に急ぎながら、妙な胸騒ぎを感じていた。今まで数知れない困難や脅威と向き合ってきた。だが今回は何か今までとは次元が違う試練が待ち受けているような気がした。


ガンマ号で発進したリョウは、すぐにアスカのスペリオルの識別信号を確認。やはりアスカが目指しているのはマイの計算通り火星に間違いなかった。

先日、サワイ前総監の護衛任務で火星に行った時、スフィア合成獣と遭遇したことと何か関係があるのだろうか？

だとしても何の相談も報告もせず飛び出すのは、いつも無鉄砲なアスカにしても、やはりリョウには気になる。

——早くアスカに追いつかなければ。

ネオマキシマを始動し、リョウは一気に宇宙の闇を切り裂き、飛び去った。

「やはり食いついてきたか」

レイカは監視レーダーに火星に向け近づくスペリオルの識別反応を確認し、静かに呟く。

だがその数分後、もう1機、スーパーGUTSの戦闘機が火星に接近していることを確認。おそらく無断発進したであろうアスカの機体を追いかけてきたのだろう。

「仕方ない」

レイカはその戦闘機のパイロットもアスカと一緒に拿捕することを決断し、作戦決行空域で迷彩ステルス機能によって完全に存在を消して待機するガッツシャドー部隊に命令を通達した。そして心の中で呟く。

——もし追ってきたのが、あの隊員だとしたら……それこそ願ってもないチャンスだ。


「さて、鬼が出るか蛇が出るか」

スペリオルに追いついたリョウのガンマ号の無線からそんなアスカの声が聞こえる。

ヘルメットに内蔵されたスピーカーをオフにしていないのだ。

「あのバカ」

リョウが映像通信のスイッチを入れると、

「うわ。もっと怖いのが出た！」

リョウの気持ちを0・5秒でマックスに苛立たせるアスカのおどけた顔が画面に映る。もし実際に目の前にいたら迷わず鉄拳制裁だ。

「ふざけてる場合？　すぐ反転して本部に——」

リョウが出来るだけ穏やかに通信機に語り掛けた時、突如、前方の宇宙空間がグニャリと歪んだ。直後、強烈な衝撃がリョウを襲う。

――なんなの？

咄嗟に状況を判断しようとしたリョウの視界に、突如、数機の戦闘機が姿を現した。

――あれは……ガッツシャドー。

以前、警務局の隠密部隊として派遣されたフドウ・ケンジが乗っていた機体だ。そしてこの衝撃はガッツシャドーが放つ電磁捕縛レーザーによるものだ。すべての機能が奪われている。このままでは……

何とかしなくてはと思った瞬間、リョウは意識が遠のき、そのまま深い闇の中へと沈んでいった。


――無様だな。

カプセルの中で意識を失ったままのアスカを見て、レイカは心の中で毒づく。

――この状態でもただちに生体エネルギーは分離できる。そうすれば意識を失ったままおそらくこの男は死ぬだろう。でも……それではダメだ。

レイカは自分の横に無言で佇むゴンドウに目を向ける。その横顔は今まで見たこともないほど固く強張っている。今にも溢れ出しそうな怒りの感情を押し込め、じっとアスカが目覚めるのを待っているのだ。

「……ううっ」

カプセルに入れてから約10分が経過した時、その口元から呻き声が漏れ、ようやくアスカが目を覚ました。

「……ゴンドウ参謀……？」

まだ体にしびれが残っているのだろう。アスカは苦悶の表情で何とか立ち上がると、その視線をゴンドウからレイカへと移す。

「お前は……！」

憤怒に目を見開くアスカ。この場所におびき出すために送った映像メッセージの挑発に今も腹を立てているのだろう。

「ブラックバスター隊長。サエキ・レイカ」

「ブラックバスター？　それじゃ……」

一瞬アスカが何かを思案する。レイカが送り付けた挑発的なメッセージを思い出したのか、それともフドウ・ケンジのことを思ったのか。いずれにせよレイカにとってそんなことはどうでもよかった。

今は一刻も早く、この男が己の置かれた状況を理解し、絶望する顔が見たかった。

「アスカ隊員。お前をここに呼び出したのは、この私だ」

ゴンドウも高まる気持ちを抑え、まるで生け捕りにした獣をじわじわいたぶるように、アスカに語り掛ける。

「約束通り、お前にいいものを見せてやろう」

ゴンドウの合図と同時に、それを覆い隠していた電磁スクリーンが消えると――、そこに鎮座する巨大なウルトラマンの石像が浮かび上がった。

「こ……これは……！」

カプセルの中、アスカが愕然として目を見開く。

——そう。その間抜け面が見たかった。

レイカは無表情を装いながら心の中で嘲笑する。

——だが、まだだ。お前が本当に驚くのは、これからだ。


同時刻——。

リョウはブラックバスター隊員3名に連れられ、通路を歩いていた。

ナツメという副隊長らしき男の話では、どうやらリョウはTPC上層部との交渉の際に使うため、それまで監禁状態に置かれるようだ。

「ねえ、私たちは警務局のバカげたクーデターを成功させるための人質ってわけ？」

すると前を歩くナツメが不愛想に答える。

「お前は今、二つ間違えた。これはクーデターなどではない。危機管理に弱腰な姿勢しか示さない無能な上層部を是正するための正当なる行為だ」

「屁理屈ね。で、もう一つは？」

「上層部との交渉に使うのは、お前ひとりだ」

——私だけ？　それじゃアスカは……？　まさか……

リョウの胸に言い知れぬ不安が広がる。何としてもアスカのもとに行かなくちゃ。

そう思うと同時に、リョウは自分を左右から捕らえる隊員二人を一瞬にして倒し、慌てて銃を向けるナツメに一気に接近すると、鋭いパンチを顔面にめりこませ、倒れたその体にとどめの一発をお見舞いする。

「もう一度言うね。屁理屈を言う男は大っ嫌いなのよ」

完全に気絶するナツメから銃を奪うと、リョウは元来た方向へ猛然と走る。迷いはなかった。きっとこの先にアスカがいるに違いない。


「見ろ。人間の常識を遙かに超越した、この怪獣どもを」

ゴンドウは複数の仮想スクリーンに映る怪獣たちを見つめる。

そこには火星や大阪に出現したスフィア合成獣、南極でクラーコフと人工太陽を奪った侵略怪獣、そしてプロメテウス事件でゴンドウに大きな屈辱を味わわせた超巨大怪獣の姿があった。

「こいつらの脅威に対するＴＰＣの現状戦力は……無力だ。ダイナ抜きではまともに戦うことすらできん！」

それはアスカへの問いかけか、それともゴンドウへの自戒か、いずれにせよゴンドウの言葉はさらに熱を帯びる。

「そんな軟弱な防衛力で地球を守り抜けるか？　正体もわからない巨人に人間の未来を任せていいのか？　断じてそんなはずはないッ！」

最後は絶叫にも近いゴンドウの思いに、アスカが口を開く。

「それで自分の思い通りに動くウルトラマンが欲しいってことか」

そして生意気な薄ら笑いを浮かべ、言い放つ。

「気持ちはわかるけど」

その一言はアスカの予想以上にゴンドウのプライドを刺激した。

「気持ちはわかるだと……？　その口の利き方はなんだ⁉　その見下した態度は何だあああ⁉」

怒りのあまりカプセルの前に駆け寄るゴンドウは強化ガラスに顔をギリギリまで寄せ、アスカを睨みつけた。

さすがにその迫力がアスカを黙り込ませ、沈黙が流れる。

——そろそろだ。

じっとその成り行きを見ていたレイカは、ゴンドウが次に発する言葉を静かに待った。

「……なぜ、お前なんだ」

興奮し、荒くなった呼吸を整え、ゴンドウが呟く。

「なぜお前が……ウルトラマンなんだ？」

「……え？」

カプセルの中でアスカが聞き返す。本気で何を言われたかわからないという顔だ。

——なぜウルトラの光と呼ばれるものは、この男を選んだのか？

その疑問はレイカも何度となく頭の中で反芻した。

ただの偶然なのか。ただケンジがブラックバスター隊を去る時に言っていた言葉が気になる。

自分も光を見た。それは自分の兄が見るはずの光だったかもしれない、と。

あれは一体どういう意味なのか？

「なら、もう一度言ってやろう」

レイカの思考をゴンドウの声が遮り、再びアスカを怒りの目で睨みつけ、

「お前のような未熟者が、品位の欠片もない粗暴な男が、なぜダイナなのかと聞いているんだ！」

今度はアスカもはっきりゴンドウの言葉の意味を理解したのだろう。すぐに苦笑し、

「何言ってんだよ。俺がダイナだなんて」

「誤魔化さずに答えろ」

なおも詰め寄るゴンドウに、

「誤魔化すも何も、バカバカしくて真面目に答える気もしない。そんな冗談言うためにわざわざ俺を呼びだしたのかよ。警務局も暇だな」

途端に饒舌になるアスカを見てレイカは、「焦ってるな」と思わずほくそ笑む。

「なら、証拠を見せてやろう」

「……証拠？」

ゴンドウの合図を待ち、レイカが直接、コンソールに向かう。

――さあ、死刑判決の時間よ。

その指が再生ボタンを押すと三面の仮想スクリーンすべてに、同じ映像が映しだされる。

先日の火星における、ダイナとネオダランビアの戦いだ。

「これは……！」

アスカもその映像の意味を理解したのだろう。茫然と画像を見つめる。

――ここからだ。

仮想スクリーンの画像では、消失したダイナの光エネルギーが地上の一点に収束していく様子が克明に映される。

「やめろ……」

アスカがそう呟いたようにレイカには見えた。

――もう遅い。

レイカはじっとアスカに注目した。これからその顔に浮かぶのは、驚き？　諦め？

それとも——

画像が、収束した光の中から現れるアスカの姿を映しだした瞬間——、カツン。何かの金属音が響いた。

その方向にレイカは反射的に銃口を向けると、茫然と立ち尽くす人影がそこにあった。

今の金属音は、彼女の手から落ちた銃の音だった。

「……リョウ」

カプセルの中のアスカが呻くように呟く。

その声に、リョウは視線を仮想スクリーンから、ゆっくりアスカへと向けた。

——ユミムラ・リョウ……。

スーパーGUTSのエースパイロット。レイカにとってリョウは、アスカに次いで強い嫌悪感をもっていた相手だ。

レイカもZEROでスーパーGUTS入隊を志した時もあった。だが実力があっても運命の女神はレイカには微笑まない。

最終試験前にレイカは怪我をし、試験をパスすることが出来なかった。

結果、スーパーGUTSと反目する警務局戦闘部隊に入隊することになったのだ。

子供の頃からずっとそうであったように、光の当たる場所には行けず、じっと息を潜めて影の中を歩むことしかできなかった。

それに比べリョウのスーパーGUTSでの活躍は目覚ましく、レイカはそれを常に眩しく感じ、嫉妬していた。きっとアスカに負けたケンジの兄がそうであったように。

リョウはレイカにとって、いつか乗り越えるべき存在——倒すべき敵だった。

――まさかそれが、このタイミングで訪れるなんて。

レイカはまるで石を飲んだように動けずにいるリョウを見つめ、狙いをつけていた銃を下ろす。

もはや反撃や抵抗などできないことは、その姿を見れば一目瞭然だった。

――そこでゆっくり見学すればいい。光の中に生きるアナタたちに代わり、私たちが本当の正義の力を手に入れる、その瞬間を。


――これは……夢なの？

もう一度リョウは自分自身に問いかけてみる。なぜならリョウは何度となくその光景を夢で見てきたからだ。

ダイナの正体は――アスカだという夢を。

でも目が覚めれば、すぐにそれがただの妄想だとわかる。確かにアスカはどんな絶望的な状況からも奇跡の生還を果たしてきたし、その場には常にダイナの姿があった。

初めての火星での出撃の時から、何度もそんな場面をリョウは見てきた。でも……やっぱりそれは単なる偶然だと思った。だって本当にアスカがダイナなら、そのことを隠していられるとはとても思えなかったから。――いや、そう思うようにしてきたのかもしれない。

いつかそれが事実だと知った時、何か恐ろしいことが起こる。そんな予感がずっとリョウの心の中にあったのかもしれない。

「驚いたかね」

どれほどのあいだそこに立っていたのか。リョウの思考をゴンドウの声が現実へと引き戻す。

「我々も最初は信じられなかった。実際、今も信じたくはない。こんな男が地球の未来を、人類の命運を握っていたなんて」

リョウが透明なカプセルに捕縛されているアスカを見た時、

「それを今、返してもらう」

バリバリバリバリ！

突如、眩いプラズマがカプセルの中に走り、アスカの体を包んだ。そして、

「うああああああああああああああ！」

リョウの耳にアスカの苦悶の叫びが響く。

同時にカプセルの横にある巨大な放射装置から、ビーム状の光線が伸び、その先に立つウルトラマンの石像のカラータイマーに照射される。

「やめて！　何をしてるの！　アスカを殺す気!?」

駆けだそうとするリョウをレイカが背後から押さえ込み、自由を奪う。

「安心しろ。普通の人間がこの装置に入れば十中八九、命を落とすが、こいつは死にはしない」

ゴンドウはリョウを見つめ、さらにその理由を説明する。

「光と呼ばれる力。ウルトラマンを動かす未知なるエネルギー。こいつはそれを人並外れ強く持っている。我々はその力を少し借りたいだけだ。そのデータさえ手に入ればお前たち二人はすぐに解放する」

——嘘だ。

リョウは瞬時にゴンドウが嘘をついていると確信する。ここに来る前にナツメという隊員がリョウだけを上層部との交渉材料に使うと言った。つまりリョウが解放されるはずがない。ゴンド

ウはそのことをリョウが知っているとは思っていない。

しかもこうしてアスカのエネルギーを奪う瞬間を目撃されるのも想定外だったはずだ。だから咄嗟に嘘をついたのだ。

アスカが死んだ時、それが事故だったとリョウに思い込ませるために。

——早くアスカを救い出さなきゃ。

リョウがそのチャンスをうかがっていると、操作員の一人が、ゴンドウに報告する。

「しかし妙です。この男の生体エネルギーに何の特異点も確認できません」

「何だと？」

「完全なノーマルです」

「そんなバカな！」

ゴンドウは操作員を押しのけ、計測データを直接確認する。

「こいつがダイナである限り、必ず光エネルギーの反応があるはずだ！」

ゴンドウや、リョウに銃を突き付けるレイカに動揺が走る。

——今だ。

リョウが行動を起こそうとした時、ビカっ。目を覆うような閃光が溢れ、放射装置が停止した。

カプセル内のプラズマ放電も止まり、アスカがぐったりその場に崩れ落ちる。

「……何が!?」

「参謀！　見てください！」

レイカが指さすウルトラマンの石像のカラータイマーに青い光が灯ると、まるで生命を吹き込まれたように灰色だった石像が銀色の体へと変化していく。

「……やったぞ。ついに成功したんだ」

ゴンドウは完全体となったウルトラマンを見上げ、歓喜の笑みを浮かべ、

「ずっとこの時を夢見ていた。『F計画』が完成する、この時を！」

リョウはずっとカプセルの中のアスカを見つめていた。と、その指がピクリと動いた。

「アスカ！」

レイカを振り切り、リョウはカプセルに駆け寄り、

「これを開けて！　まだアスカは生きてる！　生きてる！」

必死に叫ぶリョウをレイカが冷淡に見つめ、

「たとえ生きていたとしても、そいつはもう抜け殻だ」

その言葉にゴンドウも頷き、

「光エネルギーを失ったのだ。二度とダイナにはなれん」

もはやアスカには何の興味もないと言わんばかりに吐き捨て、ゴンドウは「F計画」によって生み出された人造ウルトラマン――テラノイドを見つめ、

「さあ、動け！　人類最強の防衛兵器、ウルトラマンよ！」

起動コマンドが送られ、テラノイドの目にも光が入り、その手がギュッと握られた。

「フウンっ！」

そして片手を高く突き上げ、人々が何度も見上げてきた勇壮なポーズを取った。

「よし！」

ゴンドウも満足げに拳を握り締め、ガッツポーズを取った。

「リョウ先輩……アスカ……きっと無事だよね」

同時刻。スーパーGUTS作戦指令室。

マイは祈るように呟き、二人の救出のために出動したコウダ、カリヤ、ナカジマからの通信をじっと待つ。

ついさっき上層部との対策会議から戻ったヒビキも、今は無言で中央の作戦テーブルの前に座っていた。

刻一刻と時間だけが過ぎていく中、不意に情報管理モニターにコスモネット監視衛星から緊急連絡が入る。その内容を見てマイが思わず絶句する。

「そんな……！　そんなバカなこと……！」

異様に緊迫したマイの様子に、

「どうした？　何があった？」

ヒビキがいつになく不安な顔で駆け寄る。アスカたちに関して何か悪い情報が入ったと思ったのだ。

だがマイが強張った声で告げたのはまったく予測していなかった恐ろしい事態であった。

「冥王星が……たった今、消滅しつつあるそうです」

「……冥王星が……消滅!?」

ヒビキにはその言葉の意味がわからず、コスモネットで送信されてきた監視衛星の映像を見つめる。

そこには巨大な闇に飲み込まれ消えていく冥王星が映されていた。

「アスカが……一体……何をしたというの？」

不意にレイカの傍らで、リョウが呟く。

「アスカは……ずっと戦ってきた。人間を守るために。それなのに——」

「そいつは不適格者だ」

リョウの言葉をゴンドウが遮る。

「そんな奴が今まで巨人の力を使っていたかと思うと、ゾッとする」

その通りだ。そうレイカも同意する。

超古代の巨人は光にも闇にも染まる。たった一人の人間の感情に左右されて。アスカという隊員がダイナであったように。

——だから不公平が生まれるのだ。

レイカの兄がルルイエの遺跡で死んだ時、そこにいたのは邪悪な闇の巨人だけだった。

もし光の巨人がいれば、きっと兄は助かっていたに違いない。

その不確実性は今、完全に排除された。これからは完璧なシミュレーションに基づいたコマンドがウルトラマンを動かすのだ。

そのウルトラマンが量産されれば人類の防衛力は盤石だ。どんな怪獣災害にも迅速かつ的確に対処できる。レイカの兄のような悲劇は二度と起きることがなくなる。

「よくも、そんな勝手なことを」

怒りに満ちた目でゴンドウを睨みつけるリョウに、レイカが聞く。

「お前は怖くないのか？」

「……怖い？」

「理解を超えた存在だ。恐れて当然だろ」

もしウルトラマンの強大な力を、ただの人間が使っていたと知れば誰だって恐れるに違いない。その人間の気分一つで世界を滅ぼすことだってできてしまうのだから。

神のような力は人間の叡智によって完全にコントロールされなければならないのだ。

だがそんなレイカの考えをリョウはあっさり否定する。

「掛け替えのない……大切な仲間が……怖いはずないでしょ」

するとカプセルの中で倒れていたアスカの目が薄らと開き、呟く。

「……リョウ」

本当に生きていた。レイカがアスカの生命力に驚いた時——、緊急警報が響き、激しい衝撃が地下ドックを揺らした。

さらに複数の爆発音が地上から伝わる。攻撃を受けているのだ。

監視モニターがその敵の姿を捉えた。

「スフィア……！」

火星に何度も姿を現す謎の生命体。レイカも何度か遭遇し、その得体の知れぬ能力には強い恐怖と脅威を感じていた。

——何故このタイミングで？　もしかしたら……

目の前に颯爽と立つテラノイドを見つめるレイカに、ある考えが浮かぶ。

我々のウルトラマンの存在が、スフィアを呼び寄せたのかもしれない。だとしたら、戦闘は避けられない。

「ちょうどいい。我らがウルトラマンの力を見せてやる」

ゴンドウもそう考えたようだ。自信に満ちた顔でコンソールを操作し、ドック上方の発進ゲートを開いた。

「飛べ！　ウルトラマン！」

ゴンドウが指令を送ると同時に、ジュワッ！　テラノイドは飛翔。スフィアを迎え撃つべく出撃した。


火星の赤い大地に着地するテラノイドは、まずハンドスラッシュを連射。

頭上を飛ぶスフィア数体を一瞬で消滅させた。

「よし。いいぞ！」

監視モニターに映るテラノイドの戦いを見て、ゴンドウが歓喜の声をあげる。

「その調子ですべて叩き落とせ！」

さらにスフィアからの反撃をかわすと、両手をクロスしソルジェント光線を発射。スフィアを次々に薙ぎ払っていく。

その光景を見つめるレイカに、ふと嫌な予感がよぎる。

——何か、プロメテウスの時と似ている。

「ゴンドウ参謀。ウルトラマンの駆動システムに何か問題は？」

レイカは念のためにそう尋ねるが、ゴンドウはじっとモニターを見たまま、

「問題？　そんなものあるはずがないだろ。今度という今度こそ我々は完全に制御できる無敵の

力を手に入れたのだ」

次々と爆散するスフィア。

地上ではテラノイドのソルジェント光線による無双状態が続いていた。

「見てみろ！　圧倒的だぞ！」

もはやゴンドウの笑いは止まらない。まるでずっと欲しかった玩具を手に入れてはしゃぐ子供のようだとリョウが思った時、

「参謀！　巨人のエネルギーが急激にダウンしています！」

「何だと?!」

ゴンドウが慌ててエネルギー計測パネルへと走る。

「計算では必殺光線を撃ち続けた状態でも15分は余裕で戦えるはずだぞ！」

「でも……現に……！」

その時、監視モニターに映るテラノイドのカラータイマーが青から赤に変わり、明滅を開始する。

「エネルギー切れのサインだと？　まだ、3分も戦っていないというのに」

タイマーの警告音と明滅が早まり、急激にテラノイドの動きが鈍くなる。

それでもソルジェント光線を撃ち続け、何体かのスフィアは撃墜。だがもはや敵の攻撃をかわす力はなく、十数体のスフィアの一斉攻撃を浴び、ついに大地に倒れた。

「私の……ウルトラマンが……」

茫然とゴンドウが呻くと同時に、十数体のスフィアが行動不能のテラノイドに次々と張り付き、全身を覆い尽くしていく。

「まずい」

リョウはこれから起きるであろう最悪の事態を予感し、呟く。

そしてその予感はわずか数秒後、現実のものとなる。テラノイドは完全にスフィアに表面を覆い尽くされると、その姿がみるみる違うモノへと変貌していく。

「完全にスフィアに寄生された。あれはもう……ウルトラマンじゃない」

監視モニターの中で異形の怪物――ゼルガノイドが、ゆっくりと立ち上がった。

ぐおおおおおおおおおお。

おぞましい叫びをあげると、ゼルガノイドは火星基地の地上施設を赤黒い光弾で破壊していく。

その衝撃に地下ドックの崩壊が始まった。

鉄骨が外れ、多くの瓦礫が降り注ぐ。

コンソールパネルからは火花が飛び散り、怒号と悲鳴に包まれ、地下ドックはたちまち阿鼻叫喚の地獄と化す。

「アスカ！」

リョウはアスカが倒れるカプセルに駆け寄り、閉じられた扉のレバーを引くがピクリとも動かない。

「アスカ！　目を覚まして！」

轟音の中、リョウは拳を強化ガラスに力一杯、何度も叩きつけた。

その傍らでは放心状態で座り込むゴンドウの肩をレイカが必死に揺さぶっている。

「ゴンドウ参謀！　早く避難してください！　参謀！」

だがすでにゴンドウの目の焦点は定まっておらず、ぶつぶつ何かをうわ言のように呟いていた。

レイカは必死にカプセルを開けようとしているリョウを見ると、何か決断したかのように銃をゴンドウのすぐ脇に置き、さらに近くのコンソールパネルを操作する。

するとカプセルの扉が開いた。

中から力なく倒れこんでくるアスカの体をリョウがしっかり抱きとめた時、

「あとを頼む」

そうレイカはリョウに言い残し、その場から走り去った。

震動と轟音はなおも続いていた。

いつこの地下ドックが崩落するかわからない状況の中、リョウは朦朧とするアスカを支え続ける。

「……リョウ……ごめんな」

アスカの口から弱々しい声が漏れる。

「バカ。何を謝るわけ？」

聞き返すリョウに、

「ずっと黙ってた……みんなを……騙してた」

今にも消え入りそうな声で呟くアスカに、リョウは首を横に振り、

「騙された覚えはない。でも……助けられたことはある。……何度も」

その言葉を耳にしたアスカはリョウの顔を驚いたように見つめ、そして、微笑んだ。

「ありがとな……リョウ」

レイカはブラックバスター隊を率いて出撃した。

「全機、ステルス迷彩で殲滅対象の背後に展開せよ」

「了解」

副隊長のナツメはじめ5機のガッツシャドーがレイカの隊長機に続き火星基地のカタパルトから発進する。

直後、レイカの指示通りすべての機体が姿を消し、悠然と破壊活動を続けるゼルガノイドの背後に迫る。そしてレイカだけは逆にゼルガノイドの真正面へと位置し、すべての隊形が整ったことをレーダーに確認し、

「全機、攻撃開始！」

レイカの号令とともにガッツシャドー部隊がゼルガノイドに怒濤の集中砲火を浴びせる。十二分に殲滅できるだけの火力だ。

だがその攻撃すべてをゼルガノイドは亜空間バリアではじき返し、完全に姿を消しているガッツシャドーの位置をそのビームの軌跡から割り出し、光弾を次々に命中させ、撃墜した。イジェクトした隊員は一人もいない。無線から無念の叫びが響き、途絶える。

「そんな……！」

レイカは目の前で仲間たちが撃ち落とされるのを見つめ、過去に同じように大切な仲間たちを失った場面を思い出す。

南極決戦。クリオモス島。多くの同胞がその志を果たせぬまま、なんの称賛も受けることなく、命を散らしていった。

そして今も、また。すべては隊長である、私の責任だ。

「よくも……よくも私の部下たちを！」

レイカの中に今まで感じたことのない激しい怒りが燃え上がる。

ステルス機能を解除し、あえて敵に自分の姿をさらし、レイカは真正面からゼルガノイドに特攻した。

発射したビームは確かに相手を直撃したが、ほんのわずか後ずさらせるのが精一杯だった。すかさず反撃の光弾が眼前に迫り、激しい衝撃がレイカを襲う。

耳をつんざく警報を聞きながら、レイカは出撃前のことを思い出す。

地下ドック。巨大な振動に見舞われる中、レイカは迷わず自分の銃を床に置いた。それはすなわち、リョウに直接銃を手渡したのと同じ気持ちだった。

「あとを頼む」

レイカはあの時、何を託したのか。

すべてを失い茫然自失となったゴンドウを守ることか。あるいは介錯か。

ただわかっていたのは、ダイナはもう助けには来てくれないという絶望的な現実。

それでもレイカは前を向いて駆けだしたのだ。今ここで戦えるのは自分たちブラックバスターしかいない。

でも……レイカは改めて思い知った。

ウルトラマンの力を手にした怪獣が到底、自分たちの立ち向かえる相手ではなかったことを。

――これが……自分が望んだ結末なのか。

撃墜され、堕ちていくガッツシャドーの中でレイカは眼前に刻々と迫る赤い地面を見つめ、思う。

――いや、まだ終われない。


ノイズに乱れる監視モニター画像に、レイカたちが全滅するのをリョウは目撃する。

ついほんの数分前までは敵であったレイカとブラックバスター。だが圧倒的な敵を前にして恐れることなく一歩も引かぬ戦いは勇敢であり、リョウの心を揺さぶった。

――もし一緒に戦えてたら、よかったのに。

決して叶わぬ思いをリョウが思い描いた時、

「通常兵器で奴を倒すことは、不可能だ」

背後でゴンドウの声がし、リョウが振り返る。さっきまで放心状態でもはや立つことすら無理だと思っていたのに、レイカたちが全滅するさまを目の当たりにし、正気を取り戻したのだろう。

「あの怪物には……ウルトラマンの力でしか対抗できない。だが……もうダイナはいない。人類は……何もかも失ってしまった」

リョウはじっとゴンドウを見つめ、言った。

「失ったのは参謀、アナタの人間としての誇りよ」

その手にはレイカが置いていった銃が握られていた。この銃で何をしろとレイカが自分に託したかはリョウにもわかっていなかった。でも今はこうしてゴンドウに銃口を向けるしかなかった。

次の行動を起こすために。

「私は諦めない。アスカに……そう教わったから」

勝算はゼロだ。レイカたちを一瞬で全滅させたあの化け物にこの銃一つで何もできないことはわかっている。

でもリョウは行くしかなかった。別に命を無駄になげうつつもりではない。

ただここで何もせずに死んでいくのは今まで自分が信じてきたことすべてに対する裏切りにしか思えなかった。人としての誇り。ゴンドウに投げかけた言葉を自分自身で納得するには、最後の最後までスーパーGUTSとして戦うしかない。それしかない。

「俺もまだ、諦めちゃいないぜ！」

不意に背中でアスカの声が響いた。

——幻聴？

さっきまで半死半生だったアスカがこんな力強い声を出せるはずがない。そう思ったからだ。

でも反射的に立ち止まり振り向くリョウは、それが大間違いだったとすぐに知った。

アスカはふらつきながらもカプセルの中で立ち上がる。

「あの化け物は……俺が倒す」

その顔にはいつもと変わらぬ強い闘志が、これでもかと、みなぎっていた。

「無理だ」

ゴンドウがすかさず言う。

「お前には、もうダイナになる能力は、無い」

アスカはゴンドウに今にも殴り掛からんとするように睨み、

「そんなこと……やってみなきゃわからねー」

リョウが見守る中、アスカは初めてリーフラッシャーを取り出し、力強くかざした。

だが――何も起こることは無く、再び巨大な振動が襲い、瓦礫が降り注ぐ。

「アスカは逃げて！」

リョウは倒れそうになるのを必死にこらえ、アスカに駆け寄った。

「私がやつを食い止める！」

それはリョウにとってギリギリの言葉だった。自分にそんなことが出来るはずがないことは知っている。でも、守りたかった。

今まで誰にも秘密を打ち明けず、最後は限界まで一人きりで戦ったアスカを、どうしても守りたかった。

「俺が守るよ」

抱き起こすリョウの腕の中、アスカが言う。

「さっき、リョウが言ってたじゃねーか。俺はどんな時も逃げもしないし……諦めもしない」

どこにそんな力が残っていたのか、アスカはリョウを振り切るように立ち上がると、噴煙と震動に包まれる地下ドックの通路を一直線に走っていく。

「アスカあああああああ！」

リョウは叫ぶ。今度こそは止めないと、もう二度とアスカに会えない気がしたのだ。

だがアスカは止まらない。

倒れ来る鉄骨に身じろぎもせず、ただ前に向かって走り、再びリーフラッシャーを高々と掲げた。

「うおおおおおおおおおおおおおおお！」

そして閃光が、アスカを包む。


「あの光は……」

ガッツシャドーで不時着したレイカは、機体から降り立つと同時に、眩い光を見た。

驚くべきことに、その光はゼルガノイドを軽々と吹き飛ばし、そして——！

「そんな……まさか……！」

愕然として呟くレイカが見つめる先には、収まる閃光の中、右腕を高々と天空に力強く突き上げるウルトラマンダイナの雄姿があった。


「絶対にありえん……奴にはもう、光エネルギーは残っていなかった」

監視モニターにダイナを見つめ、呻くようにゴンドウが断言した時、リョウが呟く。

「関係ない。アスカにはそんなこと、関係ない」

そうだ。アスカは初めて出会った時から、ずっとそうだった。

無茶ばかりして何度も失敗し倒れても、必ず起き上がりまた走り出す。前に向かって。

たとえ物理的な光を奪われても、心の中の光はまだ消えていない。それが未知なる何かにアスカが選ばれた理由。だから——ダイナに変身できた。


身構え、ゼルガノイドと対峙するダイナ。

それを、駆け付けたガッツイーグルのコクピットからコウダとカリヤ、ナカジマも目撃する。

だが、誰の目にも明らかだった。

　ダイナの様子がおかしい。

　構えが安定しない。膝が震え、上体は揺れ動き、頭もふらついている。まるで焦点が定まっていない。いまにも倒れそうな重病人のように。

　それでもダイナは意を決し打って出る。力もスピードも乗っていない拳はむなしく空を切り、ボディにゼルガノイドの反撃を喰らってしまう。それだけで戦力差を見抜いたか、ゼルガノイドは遊び始めた。隙だらけの大技を仕掛け、ダイナからの反撃はその身に届く前にはたき落とす。文字通り、赤子の手をひねる大人だ。

　見かねたコウダがジーク熱線砲を発射し援護を試みる。

　その攻撃は、ダイナに立ち上がる時間を与えたが、それだけだった。

　ゼルガノイドは悠々とダイナに接近し、繰り出される拳を避けようともしない。そのまま顔面に乱暴な一撃を加え、粗雑な横蹴りを見舞い、面倒くさげに引き倒した。倒れたダイナにもう一発蹴りを入れてから、襟首を摑んで投げ飛ばす。

　満身創痍。まったく相手にならない。それでもなお、立ち上がろうとダイナはもがく。その胸で、カラータイマーが危険信号を発しているにもかかわらず。

　勝ち誇ったように口蓋を歪ませ、ゼルガノイドが、ダイナにとどめを刺そうと迫る。

　それを監視モニターに見つめ、

「ウルトラマンに必要なのが、人間のエネルギーなら」

　その張りつめた声にゴンドウが、リョウが今から何をしようとしているのかを察する。

「まさかお前……自分の生体エネルギーを、ダイナに照射するつもりか？」

リョウがまっすぐゴンドウを見つめ、頷く。

「無茶はよせ！　その装置は普通の人間には耐えられん！　間違いなく死ぬぞ」

リョウはゴンドウに協力を求めても無駄だということがわかった。

「このままだと……アスカが死ぬわ」

リョウはレイカに託された銃を迷わず、ゴンドウに向けた。


地下ドックにあった光エネルギー照射装置が地上へとせり上がる。

「どうして……!?」

それを見て驚くレイカ。だがすぐにその意味を理解する。

――誰かがダイナに自分の生体エネルギーを与えようとしている。

その誰かに、レイカはすぐに思い至る。

こんな大胆で危険な賭けを迷わず実行できるのは、間違いない。

ユミムラ・リョウだ。


監視モニターの中、ゼルガノイドに首を絞め上げられ今にも倒れそうなダイナの姿が映される。

射撃管制システムがその赤く点滅するカラータイマーをロックオンする。

「照射準備はできた。だがこんな作戦が成功するはずがない」

銃を突き付けられたゴンドウが、最後の抵抗とばかりにリョウを睨み、言い放つ。

「それでもお前は――」

「私にはアスカのような特別な力は無い」

　ゴンドウの言葉を遮り、リョウが言う。

「でも……人の未来を思う気持ちは……負けてないはずよ」

　覚悟を決めた人間の言葉は重い。それを止めるのは不可能なのかもしれない。だがゴンドウはリョウのまなざしに言葉を遥かに超えた、真実を垣間見た。

「それが……光か？」

　今まで幾度となくその未知なる存在に遭遇しては、ゴンドウの中には苛立ちと憎しみしか残らなかった。

　でも今は……初めてその意味が、その尊さが、ようやく分かった気がした。

　ズゴゴゴゴーン！

　突如、激しい震動が襲い、その瞬間、ゴンドウはリョウの手から銃を奪い取った。

「……どうして……？」

　自分に銃口を向けるゴンドウに、リョウの信じられないという痛切な怒りの視線が突き刺さる。だがゴンドウはひるまない。いや、むしろ今までにないほど自信と誇りに満ちた声でリョウに言い放つ。

「私もＴＰＣ参謀、ゴンドウだ」

　そしてカプセルの制御パネルを操作しながら、

「地球を脅かす敵を許すわけにはいかん」

　愕然として見つめるリョウを銃で威嚇しつつ、背後でカプセルの扉が開くのを確認すると、ゴンドウはその中へと入った。

すでに今、すべて必要な諸元入力は終えていた。

「ゴンドウ参謀！」

カプセルの扉が閉まる時、すべてを察したリョウが走り寄ってきた。

「近づくな！　装置の出力を最大レベルにセットした！」

ゴンドウは一喝し、リョウの足を止めた。そして今まで一度として見せたことのない穏やかな笑顔で、語り掛ける。

「心配するな。思いの強さなら、私もお前らに負けはしない」

直後、装置が始動し、生体エネルギーを吸い取るべく大量のプラズマがゴンドウの体に襲い掛かる。

「うっ。……くくっ」

ゴンドウは激しい苦痛に耐えながら、リョウに向かい、最高の笑顔で親指を立てる。

それは間違いなく――ラジャーのポーズだ。

「人間に……未来……あれえええ！」

最後の力を振り絞りゴンドウが叫ぶと同時に、最大出力に耐えきれなくなったカプセルが爆発した。

飛び取るガラス。その爆風に倒れたリョウが、その爆煙の中に消えた想いに、叫ぶ。

「ゴンドウ参謀おおおおおお！」

ビカッ。大量の眩い光エネルギーが装置から放射され、赤く明滅するダイナのタイマーに命中した。

それを上空に飛来したガッツイーグルのコクピットで、コウダ、カリヤ、ナカジマが目撃。強烈なエネルギー反応を計測する。

「今の光は……」

その光景をレイカも地上から見ていた。

リョウが自分の命を賭してダイナに生体エネルギーを与えた。そう思った。

だが――、

「ディヤアアア！」

光エネルギーを受けタイマーが青色に復活したダイナが、ゼルガノイドを投げ飛ばすと、すかさず深紅のストロングタイプにチェンジ。

力強い戦闘ポーズを取ると猛然と走り出し、起き上がるゼルガノイドに強烈なパンチを叩き込む。さらに、再び倒れた巨体を軽々持ち上げると、力いっぱいに投げつけた。

「あれは……もしかしたら……」

そのパワフルな戦い方を見つめ、レイカは直観する。

生体エネルギーをダイナに与えたのはリョウではなく、ゴンドウに違いないと。

あまりにも愚直すぎた、熱い、正義の光だと。

絶体絶命から猛反撃し、形勢逆転したダイナはストロングから再びフラッシュタイプに戻ると、怒り狂いダイナに迫るゼルガノイドにソルジェント光線を発射。

だがゼルガノイドは倒れず、光線を体内に吸収するとなおもダイナに向かって前進してくる。

ダイナもソルジェント光線を連射。その光圧を押し返し迫るゼルガノイドとの距離が縮まる。

そして、ほぼゼロ距離となった時、ゼルガノイドの吸収能力が限界に達した。

ドガ――ン！　大爆発！　その巨大な爆炎が、ダイナまでも巻き込んだ。

大量の赤黒い噴煙が収まった時――そこに、ダイナの姿は無かった。


その一部始終を見ていたリョウは、爆発にダイナが巻き込まれた場所にたどり着く。

岩と砂だけの赤い大地には薄ら霧が流れ、遠くまでは見渡せない。

「……どこ？　……どこにいるの？」

周囲にアスカの姿を探すリョウが、地面に埋もれるように落ちているリーフラッシャーを見つけ、拾い上げる。

――これは……。

リョウにはそれが何かわかっていた。最後まで諦めなかったアスカの手の中でそれは美しい光を放ち、アスカはダイナに変身した。

きっとアスカはこれを肌身離さず持っていたに違いない。それがここに落ちていた。

たちまちリョウは胸がくるしくなり、目が涙でかすむ。それでも必死に周囲を見渡し、そして叫んだ。

「アスカあああああああああ！」

その時、レイカは完全に崩壊した地下工場に戻っていた。

だがそこにはゴンドウも、リョウもアスカもいない。壊れたカプセル。そしてレイカが置いていった銃が転がっているだけだった。

その銃をレイカが拾い上げた時、近づく声が。

「アスカあああ！」「リョおおおお！」

思わずレイカが身を隠したあと、二人を探すスーパーGUTSの隊員が三人、現れた。


「おい……間に合わなかった……ちくしょう！」

無人の廃墟。傾く鉄骨にナカジマが怒りの拳を振り下ろす。

それを無言で見つめるコウダ。いつもなら彼が真っ先に言う言葉を、

「諦めるな！」

今はカリヤが絞り出すように叫ぶ。

「あいつらが……死ぬものか！」


ジッとそれを見ていたレイカは、どうしても彼らに問いただしたくなった。

墜落時に負傷した脇腹を押さえ、ゆっくり物陰から立ち上がると、

「なぜ、そう信じられる？」

三人の背後に立ち、そう尋ねた。

一斉に振り向く三人が同時に銃を構える。だがレイカはひるまず、さらに尋ねる。

「掛け替えのない、仲間だからか？」

その時レイカの脳裏には、瀕死のアスカを抱きかかえるリョウの声が思い返された。

――掛け替えのない仲間が怖いはずないでしょ。

「当たり前だ！」

三人はレイカの前まで来ると、銃口をぴたりと向け、

「二人の居場所を知っているのか？」

そう問われ、レイカは素直に答える。

「ここにはいない。でも……」

ピピピッ。通信機の着信音がレイカの言葉を遮る。

「そんな……まさか……！」

通信を受けた隊員の顔が一瞬で蒼白になる。なにか尋常でない事態が起きたに違いない。

だがレイカはそれを尋ねようとはしなかった。もう自分にそれを知る資格はないし、知りたいという感情もなくなっていた。

「すぐ本部に戻るぞ」

「でもリョウとアスカは……」

「見捨てていくんですか？」

「俺だってここに残り探したい！　だが今は……」

苦渋の選択を迫られているのがおそらく三人のリーダーだろう。レイカはその隊員に向かい、言った。

「あの二人は私が探す」

驚いたように見返す三人に、

「心配するな。もうゴンドウ参謀はいない。『F計画』も終わった。お前たちと争う理由はなにもない。それに……」

暫く沈黙し、口を開く。

「私にだって、掛け替えのない仲間や人間がいる」

——正しくは、いた……か。

そう心の中でレイカが訂正した時、

「……わかった。お前を信じる。二人を頼んだぞ」

まっすぐ見つめる隊員たちに、レイカは微かな笑顔で頷く。

この三人はダイナがアスカだということを知っているのだろうか？　いや、リョウが知らなかったのだ。おそらく知るはずがない。

レイカはそれを三人に伝えるべきか一瞬、考える。だが、

——それを伝えるのは私じゃない。

そう結論し、立ち去る三人を無言で見送った。

第十一章　太陽系消滅

❖同年　×月×日

ＴＰＣ本部・スーパーＧＵＴＳ作戦指令室。

マイは今から約20分前に捕捉された、そのあまりにも巨大な反応をレーダーモニターに見つめていた。それは今、冥王星を完全に飲み込んだのち、海王星圏に向かい侵攻していた。

ブラックホールとは違う。既知のいかなる天体とも天文現象とも一致しない。重力勾配がまったく不規則で、直径、質量、軌道、加速度、あらゆる数値が観測するごとに大きく変動する。人類がまだ触れたことのないエキゾチック物質からなるダークマターの凝集物としか表現のしようがないが、こうも数値が一定しないのはどういうことか。

すでに海王星軌道に到達した。今しも海王星そのものに迫ろうとしている。

距離にして約30天文単位、光速でも4時間はかかる座標間を、わずか20分で。光速の12倍以上。コスモネットがなければ、冥王星よりも先に海王星に、あるいは同時に2箇所に現れたかのように認識されたはずだ。そのくせ現在はほぼ静止しており、衛星トリトンが潮汐力によってゆっくりと砕けてゆく様を観察しているかのようでもある。まるで猫が獲物をいたぶって楽しむように。

火星のコウダたちからの連絡では、地球に帰還する時点で、アスカとリョウを見つけることは出来なかったという。マイの胸に言い知れぬ不安が広がる。

でも今は二人の安否確認より目の前に迫る過去最大の脅威と向き合わねばならない。

「ヒビキ隊長。状況は？」

フカミ総監、ミヤタ、シイナ両参謀が指令室に現れる。本来ならスーパーＧＵＴＳと共に戦闘指揮を執るべきゴンドウ参謀の姿はない。

「現在、ガニメデ基地からコスモアタッカー部隊が出撃しました」

「止められそうなのか？　惑星を飲み込むような、巨大な闇を」

「わかりません」

と、ヒビキに代わってミヤタ参謀長が、

「コスモアタッカー部隊は全機、最新型の小惑星破壊ミサイルを搭載したファイナルメガランチャーを装備しています。殲滅も十分可能と思われます」

だがその39時間後、防衛ラインに合流したＧＵＴＳイーグルからの報告はまさに最悪のものだった。

再び活動を開始して海王星の衛星トリトンを飲み込んだ巨大な闇に対し一斉攻撃を仕掛けようとしたコスモアタッカー部隊が、ファイナルメガランチャー発射直前に強力な重力場につかまり、闇の中へと飲み込まれ、全滅したという。

しかもその闇の中心には生体反応が確認された。つまり闇そのものが今までとはけた外れの超巨大な生物であり、明確な意思をもって惑星や衛星を飲み込んでいるのならば、最悪の事態として想定されるのは——地球を含む太陽系すべての惑星の消滅。

「太陽系すべてが……消滅。そんなバカな……！」

戦慄に包まれた指令室に、フカミの呻くような声が静かに響く。

——リョウ先輩……アスカ……。

マイは知らず心の中で二人の名を呼んでいた。


「お父さんは、どうして宇宙に行くの？」

アスカは薄れゆく意識の中、子供だった時に父カズマと交わした会話を思い出す。

「それが、人間だから」

満点の星空を見つめ、カズマが言う。

「アフリカの深い谷で、ある猿たちは道具を使うことを知り、最初の人間と呼ばれるようになったそうだ」

「……最初の人間？」

「ああ。彼らは目の前に高くそびえる山を見つめ、こう思ったに違いない。あの山の向こうには何があるのか？　見知らぬ世界を目指し、彼らはその深い谷から出て、山を登り切った。何度も失敗し、多くの仲間を失いながら」

アスカは不思議に思い、無垢なまなざしを父に向ける。

「どうしてかな？　そのまま谷に住んでた方が楽なのに」

するとカズマは優しい笑顔を幼いアスカに向け、

「それが人間なんだ。だから俺やシンが、今ここにいる」

深い意識の闇に沈みながら、アスカが呟く。

「それが……人間だから……」

そして遠のく意識の中、アスカの耳に誰かが砂を踏みしめ近づいてくる音が聞こえる。

「……父さん……」

そう呟き、アスカの意識は完全に闇に閉ざされた。


——もう、どれだけの時間が経ったのだろう。

流れる赤い砂煙の中、リョウはアスカの姿を探し求める。

きっと生きている。きっとまた会える。リョウはそう何度も自分自身に言い聞かせ、折れそうになる心を奮い立たせ、歩き続ける。前に向かって。

だがそれも、そろそろ限界かもしれない。

——ごめんね。アスカ。

リョウが崩れるように赤い大地に膝をついた時だった。

頭上に聞き覚えのあるジェット音が接近する。

——あれは……!

仰ぎ見るリョウの視界に、黒い戦闘機——ガッツシャドーの機影が見えた。

——私を……捕まえに来たの……？　それとも……

すでにガッツシャドーのパイロットはリョウを確認したらしく、垂直に降下すると、約10メートルの距離に着陸した。

リョウは反射的に腰の銃に手を添える。だが――ガッツシャドーから降り立ったパイロットを見ると、銃からその手を離した。ゆっくり近づく人影に殺意はないのが本能的に理解できたから。そもそもリョウが持っている銃は彼女に託されたものだった。

「無事でよかった」

そう静かに言うと、サエキ・レイカは右手をリョウに差し出した。

「立てるか？」

頷くリョウは迷うことなくその手を握り返し、レイカに言った。

「お願い。アスカを探して」


意識を取り戻した時、見知らぬ幼い少女がアスカをじっと見つめていた。

「……君は？」

天使？　そう言いかけた時、少女は少し驚いたような顔で走り去る。

「ママあ。お兄ちゃん、起きたよお」

「……起きた？」

少女の声にこたえ、今度は優しい笑顔の女性がアスカの視界に入る。

「気分はどう？」

「……うっ！」

そう聞かれ起き上がろうとした時、腕に激痛が走る。

「そんな勢いよく起きたら傷にひびくわよ」

呆れたように微笑む女性を見つめ、アスカが聞く。

「あなたが俺をここに？」

すると女性は小さく首を横に振り、

「主人よ。今は仕事でバイオパークに出かけているけど。……あ。熱いスープあるけど、飲む？」

そう言うとアスカの答えを待たず、女性は幼い少女と一緒にキッチンへと戻る。

——ここはどこだろう？　あの親子は……

部屋を見回すアスカの目が、サイドボードに置かれた写真立てに注がれる。

その飾られた写真をアスカは前にも見たことがあった。デスフェイサーとの決戦を前に訪れた、イルマ参謀の部屋で。

戦艦アートデッセイの甲板に並ぶGUTSの隊員たち。その中央、満面の笑顔で肩を組む男女——レナとダイゴがいた。


「見てください。闇の中心には惑星規模の大きさを持つ球形生命体が存在しています」

TPC本部に帰還したコウダたち。海王星圏でGUTSイーグルが撮影したスキャニング画像をモニターに再生し、ナカジマが説明する。

「画像を分析した結果、スフィアと推定されます」

「スフィアだと!?　こんなにも巨大な……」

「とても信じられない……！」

思わずミヤタとシイナが絶句する。

「巨大な闇――コードネーム、グランスフィアは、今から約26時間以内に、木星圏内に到達します」

あくまでも現在の速度と軌道を維持するならば、という希望的観測に過ぎないが。相手はその気になれば光速の12倍で移動することもできる化物である。

マイの報告に、フカミ総監が一同を見つめ、

「我々はこれ以上、敵の侵攻を許すわけにはいかん」

「しかし……」

そう断ずるフカミにコウダが、「現状兵器で、あの怪物を止めることは……」

するとミヤタが呟く。

「一つだけ方法がある。過去に封印した、あれを使えば……」

ヒビキはすぐ思い出す。一度はウルトラマンダイナすら葬り去ろうとした、その恐るべきパワーを秘めた破壊兵器のことを。

「ネオマキシマ砲……ですか」

「いくらテラフォーミングが進んでいても、あと少し見つけるのが遅かったら、確実に凍死していたところだ」

飛行するガッツシャドーのコクピット、操縦するレイカが後部座席のリョウに、やや抗議を込めた口調で語り掛ける。

「そういえば、まだちゃんと礼を言ってなかったわね」

まだ完全に体力が戻っていないのだろう。少し弱々しい声でリョウが答える。

「別に構わない。お前の仲間たちとの約束を果たしただけだ」

「……え？」

「名前は聞きそびれたが、三人ともお前やアスカのこと、絶対に死ぬはずないと信じていた。だから私が必ず探すと約束した」

「……そうなんだ。……ありがとう」

「礼はいい。そう言ったのに」

思わずレイカが微笑むと、リョウも微笑む。

不思議な感覚だった。つい2日前までレイカはリョウのことを自分たちの理想に邪魔な敵と考え、憎んでもいた。だが今はこうしてわずかではあるが心を許しあっている。

「ねえ、一つだけ教えてくれる？　どうしてゴンドウ参謀の計画に手を貸したの？」

リョウもレイカと同じように感じたのか。そんな質問をする。

何と答えようか一瞬、レイカは考えた。何をどこからどこまで話してしまっていいものなのか。だが暫くして口から自然と出たのは、レイカ自身、予想もしていない言葉だった。

「昔、大切なひとを怪獣に殺された……」

脳裏に、幼い頃からずっと支えあってきた兄の笑顔が――そして警務局戦闘チームに入ってから厳しくレイカを導いてくれたアガタの最期の笑顔が浮かぶ。

「本当に人間がウルトラマンの力を自由に使えるなら……それもいいと思った」

それが実現すれば、自分のような思いをする人間が減るかもしれないと――。

だがようやく完成した人造ウルトラマンは呆気なくスフィアの手に落ちた。あれほど後悔したはずだったプロメテウスの二の舞となり、再び人類の敵と化してしまった。

しかもその愚かな過ちによる危機から人類を救ってくれたのは、皮肉にも、ゴンドウやレイカが否定したウルトラマンダイナ――アスカ・シンという男だった。

そのアスカはテラノイドにスフィアが寄生して生まれた怪物、ゼルガノイドと相討ちとなり、爆炎の中に消えてしまった。普通ならば助かるはずのない状況。

だがリョウやスーパーGUTSの仲間が信じた通り、アスカは生きていた。

レイカがマイナス23度の火星の大地でリョウを発見したおよそ30分後、今度はある男性からアスカの通信機を介してリョウに連絡が入ったのだ。

エルダニア平原の居住区でアスカ隊員を保護していると。現在バイオパークで火星産の植物を開発するその男性は驚くべきことに、元GUTS隊の隊員だった。

マドカ・ダイゴ。

レイカもその名前を知っていた。「F計画」におけるGファイルと呼ばれる機密文書にその男の名は何度も登場した。だがGUTS隊解散後のその行方に関してはイルマ情報局長官により完全に秘匿されていた。

そのマドカ・ダイゴが火星にいて、偶然、アスカ・シンを助けた。それは偶然というよりむしろ運命と呼んだ方がふさわしい。そうレイカは思った。

ガッツシャドーは今、そのマドカ・ダイゴがいるバイオパークに向かっていた。

アスカ・シンもすでにそこにいるはずだった。だから——レイカはリョウに言った。

「奴に会ったら言っておいてくれ。今度は頼むぞ、って」

兄のような犠牲者が一人でも少なくなるように。その言葉には祈るような思いがこもっていた。

「……わかった……必ず言っておく」

そう答えるリョウとの間にわずかに通った心。レイカはそれがまた少しだけ、強くなったように感じていた。


「綺麗っすね。すごく」

アスカは目の前に咲き誇る色とりどりの花を見つめ、ずっとこちらに背を向け黙々と仕事をする、その青年に声をかける。

「まさか火星に、こんなに沢山の種類の花が咲いてるなんて知らなかったです」

「ほとんどが地球産だけど、この星で生まれた種子もある」

青年——マドカ・ダイゴは振り向くと、アスカにそう告げた。

「まだ実を結んだのはわずかだけど、いつかこの星を、火星生まれの花でいっぱいに出来たらって、思ってる」

そう無心に大きな夢を語るダイゴの横顔はまるで透き通るように美しい。

そこは居住地区から1キロほど離れたバイオパークの強化ガラスドームの中だ。

アスカはダイゴの妻、レナと娘のヒカリと一緒にこの場所に来た。

「ほら、ヒカリ。こんなきれいな花が咲いてるよ」

「いいにお～い」

　レナに抱き上げられ、花に顔を寄せるヒカリの純真な笑顔を見つめ、ダイゴが目を細める。

「その花の中であの子たちが……またその子供たちが、遊べたら。そんな光景を思い描いてこうして花の世話をしていると、まるで花たちもそんな思いに応えて、しっかりたくましく成長してくれてるように感じるんだ」

　アスカは前から、もしいつかダイゴという人間に会える時が来たら聞いてみたいと、ずっとその胸に秘めていたことがある。それを今、実際に聞いてみた。

「ダイゴさんは何故……前線を離れたんですか？　ＧＵＴＳ隊でダイゴさんがどれだけすごい活躍をしたか俺は知ってます。なのに、何故ですか？」

「守るべき未来は、人それぞれにきっとあるはずだから」

　ダイゴはアスカの目をしっかり見つめ返し、言った。

「守るべき……未来」

　そうアスカが呟いた時、頭上にジェット音が近づき、ドームの外をガッツシャドーが横切るのが見えた。あれにリョウが乗っているはずだ。

　もうここでダイゴと別れれば二度と会うことはないかもしれない。なら、あのことを聞いておかなければ。

「あの……俺まだ、色々と聞きたいことが――」

「僕も、君と同じだったよ」

　まるでアスカの心の中を読んだかのようだった。ダイゴはアスカがずっと考え、悩み続けていたことを口にした。

「なぜ戦うのか？　自分は何者なのか？　誰かに、その答えを教えて欲しかった」

「ダイゴさん……」

やっぱりそうだ。アスカは思う。この人は俺と同じ運命を背負い、誰にもそれを打ち明けることなく、戦い続けてきた。そして……戦いを終えた。

今でも力強く、そしてどこまでも慈愛に満ちたダイゴの瞳が静かにアスカを見つめ、言った。

「でも最後は、自分で出さなきゃならない答えもある。人としてできること。それは自分自身で決めるしかないんだ」


レイカはリョウと目的地のバイオパークに到着した。

二人を出迎えたダイゴとその家族は、レイカが今まで何度か火星で見てきた、ごく普通の開拓者に思えた。だがアスカがそこを去る直前、最後にダイゴと視線をかわした時、レイカにはある瞬間が思い出された。

それはプロメテウス事件でクィーンモネラに一度は命を奪われたダイナが、人々の光で出現したティガからエネルギーをもらい、奇跡の復活を果たし、二人のウルトラマンが目と目を合わせ力強く頷いた時の光景。それが今、アスカとダイゴに重なったのだ。

ふとレイカは確信する。Gファイルに何度も記載されながら、その存在をイルマ参謀が全力で守り抜いた男は、やはりアスカと同じ光の巨人としての力を得たものなのだと。

だが今のレイカはそれを問いただすつもりはなかった。

「リョウから聞いたぜ。助けてくれて、ありがとうな」

いきなり馴れ馴れしい言葉で礼を言うアスカにも、レイカはなんの違和感もない。

「仲間を大事にしろ。お前を本気で心配してくれる奴らばかりだ」

レイカも負けじと上から目線で言い放つと、「あんたもな」と、アスカは子供みたいな無邪気な笑みを浮かべた。

——ほんとに不思議なやつだ。

レイカは思う。アスカがウルトラマンダイナだと初めて知った時、なぜこの男が選ばれたのかまったく理解できなかった。未知なる強大な力を行使するにはあまりにも相応しくない人物像に思えたからだ。だが今はアスカだからこそ選ばれたのだと自然と理解できる。

あれほどアスカを憎んでいたケンジが、共にロックランドの事件を解決したあと、ブラックバスターを去っていった理由がようやくわかったような気がした。

「じゃあ、また」

リョウがまるで友人に言うような口調でレイカに言い、アスカと去っていく。

突如太陽系の果てから地球に向かい侵攻する巨大な闇——グランスフィアとの最終決戦に参加すべく、木星衛星のガニメデを目指して。

——さよなら。

その二人の背中を見送り、レイカは思わずその手を小さく振っていた。

「お世話になりました」

レイカは、ダイゴとレナとヒカリに頭を軽く下げ、自分もバイオパークを立ち去ろうとした時、

「これからどこに？」

レナが背中から声をかけた。

「よかったら、ミニローバで送るけど」

そう改めて聞かれ、レイカは気がつく。アスカやリョウのように、これから自分が行くべき場所など、もうどこにもないことに。

「大丈夫です」

そう言って立ち去ろうとするレイカに、

「もし時間があるなら、ウチによってかない？」

レナがまた声をかけてくれた。

「……大丈夫です」

そうやってまた同じ答えをしたが、レイカの足は止まっていた。

「温かいスープがあるから。飲んでいって」

レナのその言葉に、レイカは、「……はい」と答えていた。


「さあ、どうぞ」

エルダニア居住区のダイゴたちの家に招かれたレイカは、レナが運んできた湯気のたつスープをじっと見つめる。

何か、これと同じような経験をした気がした。

「飲んで。冷めないうちに」

「……はい」

レイカは勧められるまま、カップを手に取り、スープを口にした。

――あったかい。

その瞬間、レイカは思い出す。

凍えるような風が吹きすさぶ夜、兄と一緒に親戚の家を飛び出し、なけなしのお金で食べた、あのラーメンを。

すっかり冷え切ったからだも心も温めてくれた、あの優しい味を。

「……おいしいです」

そうレイカが呟くと、レナは嬉しそうに微笑み、

「このスープはね、私たちと同じようにこの火星で野菜を栽培してる開拓者仲間からいただいたコーンで作ったの」

その言葉を聞き、ふとレイカは思う。

クリオモス島から火星基地に赴任してから、レイカはずっと地球から送られた食材しか口にしていなかった。それが普通であり、何の違和感もなかった。

でも今考えればそれは、火星という星に興味がなかったということに違いない。

レイカは戦いに勝つことにこだわってきた。

影から日の当たる場所に出るには、それしかないと信じて。

でも今ようやくわかった気がする。戦いばかりがネオフロンティアではないのだと。

こうして火星の荒れ地で花や野菜を育て、おいしいスープを作る人間たちもまた、いや彼らこそが本当の開拓者なのだ。

戦闘チームはそんな彼らの夢を守るためにこそ戦っていたはずなのに。

「どうしたの？」

レナが心配そうに声をかける。

レイカはスープを飲みながら、知らないうちに涙を流していた。

「おいしいです。……とても、おいしいです」

そう答えながら、レイカの涙は止まらなかった。

「……お姉ちゃん」

ヒカリが心配するようにレイカの涙をハンカチで拭う。

「どっか、痛いの？」

「……うん。……ちょっと、ここがね」

レイカはそう答え、自分の胸を押さえた。

——お兄ちゃん。やっと、見つけたよ。

ずっと闇の中を彷徨っていたレイカが求めた日の光は、ここにあった。

とても安らかで明るく、眩しい光が。


「大事な忘れ物。もう失くさないでよ」

ガニメデの基地に向かうガッツシャドーのコクピット、リョウは背後の座席でリーフラッシャーを見つめるアスカに声をかける。

「サンキュー」

そう答えるアスカが暫く何か考えるように黙り込むと、不意に言った。

「なあ、最初に生まれた人類の話って知ってるか？」

「……え？」

「彼らは深い谷を離れて、遠い山の向こうに未来を見つけた。俺の親父は……光の中に何を見つけたのかな？」

リョウの胸に、今まで何度も感じた不安がよみがえる。

アスカが父親の話をする時、リョウは決まって——アスカもいつか光の中に消え、戻ってこないのではないか——そんな予感がするのだ。

「私の場合、初めて任務を放棄してアスカを見つけたけど」

そんな不安を振り払おうとリョウはあえて話をずらし、おどけた調子で言う。

「スーパーGUTS、クビになったら責任取ってよね」

「責任って？」

「普通に家庭をもって、大切なひとを〝いってらっしゃい〟って送り出すのが、実は子供の時からの夢なの」

——ちょっと私、なにを言ってるんだろ。なんでこんな照れ臭いこと。

リョウは自分の言葉に戸惑い、いつもみたいにアスカが「なに似合わないこと言ってんだよ」とおちゃらけてくれるのを待った。だが、

「リョウ……」

アスカの声は困ったことにいつになく真面目だ。どこか気まずい空気がコクピットに流れる。

それに耐えかねたリョウが、

「うそよ。珍しく神妙なこと言うから、ちょっとからかっただけ」

おちゃらけた調子で前言撤回をした。

でもアスカはまだ黙っている。何かの思いを静かに噛みしめているように。

そしてリョウは思う。今の言葉は本当にうそなのだろうか？　もしかしたら——

ピピッ。

リョウの思いを遮るようにマイからの通信が入る。

現在、ガニメデ基地でクラーコフにネオマキシマ砲発射ユニットを搭載中。ただグランスフィアの木星圏への到達時間は3時間後に迫っており、迎撃態勢を整えるにはかなり際どいタイミングだという。

何しろプロメテウスとクラーコフでは船体の構造やエンジンのレイアウトがまったく異なる。ユニットの設置に使えるのは中央船体ハンガーデッキスペースのみ。チャンバーもバレルも新設計。テストをする時間もない。シミュレーションの結果のみを信じ、ぶっつけ本番で挑むこととなる。

「わかった。私たちも可能な限り早く合流する」

リョウは通信を切ると、アスカに、

「作戦開始に間に合うといいけど」

「一度は人類を破滅へと追いやろうとした兵器です。ヒビキ隊長が言ったように人間には危険すぎる力なのかもしれません」

リョウとアスカがガニメデに向かっている時、キサラギ博士の指揮によってネオマキシマ砲発射ユニットの搭載作業が急ピッチで進められていた。

「ただ……力より強い心があればきっとこの宇宙を守ることができる。ウルトラマンダイナがそうであるように」

「それを肝に銘じ、使わせてもらいます」

ヒビキの言葉にキサラギが笑顔で頷く。しかしグランスフィアの進行速度が計算を上回り、1時間も早く木星圏に迫っていた。

「搭載は間に合いますか?」

つい不安をナカジマが口にすると、

「ガニメデにはTPC有数の頭脳と技術者たちが集まっています」

キサラギはそう答えると、コンソールの前で黙々と作業を続けていた技術チーフに目線を移す。と、その若者が顔をあげ、

「必ず間に合わせてみせますよ」

力強く断言するその顔を見て、マイが驚きの声をあげた。

「あなたは……元GUTSのヤズミさん!!」

キサラギの言葉が真実だと納得すると、一同はいつでも出撃できるようにクラーコフへと向かった。


——ネオマキシマ砲が……まさか人類最後の希望になるなんて。

レナに火星の宇宙ターミナルまで送ってもらったレイカは、発着ロビーの巨大モニターに流れるニュース画面を見つめ、呟く。

ゴンドウ参謀がそれを知ったらどう思っただろう。

また脳裏にブラックバスター隊として「F計画」を進めていた時の記憶が去来し、ふとレイカは思う。

そもそも何故そこまでウルトラマンを憎んだのか。

おそらくそれは無条件にウルトラマンは〝神〟だと思っていたからかもしれない。

自分の大切な人を見捨てた不平等な神。そんな神など認めない。

レイカの憎悪の理由はそんな感情だった。

だが実際、ウルトラマンは神ではなく、人であった。

なんのことはない。

自分と同じ、一人の人間が、自分のできることを、恐怖や重圧と闘いながら、ただひたすらやっていたのだ。

その間、救えなかった命に対してどれほどの十字架を背負ってきたことか。

アスカという人間の苦しみを。孤独を。

レイカは勿論、ダイナに守られた人々ですら誰もそれを知らなかった。

――いや、知っていた人間はいた。

彼の苦しみや孤独を同じように感じ、時にぶつかり、励まし、ともに戦ってきた仲間たちが。

その彼らが、ウルトラマンダイナとスーパーGUTSが今、力を合わせ、総力戦に臨もうとしている。

ネオマキシマ砲にはゴンドウやレイカの夢見た未来の姿があった。それが敵を打ち砕く役に立つなら、今はここにいない仲間たちの想いも無駄にはならない。

――必ず勝って。リョウ。アスカ。

レイカはそう祈るように呟き、火星の空を見上げた。

「闇はすでに衛星シノーペに到達。ガニメデも約30分後には闇の重力場の影響を受けます」

マイの報告にクラーコフのブリッジが騒然とする。

「また予想より動きが速くなってるぞ」

「搭載が間に合っても迎撃できなければ意味がない」

「ネオマキシマ砲ユニット接続まで10分弱です」

「まさしくギリギリだな」

隊員たちの声にヒビキが呻くように呟いた時、マイは監視モニターが捉えたエネルギー反応を凝視し、思わず叫ぶ。

「隊長！　この基地に急速接近する巨大な飛行物体が！」

「敵か?!」

コウダの問いに素早く物体を識別確認したマイの顔が青ざめる。

「スフィア合成獣です！」

その数十秒後には外部監視モニターに、クラーコフに一直線に飛来するスフィア合成獣――ネオガイガレードの姿が映し出される。

「コウダ、カリヤは俺とGUTSイーグルで出撃！」

「ラジャー！」

猛然と駆け出す三人。ヒビキが足を止め、マイとナカジマを見つめ、

「この船は何としても飛ばすぞ。何としてでもだ」

ヒビキの強い決意にマイとナカジマは頷く。

「ラジャー」

そうだ。この船には全人類の命運が懸かっているのだ。


ようやくガニメデが視界に入った時、リョウとアスカは現在クラーコフがスフィア合成獣の襲撃を受けていることを、ナカジマとガニメデ基地のヤズミ技術チーフとの交信を傍受して知った。出撃したGUTSイーグルの通信にチャンネルを合わせると、交戦中のヒビキたちの声が飛び込んでくる。

「この怪獣の防御バリアはネオジオモス以上です！」

「このままじゃクラーコフが！」

「がんばるんだ！　もう少しで出撃準備が整う！」

通信機からは絶体絶命の状況がリアルに伝わってくる。

「アスカ……」

思わずリョウが背後にいるアスカの名を呼ぶと、

「俺が一足先に行く」

そう答えるとアスカはリーフラッシャーを手に握りしめ、

「ちょっとまぶしいけど、操縦ミスするなよ」

「わかってるわよ、バカ」

いつものような会話を二人が交わした時、背後から眩い閃光が溢れ、一瞬リョウを包み込んだ。

――頼むわよ、アスカ。すぐ追いつくから。


「ヤズミチーフ。まだですか？」

「あと3分。いや、あと2分だけ、こらえてください」

「いや、こらえろって言われても……」

基地内との交信画面からナカジマが外部監視モニターに目を移すと、今まさにネオガイガレードがクラーコフに向け光線を放とうとしていた。

「うわあああああああああ！」

ナカジマが悲鳴をあげるのとネオガイガレードが光線を放つのがほぼ同時だった。

――もうダメなの？　ここで終わりなの⁉

思わず目を瞑るマイが心の中で叫ぶ。だがクラーコフに爆発の衝撃は訪れない。

――もしかして……！

マイが目を開くと、モニターの中、クラーコフを庇って光線をはね返したウルトラマンダイナの大きな後ろ姿があった。

「やっぱりダイナは生きていた……」

「ああ。ダイナが死ぬはずない！」

カリヤとコウダに笑顔が浮かぶ。

「よし。援護するぞ」

「ラジャー!」

ヒビキの号令で3機のイーグルがダイナと共にネオガイガレードを攻撃。

だが強力な亜空間バリアによってすべての光線は防御され、次第にダイナもネオガイガレードの鋭く巨大な爪に追いつめられ、ついに倒れる。その時——

ズババン!

ネオガイガレードの背後の闇から光線が放たれ、ダイナへの攻撃を阻止した。


「今の攻撃は!?」

コウダたちが驚くと同時に、宇宙空間の闇に光学迷彩を解除したガッツシャドーが姿を現した。

そして、

「こちらユミムラ。ただいまより前線に復帰します」

無線から聞こえるリョウの声にヒビキは思わず豪快に微笑み、聞いた。

「リョウ。待っていたぞ。アスカも一緒だな?」

無線から聞こえるヒビキの声に、リョウは眼下でネオガイガレードに反撃を開始するダイナを見つめ、答えた。

「はい」

リョウとアスカの帰還にクラーコフのナカジマとマイにも笑顔が浮かぶ。

「おかえりなさい。リョウ先輩。アスカ」

「よし。これでネオマキシマユニットの搭載も――」

ナカジマがヤズミとの交信を再開しようとした時、突如、巨大な振動がブリッジに伝わる。

「ガニメデに闇が接近！　すでに巨大重力の影響が！」

激しく揺れるコンソールにしがみつくマイが報告した時、ネオマキシマ砲ユニット接続完了を知らせるパイロットランプが一斉に点滅した。

通信モニターに笑顔のキサラギとヤズミが映る。

「ネオマキシマ砲ユニット接続、終了しました」

「ただちにエネルギーの充塡を開始します」


その報告はGUTSイーグルのヒビキたちにも届いていた。

「各機、大至急クラーコフに戻るぞ！」

「ラジャー！」

3機は攻撃を中止し、旋回した。

「もう少しだ。頼んだぞ、ダイナ」

ヒビキはリョウのガッツシャドーと共にネオガイガレードの攻撃を食い止めるダイナを見つめ、最終発進シークエンスに入ったクラーコフへ向かう。

ダイナはイーグルを見送った直後、ソルジェント光線を発射。

だがネオガイガレードは亜空間バリアで防御する。

「ダイナが怪獣を食い止めてる！　ただちに発進だ！」

ブリッジに駆け込むと同時に、ヒビキが命令を下す。

すでにネオマキシマ砲のエネルギー充塡も終了。問題はない。各隊員がそれぞれの持ち場につくと同時に、クラーコフが発進した。


それを確認したダイナが大きく飛翔。

すかさず光線を放つネオガイガレード。同時にダイナも光線を発射。

衝突するエネルギー。一気にダイナの光線のパワーが上回り、ネオガイガレードに直撃。吹き飛ばした。同時に再びソルジェント光線の発射ポーズをダイナがとる。


「決まった！」

ガッツシャドーのコクピットでリョウがダイナの勝利を確信した時、ガガン！

機体に衝撃が走りリョウが思わず悲鳴をあげる。

さらに巨大なGが体に掛かり、機体が地上へと一気に引き寄せられる。

——一体、何が……！


ネオガイガレードはダイナの攻撃を防ぐため、分離させた左手でガッツシャドーを掴むと、まるで「撃てるものなら撃て」と言わんばかりにリョウの乗る機体をダイナに向け、突き出した。

だがその行動が単に己への攻撃を防ごうとしただけではないことを、その後にダイナは知る事となる。

ゴゴゴゴゴゴッ！　不気味な轟音が響くと、ガニメデ上空に巨大な闇がついにその威容を現した。

闇は手始めに木星衛星の凍てつく夜を照らす人工太陽カンパネラを暗黒の中へ飲み込むと、巨大な重力場でガニメデ基地の地上施設を次々に宇宙空間へと舞い上げた。

だがリョウを人質に取られたダイナは迂闊に動けず、人工太陽を失い闇が侵食していくガニメデの氷の地表でネオガイガレードと対峙した。


「リョウ先輩が……！」

「落ち着け、マイ。俺たちの敵はすぐ目の前にいる」

クラーコフのブリッジ。コウダの言葉に何とか心を落ち着かせ、マイはネオマキシマ砲の発射準備に入った。

「船体制御！　発射角、修正！」

クラーコフがゆっくり垂直に船体を起こし、船底に装着されたネオマキシマ砲の発射口をまっすぐ前方の巨大な闇に向ける。

そして巨大モニターにロックオンの表示が浮かぶ。

「敵、中心核。照準、入りました」

マイが報告するのと並行し、射撃準備が完了する。

「俺たちの手で、必ず仕留めてやる」

カリヤが前方の闇を見据え、発射スイッチに指をかける。その時だった。

「……なに!?」

突如、ガニメデから飛翔したネオガイガレードがクラーコフと闇の間に割り込んだ。

愕然とする一同。巨大モニターにはネオガイガレードの左手に囚われたガッツシャドーがはっきり映し出されていた。

「リョウを盾にして、攻撃を防ごうというのか……!」

「なんて、卑劣な!」

ガガガガガッ!

激しい衝撃がブリッジを揺らし、マイが報告する。

「クラーコフが闇の重力場につかまりました!」

さらに大きな揺れが伝わり、艦内照明が非常電源に切り替わる。隊員全員がクラーコフが闇に引き寄せられていることを体に感じる。

「最大船速で後退!」

ヒビキが叫び、すべてのスラスターがフルパワーで噴射されるが、船体は闇から離れるどころかさらにジワジワと引き寄せられていく。

「脱出不能! 闇に飲み込まれます!」

マイの悲痛な叫び。

「だがこの状態では攻撃できない!」

カリヤも揺れに耐えながら叫んだ時――、

「――撃て」

ヒビキが命令を下し、ブリッジにいる全員が静まり返る。

「撃たなければすべてがあの闇に飲み込まれる。この船も……いずれは地球もだ」

「しかし……弾道上にはリョウが！　リョウがいます！」

その絞り出すような叫びに、ガッツシャドーのコクピットで意識を失っていたリョウが目を覚ます。

「カリヤ。俺たちには、人類の未来を守る義務がある」

無線から切実なヒビキの声が聞こえ、リョウはオフになった通信スイッチを入れた。

「隊長の言う通りよ。私に構わず撃って！」

だが――、

「……無理だ。俺には撃てません！」

「どけ！　俺が撃つ！」

涙声のカリヤ。それを押しのけたコウダの声も震えている。

リョウは仲間たちにそんなつらい決断をさせている状況が耐えられなかった。

「撃って！　早く！」

この地獄のような時間から解放されるなら死んだって構わない。

「撃つのよ！」

だがクラーコフからネオマキシマ砲は発射されず、船体がどんどん闇の重力に引き寄せられていく。

――そうだ。私が引き金を引けばいいんだ。

リョウはホルダーから銃を抜くと、自分のこめかみへと当てた。

――さよなら、みんな。あとをよろしく。

トリガーに指を掛け、ゴンドウ参謀も最期はこんな思いだったのかもと思う。

カプセルの中のゴンドウが浮かべた最高の笑顔が脳裏に浮かび、思わずリョウが微笑んだ時――

――、

「ダイナ……！」

無線からヒビキの声が聞こえ、リョウが目を開くと、クラーコフの軌道上に、自分に向かってまっすぐ飛んでくるダイナの姿が見えた。

その体には闇から放たれるプラズマが次々に直撃するが、ダイナは身じろぎすることなく、前へ進む。その姿が爆炎の中を駆け抜けるアスカの姿に重なった。

リョウは反射的にクラーコフとの通信スイッチをオフにし、叫んでいた。

「アスカ！　やめて！　死ぬ気なの!?」

そのリョウの声がダイナ――アスカには届いていた。

「安心しろ！　その卑怯者をぶちのめすまで死にやしねー！」

リョウを盾にするネオガイガレードが危険を察知し、亜空間バリアを張ると同時に、アスカの声がまたリョウに届く。

「それに俺は……俺は今！　君だけを守りたい！」

「アスカ……」

リョウは思わず胸が熱くなった。

まさか、こんな場面でアスカからそんな言葉を聞くことになるとは……。

「うおおおおおおおおおおお！」

猛然と突っ込んでくるダイナ——アスカが突き出す怒りの拳が、亜空間バリアを粉々に突き破り、宣言通りネオガイガレードの顔面にぶち込まれる！

ウギャアアアアアアアア！

苦悶の叫びをあげるネオガイガレードの左手からリョウの機体が離れた時、

「いけええええええええええええ！」

コウダはネオマキシマ砲の発射スイッチを押した。

クラーコフから発射される一筋の光芒がネオガイガレードを一瞬にして消滅させ、さらに巨大な闇の中心核に突き刺さった！

第十二章　明日へ

「ついたぜ……リョウ」

クラーコフの薄暗い通路。静寂の中、満身創痍のアスカはその腕に抱き上げたリョウをゆっくり降ろし、微笑む。

「君だけを守りたいなんて……正義の味方のセリフじゃないわよ」

少し非難めいた口調でリョウが呟くと、叱られた子供のような無垢な目でリョウを見つめ返し、

「かもな……でも俺は……俺だから」

ついに力尽き倒れるアスカの体を、しっかりリョウが受け止める。

初めて感じるアスカのぬくもり。ふたりの心臓の鼓動が重なる気がした。

――私こそ、アスカ、あなたを守りたい。

力を緩めたらその体が消えてしまうかのように、傷ついたアスカの体を強く抱きしめ、リョウは心の中で呟いた。

ネオマキシマ砲によるグランスフィア殲滅作戦は失敗した。

巨大な闇の中心核には人類最後の希望であった最強兵器すら通用しなかったのだ。

万策尽き、闇の重力場にクラーコフが飲まれそうになった時、ダイナはその身を闇が放つプラズマ光線の嵐の中にさらしソルジェント光線を発射。

闇の磁場を一瞬弱めることに成功し、クラーコフはネオマキシマドライブにより重力場から脱出した。

ダイナも崩壊するガニメデの地表に取り残されたリョウが乗るガッツシャドーをその手に掴むと、ミラクルタイプとなり、クラーコフを追った。

直後、その背後でガニメデは巨大な闇の中へと無残に飲み込まれていった。

「木星が……完全に消滅しました」

重力場から脱出したクラーコフのブリッジで、マイが監視衛星からの最後の送信データを確認する。

「このまま闇が侵攻すれば……次は火星か」

ヒビキの声が重苦しく隊員たちの胸に刺さる。

太陽系最大の惑星を失ったことで重力バランスが崩れ、残る惑星の軌道にずれが生じる。勿論地球にも。太陽との距離がわずかに変わっただけで、生態系は崩壊するだろう。軌道を維持できず、いずれは太陽に吸い込まれるかもしれない。だがスフィアにそれを待つ気はなさそうだ。

冥王星を闇が飲み込んでから、今回の戦いであまりにも多くのものをすでに失ってきた。

ガニメデの決戦に敗退し、大切な仲間たちの命まで――。

だが今は感傷に浸ることも、怒りや悲しみに暮れることとすらも許されない。

まだ戦いは終わっていないのだ。なんとしても闇の侵攻を食い止め、地球を——人類の未来を守らなくては。

「隊長！」

不意にブリッジにコウダの声が響く。

「あれは……！」

隊員たちの目が一斉にメインスクリーンに向けられ、釘付けとなった。

そこには今まで見たこともない超巨大な球体生命体——グランスフィアが浮かんでいた。

クラーコフの前だけではない。

地球のＴＰＣ本部上空にも、さらには全世界の主要都市上空にもその威容が同時に現れていたのだ。

「地球人類よ。そのものたちの中へと同化せよ」

聞きなれた人工音声のように無機質で冷酷な女の声が流れる。

「そのものたちも、かつてはお前たちと同じような人間であった。限りある資源を奪い合い、互いに争い、最後は滅亡への道を歩んだ」

マイは目の前の巨大球体をすかさずスキャンし、報告する。

「質量ゼロ。あの球体は実体ではありません」

「つまり、ホログラムみたいなものか」

巨大なる幻像はさらに人類への警告を粛々と続ける。

「だが彼らは克服したのだ。ひとを、あらゆる無機物、有機物を、ついには惑星自体も一つに融合し、完成させた完全無欠の生命体——それが私だ」

その声を、リョウはアスカを支えて歩く通路で聞いていた。

「まだ間に合う。地球が滅び去るその前に、私はお前たちを迎え入れよう。私こそ地球が歩むべき——未来だ」

そこで警告は終わった。

「ふざけやがって！　あんな奴が地球の未来であるはずがねぇ！」

「そうね。きっとみんなもそう思ったはず」

すぐ傍らで怒りに震えるアスカに言うと、リョウはブリッジへと急いだ。そしてさっきの戦闘の影響で微かに開いたままになっている自動扉の前に立つ。

「デタラメだ！　そんな完璧な世界などあるものか！」

扉の中からコウダの吐き捨てるような声が聞こえた。

——やっぱり思った通りだ。

リョウがアスカとブリッジに入ろうとした時、

「でも……理には適ってます」

思いつめたようなナカジマの声に、思わずその足を止めた。

「人間の科学が、すべての生態系を改造できれば、環境破壊による滅亡を回避できる」

その言葉に、ブリッジに沈黙が流れるのがわかった。

リョウは思う。こんな場面でも——いや、こんな場面だからこそナカジマは科学者としての考えを冷静に述べたのであろう。

——だけどそれは違う。

思わずリョウが声を上げそうになる。

「でもそれは……生きてるって言えるのか？」

静かにヒビキの声が聞こえてくる。

「死がなくなる代わりに、夢も、ロマンもなくした世界。本当に俺たちが目指してる未来なのか？」

その言葉を噛みしめるように、リョウが、傍らではアスカが聞いている。

「でも、それは——」

「不完全でいいじゃないか！　矛盾だらけでもかまわねー！」

反論しようとするナカジマの声をヒビキの熱い叫びが遮る。

「人の数だけ、夢がある。俺はそんな世界の方が好きだ」

最後は静かに語り掛けるその声に、リョウは涙がこぼれそうになった。

アスカはじっと前を見たまま、その言葉を聞いていた。

「それに……奴らは多くの命を奪った！」

怒気をはらむカリヤの声が聞こえる。

「今度だって……リョウとアスカを！」

もうここで聞いていることはできない。

「……行こう」

リョウは呟き、アスカの背を押すようにブリッジへと進んだ。

「俺たちは生きてますよ」

アスカの声に全員が一斉に振り向き、

「お前たち、どうやってここに⁉」

信じられないという顔でコウダが駆け寄る。

「忘れたんすか？　俺は不死身のアスカ……うっ」

虚勢を張った直後、傷の痛みに体を折るアスカを、ガシっ。ヒビキが抱きとめた。

「信じていたぜ。こうしてまた仲間の元に帰ってきてくれるってな」


それからわずか2時間後、監視レーダーが火星に侵攻する巨大な闇を捕捉。また速度を変え、火星の静止軌道付近に留まっている。

——猫が獲物をいたぶるように——

すでに衛星ダイモスは飲まれた。火星も闇の重力場の影響が出始めている。あと1時間もすればマリネリス渓谷から真っ二つに引き裂かれ、消滅するだろう。

「この戦いに俺たちが負ければ、人類すべてが闇に消え去る」

ヒビキの言う通りだ。それは皆がわかっていた。だが闇の中心核に張られたバリアを破らない限り殲滅は不可能だ。

「ネオマキシマ砲の直撃でもびくともしなかったものを、どうやって……」

コウダが呻くように言った時、不意にアスカが、

「ストレートでダメなら、ボール玉を振らせるしかない」

一体アスカは何を言い出したのか？　リョウを含めた全員の目が集まると、

「あの闇から脱出する時、俺は確かに見たんです。奴がバリアを張った瞬間、その奥に、闇の中

心核の姿を」

「……?!」

一同の顔に驚きが浮かぶ。

「敵がバリアを一点に集中した時、脇がガラ空きになる。だから釣り球に奴の注意が逸れた瞬間、勝負球をぶち込みさえすれば……」

「ちょっと待った！」

アスカの言葉を思わずナカジマが遮り、

「もしそれが事実なら我々にもまだ勝ち目はある。でもアスカ、お前……それ、いつ見たんだ？」

誰もが思う疑問を口にされ、「え？」とアスカが戸惑うような顔をする。

「いや……だから……」

不意に口ごもるアスカをコウダが見つめ、

「後のない状況だ。根拠なしで作戦は決められない」

「あの……俺……」

アスカが皆に自分の言葉を信じてもらうには、自分がダイナであることを伝えねばならない。

逡巡するアスカを見て、リョウもまた悩む。

自分だけが知った秘密をここで打ち明けるべきか。

「奴がクラーコフを庇い、光線を撃った時だ」

ヒビキはそう言うと、笑顔でアスカを見て、確かめる。

「そうなんだろ？」

──隊長は……知っていたんだ。アスカの秘密を……

驚くリョウの前を通り過ぎ、無言のアスカに近づき、ヒビキが続ける。

「お前は、目立ちたがり屋の単細胞野郎だ。そんなお前が、今まで黙ってた。自分が……ダイナだということを」

ブリッジに微かなざわめきが起き、皆がアスカとヒビキを見つめた。

「なぜだ？　なぜ一人で苦労を背負い込んでた？」

大きな手で両肩をやさしく摑むヒビキを見て、アスカが口を開く。

「俺……確かに目立ちたがり屋だけど……それ以上に、照れ屋なんすよ」

またアスカが悪戯を見つかった子供のような笑顔を浮かべた時、リョウは思わず吹き出し、笑った。こんな時なのに可笑しくて仕方なかった。

その笑い声がブリッジに流れていた重い空気を柔らかく消し去った。

それから約30分後──。

闇に対する最終作戦の決行のため、アスカはアルファ・スペリオルの格納庫へ向かう通路を進んでいた。その後ろからリョウが追いつき、声をかける。

「さっきは悪かったわ。笑ったりして」

と、立ち止まるアスカがリョウに振り向き、意外な答えを返す。

「助かったよ。俺、本当は怖かったから」

「……え？」

「俺がダイナだって知ったら、みんな怯えるんじゃないかって」

アスカの言葉を聞くリョウは、火星の地下基地でレイカが言ったことを思い出す。

――お前は怖くないのか？　理解を超えた存在だ。恐れて当然だろ。

その時、リョウはこう答えた。

――掛け替えのない仲間が怖いはずない、と。

だからアスカにも、同じ言葉をかけた。

「怯えるはずないでしょ。私たちは、掛け替えのない仲間なんだから」


「奴がダイナだって、俺、不思議なほど自然な感じでした」

リョウの言葉通り、ブリッジに残った、カリヤ、コウダがそれぞれ今の思いを口にしていた。

「実は俺もだ。なぜかすんなり納得出来ちまった」

マイはそんな二人の言葉を聞き、アスカが初めて入隊した日から今日までの時間を思い返した。

確かにそうだ。アスカがダイナだと聞いて驚きはしたが、信じられないとか、認められないとか、そんな感情は一切湧かなかった。

――まるで、ずっと前から知っていたみたいに。


「ナカジマ隊員……」

「……おう」

格納庫に待機するアルファ・スペリオルのコクピットで最後の調整作業をしながらナカジマがアスカに返事をする。

「どんなに技術が進んでも最後はこうやって、人の手で調整してやることが大事なんだ」

黙々と作業を続けるナカジマに、

「さっき俺が戻った時、隊長に反論されてたでしょ」

自動扉の外で立ち聞きしてしまったことをアスカが聞くと、少し照れ臭そうにナカジマがはにかみ、

「なんか……久々に親父のこと、思い出しちゃったよ」

「……え？」

「隊長に言われた言葉、まるで親父にそっくりだった」

再びナカジマは電子パネルに視線を戻し、静かに語り出す。

「一流の学者なのにさ、夢だのロマンだのって、まるっきしお金には縁遠くて、結構家族は苦労したんだよ。俺も恨んだ。反発もした。親父の生き方なんてダメとも思った。だから俺は、絶対に人に認められるような科学者になってやる。そう思って、そして、なった。……けどな、俺が今、こうやって頑張っていられるのはさ、親父のお陰なんだよね」

「…………」

「俺どっかで親父のこと、尊敬してるよ。俺はずっと、誰がどう言おうと、どう言われようと……親父のことが好きだった」

そこまで一気に懐かしそうに語ると、ふと自虐的な笑顔を浮かべ、

「矛盾だわ、これ。……俺の嫌いな矛盾だね」

そんなナカジマを見つめ、アスカが微笑む。

「でもそれって、素敵な矛盾すよ」

「……バカ。変なこと言うな、お前。手元狂うじゃねーか」

涙を見せまいと作業を続けるナカジマにアスカは微笑み、言った。

「俺も……親父に負けないよう、頑張ります」


最終防衛ラインの衛星フォボス軌道に、ついに巨大な闇が到達しつつあった。

クラーコフは迎撃作戦を決行すべく火星を発進した。


アスカは格納庫のアルファ・スペリオルに搭乗。

作戦開始前、コウダと交信する。

「コンピュータの計算だと闇中心核の破壊と同時に巨大な重力崩壊が生じる。光すら脱出不能な時空の歪みだ」

「ワームホールですよね」

「もし万が一飲まれたら、まったく別の宇宙に飛ばされるかもしれない」

「俺がウィニングショットを決める時、近づきすぎるなってことですよね。それなら何度も確認を――」

「何度言ってもお前は無茶するだろ！」

ブリッジ。モニターに映るアスカを一喝するコウダを、リョウはそのすぐ後ろから見ていた。

コウダの言う通りだ。どんな時もアスカは決して逃げず、まっすぐ立ち向かっていく。だから言っても無駄と知りつつ、今日ばかりは言わずにいられないのだ。

「アスカ……今度ばかりはいつもと違う。時空の歪みに飲まれたら、たとえお前でも二度と……二度と帰ってこられなくなるぞ」

するると、

「大丈夫。俺は帰ってきます」

モニターの中のアスカがみんなに語り掛ける。

「次も宇宙《そら》を飛ぶために、次もまた、宇宙《そら》を飛ぶために」

それはアスカが子供の時、最後に父カズマと約束した言葉だとリョウは知っていた。

「俺は必ず帰ってきます」

アスカの決意を信じ、全員が頷いた時、ヒビキの号令が響いた。

「時間だ。作戦開始！」

「……アスカ。発進します」


クラーコフからアルファ・スペリオルが発進。前方に近づく巨大な闇へと一直線に向かっていく。

コクピットとの通信回路はギリギリまでつながっていた。

リョウは迷う。これが最後の通信ではないのだ。アスカが無事に帰ってきてからゆっくり聞けばいいことだ。だが迷った末、モニターに映るアスカに語り掛ける。

「アスカ。一度聞いてみたかったんだけど……どうしてそう前にばかり向かおうとするの？」

「それが、人間だから」

「……え？」

「親父が教えてくれたんだ。人間には前に進む力がある。だから今、俺たちはここにいる」

「……そう」

リョウにはまだ聞きたいことが沢山あった。でもそれは次にしよう。

だからさっきからリョウの横にいるマイを呼び、通信を譲った。

「アスカあ」

今にも泣きそうな声でマイが呼ぶと、

「マイ。ダイナなんてカッコいい名前つけてくれてサンキュー。結構、気に入ってたんだぜ」

微笑むアスカに、マイが涙をこらえ、言う。

「ダイナミックのダイナだよ。ダイナマイトのダイナ。そして……だいすきなダイナ」

「……ありがとな」

アスカは懐からリーフラッシャーを取り出し、

「父さん……行くぜ」

最後にそう呟くと、眩い光に包まれた。


アスカ・シン。ウルトラマンダイナはスーパーGUTSとの共同作戦を成功させ、強大にして巨大な暗黒の闇――グランスフィアを渾身の一撃で撃破し、太陽系を消滅の危機から救い、すべての人類の未来を守り抜いた。

そして、重力崩壊によって生じたワームホールの中へと消え、仲間たちの元へ戻ることは無かった。

クラーコフのブリッジでアスカの帰還を信じるリョウたちが見たのは、宇宙の彼方の闇にひときわ強く輝いた一つの光――ウルトラの星だった。

エピローグ

❖２０３３年　×月×日

ネオゼロドライブ計画４回目の飛行実験開始まで５分を切った。

そこは13年前、グランスフィアとの最終決戦でウルトラマンダイナ――アスカ・シンが時空の歪みに飲まれ、消えた場所だ。

ここから新たな時代の歩みを始めなければならない。アスカに追いつかなければならない。それがこの計画に携わるすべての人間の意志であった。

プラズマ百式マークＶの機内、少なからず緊張するリョウに、通信モニターからレイカの声が届く。

「リョウ。こんな時に悪いけど、一つ頼みがある」

「なに、レイカ？」

「アスカに――奴に会ったら伝えてくれ。ありがとう、ってな」

「……わかった」

実験空域に滞空するガッツシャドーEXのコクピット。通信モニターにリョウの微笑む顔を見て、レイカは安心し、ふと過去の自分に思いを馳せる。

ブラックバスター編成の日、ユミムラ・リョウは常に影の世界で生きてきたレイカにとっては憎しみの対象でしかなかった。

今になって思えば、愚かだ。

疑うことなき頑なな理想が多くの人間を、リョウたちとは真逆の道を歩ませた。本来なら互いに力を合わせるべき者たちの目を曇らせた。

ゴンドウもそうであった。レイカの兄もそうだ。すべてはボタンのかけちがい。

それに気づいた今、レイカが心に誓うのは、そうして死んでいった人間の数を、憎しみとして積み上げてはいけないということだ。

想い半ばにして散った彼らの命を、未来へとつなげなくてはならない。

その数だけの希望を、今ここにいる自分たちは背負ったのだから。

リョウが言っていた、いつだって横に、アスカを感じると。

宗教的な概念は好きではなかった。ただ即物的に死をとらえていた。

でもレイカも、ゴンドウやアガタや兄の存在を、この漆黒の宇宙の中で感じることがあった。

彼らは死んだ。だがその魂はこの無限の宇宙に広がっている。そう思えた。

だからこそ、今も生きて、この宇宙の果てで人類の進化の果てを飛んでいるであろう、アスカという男にすべてを託すのだ。

死という概念を唯一超えた——光という存在に。

きっとそれが、宇宙の闇に広がる無限の人の想いを、等しく、優しく、照らしてくれるはずだから。

――サエキ隊長。こんな日が来ることを、俺は信じていました。

フドウ・ケンジは今、実験開始の時を地球のTPC本部で見守っていた。

リョウをサポートするために待機するガッツシャドーEXには、かつて自分の隊長だったレイカが乗っている。

ケンジはアスカとともにロックランドの事件を解決した時、レイカにブラックバスター隊を辞めたいと言った。

――光を、見たんです。それはきっと、兄貴が見るかもしれなかった光だとわかったんです。だから、もう一度俺はその光が見たい――

ケンジは瀕死の中、未知なる光に包まれ、何か自分とは違うものになった。ずっとそんな気がしていた。だからその答えを探すため、もう一度、その光を見るため、ZEROに戻り、スーパーGUTSへの入隊を目指した。

そして今、火星に本拠を移したスーパーGUTSの後継組織として地球に新たに誕生したネオ・スーパーGUTSの一員となった。

――レイカ隊長。俺は、その光が何だったのか、今は知っています。だから、この実験でレイカ隊長にも、その光を見てもらいたい。人がウルトラマンという存在に触れた時に見る、その光を。

俺がアスカと一緒に、ダイナになった時の、希望の光を――。

——リョウ先輩。今はみんなが信じています。アスカに会える、その時を。

ミドリカワ・マイはZEROの教官となり、その一室でミシナと共に実験開始の時を待っていた。

思えば、アスカという男との出会いがマイの人生を大きく変えた。若くしてコンピュータ技術の天才としてスーパーGUTSに入隊したマイにとって、アスカは初めてできた後輩だった。向こう見ずで生意気で、それでいて人並外れてシャイなアスカという存在は、それまで荒くれ集団の中でマイが感じていたプレッシャーを限りなく軽くしてくれた。

だからアスカと一緒に怪獣が引き起こす様々な事件を解決していくのが、ある意味、楽しかった。ずっと一緒にいたい。そんな風に思った。

——もしかしたら、恋していたのかもしれない。

でも南極での戦いや、クリオモス島での体験を経て、マイの中には大きな意識の変化が生まれた。

アスカが見ているものは、もっとずっとスゴいものなんだと、わかった。

そして、その思いの一番近くにいて、アスカを支えられるのは自分じゃなくて、リョウ先輩だということも、わかった。

アスカがグランスフィアとの最後の戦いで帰ってこなかった時、取り乱してしまったマイは、リョウの言葉に救われた。

——アスカは帰ってくる。そう約束したから。今もアスカは飛んでる。前に向かって。

それをマイも信じている。だからこうして今、多くの若者たちと真剣に向き合い、頑張っているのだ。

アスカが向かっていった、その光の先にある、未来を信じて――。


――アスカ。お前は親父さんと再会できたのか？

ナカジマは地球のメトロポリスにある居酒屋で、実験開始を見守っていた。

差し向かいにテーブルに座って一緒に酒を酌み交わすのは、アオキ刑事だ。

あの悪魔の森事件のあと、何度か手紙のやり取りはあったが、こうして直接会うのは初めてだった。

アオキは今年で定年だ。刑事人生一筋に生きてきた男は現職最後の夜に一緒に酒を飲む相手としてナカジマを選んでくれた。それが嬉しくも、少し不思議でもあった。

「どうして俺を誘ってくれたんです？　息子さんと一緒にお祝いすればいいのに」

「ふん。あのバカは今夜も仕事だ。今頃この街のどっかを飛び回ってるよ」

「息子さん。お仕事はなにを？」

そうナカジマが問いかけると、アオキはぐっとグラスに残る酒を飲み干し、

「デカだよ」

「え？　アオキさんと同じ道を？　よかったじゃないですか」

「よかねーよ。家族に苦労ばっか掛ける仕事だ。子供ともまともに話す時間もねー。しまいには嫌われるかもしれねー。なのに、あいつ……ほんと、バカなやつだ」

そう言いながら、アオキの口元は微かに笑っていて、目には涙が光っていた。

「ほんとに……バカ野郎だ」

「ですね。子供ってのは、どうしてそうなんですかね。なんで嫌ってたはずの親の背中を追いかけちゃうんですかね」

ナカジマもグラスの酒をぐっと飲み干し、モニターに映る宇宙空間を見つめ、呟く。

「素敵な矛盾、か」


「ほら。テレビばっか見てるとお好み焼き、焦げちゃうわよ」

「あー、すまんすまん。……あち！」

「コテ、じかに触ってどないすんねん。相変わらずどんくさいなー」

「なんや、ツグム。親に向かってどんくさいとは。……あつっ！」

「もー、また焼きたていきなり口にいれて。ほんま、おもろすぎやわ」

「ミライまで。ワシ、悲しくて泣けてきた。ミチル。なぐさめて」

「やめてよ。子供の前で。それより、もうすぐね」

「……ああ。もうすぐや。この実験計画にはワシやシンジョウの他にも多くの人間が関わってきた。未来への大きな夢を信じ、何度も失敗を繰り返しながら、決して諦めず、ようやくここまで来たんや」

「ツグム。ミライ。これが、あなたたちのお父さんの仕事よ」

大学受験を控えたツグム。女子高生のミライ。二人をここまで育ててきた妻のミチル。

掛け替えのない家族と一緒に、ホリイは歴史的瞬間をジッと見守っていた。

——実験開始、3分前——

刻々と時を刻むアナウンスに、再び緊張するリョウ。

「リョウ。深呼吸」

微かなリョウの表情の変化も見逃さず、レイカが声をかけてくる。

リョウは一度、深く息を吸い、静かに吐き出した。するとさっきまでの緊張が嘘のように消えていく。

「ありがとう」

レイカが近くにいてくれる。それが今はとても心強かった。

そしてレイカだけではない。この場にはいなくても、多くの人間が、仲間が、自分を見守ってくれているのを、リョウはその胸にはっきりと感じていた。

「心配ない。必ず成功するさ！」

「リョウ。俺たちがついてるぞ！」

スーパーGUTSマーズ作戦指令室には、カリヤが、隊長のコウダが、昔と変わらぬ熱い思いを声にし、モニターの中のリョウにエールを送る。

そんな二人の背中ごしにモニター内のリョウを見つめるのは、TPC総監のヒビキだ。

同時刻——。

グランスフィア接近で一度は壊滅状態となったが、今はすっかり復興されたバイオパークのマーズフラワーエリア。

火星産の花々に彩られ、訪れた子供たちの明るい笑顔に囲まれながら、ダイゴとレナも実験開始の時をジッと見守っていた。そして——


響くノックの音。

「どうぞ」

火星に移転した情報局の一室。

イルマ長官に促され、「失礼します」とドアを開けて入ってきたのは、すっかり美しく成長した——マドカ・ヒカリだ。

彼女は今日付けでイルマの補佐官として、ここで働くことになった。

「よろしくお願いします。イルマ長官」

「こちらこそ」

笑顔で目を細めるイルマには、目の前のヒカリの姿が一瞬、15年前に同じようにイルマを訪ねて部屋に入ってきた、かわいらしい少女に重なる。

あの時は懐かしい仲間たちが集まり、それぞれの未来への夢を語り合った。

「さあ。もうじき実験開始よ」

部屋にあるモニターにはリョウが乗るプラズマ百式マークVが映されている。

その船尾には、本体の五倍はある巨大な使い切りのマキシマドライブ・ブースターが接続されていた。一刻も早くネオゼロドライブ起動可能速度に到達し、また帰還用の燃料を確保するためだ。その分、パイロットにかかる負荷も増大するが、実験が成功すれば、リョウは太陽系の外へ出た最初の人類となる。

「一緒に成功を信じて、見守りましょう。それがあなたの最初の仕事よ」

「……はい！」

——アスカ。ピッチャーのマウンドがなぜ高いのか、知ってるか？

ふとヒビキの脳裏に、昔、アスカへ掛けた言葉が思い出される。

——それは、その背中が仲間たちによく見えるためだ。がんばれ！　負けるな！　そんな仲間の声を背中に感じ、ともに戦う、そんな場所なんだ。

ヒビキは、アスカやリョウたちとともに戦いぬいてきた日々の記憶を一つ一つ克明に思い出しながら、呟いていた。

「……夢を信じる限り……光はそこにある」

——実験開始、30秒前——

リョウは目の前に広がる無限の空間をしっかり見つめる。

この闇の先に、アスカはいる。

いまも時間や空間を超えた場所で、前に向かい、飛び続けているに違いない。

――実験開始、10秒前――

リョウはぐっと操縦桿を握りしめ、心の中で誓う。

「必ず成功させる……必ず追いつく。……アスカに」

そして、秒読みが始まる。

――5秒前。4、3、2、1、0。

「実験開始。ブースター点火」

発進と同時に速度がどんどんあがっていく。

秒速1000キロ、1500キロ、3000キロ、5000キロ。

凄まじい加速。身体がシートに押し付けられ、骨が軋む。

秒速6000キロ、光速の2%に到達。

同時に発進したレイカが乗るEXによる帯同もここまでだ。

鉛よりも重い腕でレバーを入れる。

「ゼロドライブ、始動！」

ブースター切断。さらに爆発的な加速。遠のく意識を気力でつなぎ留める。

静止座標系に対し船体質量は虚数空間に沈んでゼロとなったがそれは見かけ上のことに過ぎない。船体内部の座標系には依然質量が存在しており、それが肉体を苛む。

5%光速、10%光速、20%光速、ここから先は未知の領域だ。これまでの実験で、安定を維持したまま亜光速を超えこの速度に至った例はない。

50%光速、75%光速――

そして機体が遷光速に達した時、突如、目の前に眩い光が迫ってきた。

スターボウ？

光速に近づいたために周囲の星々の輝きが進行方向に集中し、光のドップラー効果によって円形の虹が見えるという、あの現象なのか？

違う。

星の光ではない。

たとえるなら事象の地平面。

まるで、宇宙の風船を裏返してその内側から外を眺めているような……。

静かだ。

Gも振動も感じない。

計器類もすべて止まっている。

あるいは時間が。

——これがアスカの父親が——そして、アスカが見た光。

そう確信した直後、リョウはその光に包まれ、鮮烈なビジョンを垣間見る。

アスカの父カズマが、未知の光に飲まれたあと、どうなったのか。

それをリョウはまるで自分の体験のように見つめていた。

カズマはアスカより先にウルトラマンとなり、宇宙の各地で怪獣と戦っていたのだ。

そして息子の危機を感じた時、自らが光となり、宇宙空間を漂うアスカの元に現れ、同化したのだ。アスカの中にはずっと父親の意識が宿っていた。ウルトラマンとして。

リョウは以前、ティガは古代から受け継がれた光だと聞いたことがある。

そして今、はっきりリョウにはわかった。

ダイナは――未来から引き継がれた光だったのだ。

「俺もワームホールに飲まれた時、初めてそれを知って驚いたぜ」

「……アスカ……!?」

リョウの脳裏にアスカの声が届き、またも広がるビジョン。

アスカは今や人間を超えた光の生命体に進化し、宇宙空間を飛んでいた。そして父と同じように宇宙の平和や秩序を乱す侵略者や怪獣と戦い続けていた。


「ごめんな、リョウ。ずっと待たせっぱなしで」

「……そうね。責任、取ってよね」

「わかったよ。でも……信じてたぜ。いつかリョウの方から追いついてくれるって」

「まだ……追いつけてないけどね」

リョウは理解した。この光の中で時空を超え、アスカが語り掛けてきてくれているのだと。アスカが飛んでいるのは、まだまだ遥か先の宇宙であると。

「待ってるぜ。リョウ」

アスカの姿が次第に光の中に消えていく。

「本当の戦いは……ここからだぜ」

その言葉を最後に、アスカは、また光の中に消えた。

「……ありがとう、アスカ。……必ず追いつく」

アスカが示してくれた道しるべ。人間の進化への可能性。未来への希望。

それを追いかけるのはリョウだけではない。人類はこれからも過ちを繰り返しながら、決して諦めることなく、前に進み続けるだろう。光の中にある答えを追い求めて。

——それが——人間だから——。

本書は書き下ろし作品です。

ウルトラマンダイナ
未来《あす》へのゼロドライブ

二〇二〇年一月二十日　印刷
二〇二〇年一月二十五日　発行

著　者　長谷《はせ》川《がわ》圭《けい》一《いち》
谷《たに》崎《ざき》あきら

発行者　早川　浩

発行所　株式会社　早川書房

郵便番号　一〇一 - 〇〇四六
東京都千代田区神田多町二ノ二
電話　〇三 - 三二五二 - 三一一一
振替　〇〇一六〇 - 三 - 四七七九九
https://www.hayakawa-online.co.jp

定価はカバーに表示してあります

Printed and bound in Japan

印刷・精文堂印刷株式会社　製本・大口製本印刷株式会社

JASRAC 出1914422-901

ISBN978-4-15-209913-6 C0093

乱丁・落丁本は小社制作部宛お送り下さい。
送料小社負担にてお取りかえいたします。

早川書房の単行本

ウルトラマンティガ
輝けるものたちへ

小中千昭

46判並製

未知なる地球外知性とのコンタクトが、現実となりつつあった21世紀。地球上では全ての国家が地球平和連合ＴＰＣの下に大同団結した。時を同じくして、モンゴル平原に咆哮を上げる巨大な生物が出現する！　平成ウルトラマンシリーズ始原の叙事詩、完全小説化。